수레바퀴 아래서

이음문고

목차

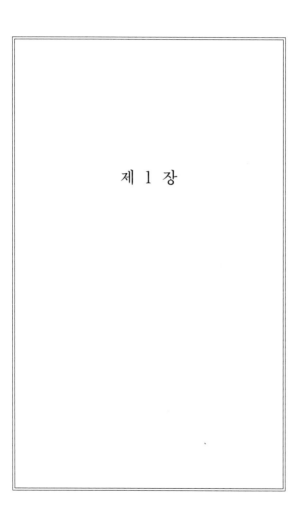

제 1 장

✳

요제프 기벤라트 씨는 중개업자 겸 대리업자이며
다른 마을 사람들과 비교했을 때 장점이나 특성이 없
는 사람이었다. 다른 이들과 마찬가지로 어깨가 넓고
건장했으며 장사 수완이 그럭저럭 좋은 데다 돈 앞에
서는 솔직하고 경건한 모습을 보였다. 가게와 조금
떨어진 곳에 정원이 딸린 자그마한 집을, 공동묘지에
는 가족묘를 소유했다. 종교관도 편견이 없고 개방적
이었다. 신과 관료를 적당히 존경했으며 시민이 지켜
야 하는 규칙을 따르는 건 당연하다고 생각했다. 가

끔 술을 마셨지만 취하지는 않았다. 간혹 비난의 여지를 남기는 행동을 하더라도 절대 상식이 허용하는 선을 넘진 않았다. 가난한 사람은 가난뱅이라고, 돈이 많은 사람은 허풍쟁이라고 욕했다. 시민 단체 회원이며, 금요일마다 주점 '독수리'에서 열리는 전통 볼링 경기에 참가했다. 빵 굽는 날, 스튜 끓이는 날, 소시지 수프 만드는 날도 빠지지 않고 참여했다. 일터에서는 싸구려 담배를, 식후나 일요일에는 고급 담배를 피웠다.

그의 내면은 속물이었다. 옛 정서는 먼지투성이가 된 지 오래이고 가부장적이며 거친 가족 의례, 아들에 대한 자부심, 어쩌다 가난한 이들에게 보이는 동정심만 조금 남아 있을 뿐이었다. 천성이 융통성 없고 교활하고 계산적인 사람이었다. 독서는 신문으로, 예술 감상은 1년에 한 번 시민 단체의 동호회 연극이나 서커스 관람으로 만족했다.

사실 이웃에 사는 어느 누구와 이름이나 집을 바꾼다 해도 아무것도 달라지지 않을 터였다. 그는 영혼 가장 깊은 곳에서 밤낮없이 힘 있는 사람들을 의심했고, 일상적이지 않거나 자유로우며 풍미 있고 멋진 모든 것에 본능적인 질투와 적대심을 내비쳤는데, 이런 태도는 마을의 여느 아버지들과 똑같았다.

그에 대한 이야기는 충분하다. 입담이 뛰어난 풍자가만이 기벤라트 씨의 천박하며 그 자신도 깨닫지 못하는 비극적인 삶을 묘사할 수 있으리라. 어쨌든 그에게는 아들이 하나 있는데, 이제 그 아들의 이야기를 하려고 한다.

한스 기벤라트는 누가 봐도 재능 있는 아이였다. 다른 아이들 틈에 있는 한스를 보면 그 아이가 얼마나 잘생기고 뛰어난지 금방 알 수 있었다. 슈바르츠발트의 이 작은 마을에서는 이만한 수재가 배출된 적이 없었다. 좁은 마을 밖으로 눈길을 돌리거나 재능을 떨칠 만한 인물도 존재하지 않았다. 이 소년이 진정성 어린 눈빛과 영리해 보이는 이마 그리고 단정한 걸음걸이를 어디서 물려받았는가는 신만이 알리라. 어쩌면 어머니한테 물려받았는지도 모른다. 한스의 어머니는 몇 해 전 세상을 떠났다. 사람들은 그녀에 대해 늘 아프고 누군가의 보살핌을 받아야 했던 사람이라고만 기억할 뿐이다. 아버지한테 물려받은 건 아니다. 그러니까 8~9세기 그 많은 마을 사람 가운데 단 한 명도 재능 있는 천재를 배출하지 못한 오래된 지역에 하늘에서 떨어진 비밀스러운 불꽃이 피어난 셈이다.

수준 높은 현대 교육을 받은 관찰자라면 병약한 어머니와 가부장적인 아버지라는 집안 환경을 보는 순간 그 아들의 지능이 이상하리만치 뛰어나다는 사실이 곧 몰락으로 이어지리라 예상했을 것이다. 다행히 이 마을에는 고등 교육을 받은 사람이 없었다. 관료나 교사 중에서도 젊고 똑똑한 사람들만 신문 사설을 읽고 '현대적인 교양인'의 존재를 어렴풋이 아는 정도였다. 여기서는 차라투스트라를 모르더라도 어느 정도 교양 있게 살 수 있었다. 결혼생활은 견고하고 때때로 행복했으며 삶 전반에 치유할 수 없을 만큼 오래된 습관이 배어 있었다. 돈 많고 풍족한 사람들 중에는 지난 20년 동안 수공업자에서 공장주가 된 경우도 있었다. 이들은 관료 앞에서는 굽실거리다가도 자기들끼리 모이면 가난뱅이, 서기관의 머슴이라고 조롱했다. 그런데 이상하게도 마을 사람들의 가장 큰 명예는 자기 아들이 대학을 졸업해 관료가 되는 거였다. 물론 아름답지만 이뤄질 수 없는 꿈으로 남을 뿐이었다. 대개는 라틴어 학교에서 끙끙대다가 낙제를 거듭하는 수준이었기 때문이다.

한스 기벤라트는 재능이 탁월했다. 교사, 교장, 이

웃, 목사, 급우 할 것 없이 모두가 입을 모아 한스의 명석한 두뇌와 특별한 재능을 칭찬했다. 한스의 장래는 이미 정해져 있었다. 슈바벤 지역의 똑똑한 아이들은 부잣집 자식이 아니면 오직 한 가지 좁은 길만 걸어야 했다. 바로 주 시험을 통과하여 신학교에 입학하고 튀빙겐의 수도원을 거쳐 목사로서 설교단에 서거나 교수로서 교단에 서는 것뿐이었다. 해마다 40~50명의 지역 소년이 이 확실하고 안전한 길을 걷는다. 견진성사를 통과한 야위고 지친 소년들은 나랏돈으로 인문과학 분야의 다양한 영역에 발을 들인다. 그렇게 8~9년이 지나면 두 번째, 그러니까 그들의 인생에서 가장 긴 여정을 향해 나아간다. 지금까지 받은 국가의 은혜에 보답하는 길이다.

몇 주 후면 주 시험을 치른다. 매해 헤카톰베* 의식을 거행할 때마다 정부가 도시와 농촌의 각 주에서 특별히 명석한 소년들을 선발하는데, 시험을 치르는 동안 가족들은 수도를 향해 합격을 기원하며 한숨과 기도, 소망을 보낸다.

이 작은 마을에서 치열한 경쟁에 뛰어든 유일한 수험생이 바로 한스 기벤라트였다. 대단히 영예로운 일

---

* 고대 그리스에서 소 100마리를 제물로 바치던 의식. 여기서는 주 시험을 뜻한다.

이며, 거저 얻은 명예가 아니었다. 매일 4시까지 학교 수업을 했고 방과 후에는 교장이 직접 가르치는 그리스어 수업이 이어졌다. 6시가 되면 목사가 와서 기꺼이 라틴어와 종교학을 복습시켜주었다. 수학 교사는 일주일에 두 번 저녁 식사 후 한 시간씩 공부를 봐주었다. 그리스어 시간에는 불규칙 동사를 배운 다음 불변화사에 의해 달라지는 문장 결합의 다양성을 터득했다. 라틴어 시간에는 간결한 문체와 운율의 아름다움을 배우고, 수학 시간에는 복잡한 비례법을 중점적으로 익혔다. 수학 교사가 자주 강조했듯이 비례법은 앞으로 공부하고 인생을 살아가는 데 아무런 쓰임이 없는 것처럼 보였다. 하지만 비례법은 어떤 주요 과목보다도 중요했다. 비례법은 논리적 추리력을 길러줄 뿐 아니라 명확하고 이성적이며 효과적인 사고의 기초가 되기 때문이다.

이로 인해 과도한 심적 부담을 느끼거나 지적 훈련에 치중한 나머지 정서가 메마르지 않도록 매일 아침 수업 시작 한 시간 전에 등교하여 종교 수업을 들어야 했다. 종교 수업은 브렌츠*의 교리서에서 학생들의 관심을 끄는 질의응답을 암송하며 젊은 영혼에 종

* 요한네스 브렌츠. 독일의 루터파 종교 개혁자.

교적 삶의 숨결을 전하는 시간이었다. 안타깝게도 한스는 위안이 될 이 시간을 줄임으로써 그 축복을 스스로 없애버렸다. 한스는 그리스어와 라틴어 단어, 연습 문제를 적은 쪽지를 교리서 사이에 몰래 끼우고 종교 수업 내내 세속적인 지식을 얻느라 바빴다. 하지만 어느 정도 양심이 남은 터라 극도의 초조함과 은근한 불안에서 벗어나지 못했다. 담임목사가 가까이 다가오거나 그의 이름을 부를 때면 몸이 소심하게 움츠러들었고 내답을 해야 할 때면 이마에 땀방울이 맺히면서 가슴이 두근거렸다. 하지만 그의 대답은 발음으로 보나 내용으로 보나 나무랄 데 없이 완벽해서 담임목사의 높은 평가를 받았다.

매일매일 쓰기와 외우기, 복습과 예습 과제가 늘어났으며 한스는 수업이 끝나고 집에 돌아와도 늦은 밤까지 은은한 등잔불 밑에서 숙제를 해야 했다. 그런데 담임교사가 조용하고 평화로운, 축복받은 집안 분위기에서 공부하면 특별한 효과가 있을 거라고 주장하는 바람에 화요일과 토요일은 밤 10시까지, 다른 날은 11시나 12시까지, 때로는 더 늦은 시간까지 공부에 매달렸다. 아버지는 한스가 기름을 너무 많이 쓴다며 불평했지만 아들이 공부하는 모습을 만족스럽고 자랑스러운 표정으로 바라보았다. 가끔 짬이 나거나 우리 삶의 일곱 번째 부분을 채우는 일요일이면 한스는 학교에서 미처 읽지 못한 책을 읽거나 숱하게 많은 문법을 다시 복습했다.

"뭐든지 적당히, 적당히 해야 한다! 일주일에 한두 번은 산책도 하고. 기적 같은 일이 벌어질지도 모른다. 날씨가 좋으면 밖에서 책을 읽을 수도 있고 말이야. 신선한 공기를 마시며 공부하는 게 얼마나 경쾌하고 재미있는 일인지 곧 알아챌 거다. 어쨌든 고개는 높이 들어라!"

한스는 가능한 한 고개를 높이 들고 다니며 산책할 때도 공부를 놓지 않았다. 밤을 새워서 지치고 졸린 얼굴로 피곤이 가득한 눈을 뜨고 돌아다녔다.

"기벤라트를 어떻게 생각합니까? 합격할 것 같나요?" 어느 날 담임선생이 교장에게 물었다.

"그럼요, 물론이죠." 교장이 자신 있게 대답했다. "그 아이는 아주 영리해요. 한번 보세요. 총명함이 넘쳐흐르지 않습니까?"

시험 전 마지막 일주일 동안 한스의 정신세계가 현저히 바뀌었다. 귀엽고 부드럽던 소년의 얼굴에 음침한 열기로 가득 찬 눈동자가 움푹 파여서 불안하게 빛났다. 동그란 이마에는 그의 정신을 나타내듯 주름이 생겼으며 깡마른 팔과 손은 우아하고 나른하게 늘어져 마치 보티첼리를 연상케 했다.

시험 날이 밝았다. 한스는 다음 날 아침 일찍 아버지와 슈투트가르트로 가야 했다. 그곳에서 주 시험을 치르고 자신이 좁은 문을 통과하여 신학교에 갈 수 있는가를 증명해야 했다. 한스는 교장에게 작별 인사를 건넸다.

"오늘 저녁은 공부를 쉬도록 해라." 한스가 늘 두려워하던 교장이 마지막 순간에야 여느 때와 다른 부드러운 목소리로 말했다. "약속하럼. 내일 아침에는 맑은 정신으로 슈투트가르트에 가야 하니까 한 시간 정도 산책하고 곧 잠자리에 들어야 한다. 어릴 때는 충분히 자야 하는 법이지."

한스는 어마어마한 양의 충고 대신 호의 어린 말을 듣고 놀란 가슴으로 크게 숨을 내쉬며 학교를 뒤로했다. 키르히베르크의 거대한 보리수들이 늦은 오후의 뜨거운 햇살 아래 힘을 잃은 채 빛나고 있었다. 시장에서는 커다란 분수대 두 개가 출렁이며 반짝였고 제멋대로 이어진 지붕선 너머에서는 전나무로 가득한 검푸른 산맥이 이쪽을 들여다보고 있었다. 소년은 너무 오랜 시간 이 모든 걸 보지 못했다는 생각이 들었다. 이 광경이 한스를 유혹하는 듯 지나치게 아름다워 보였다. 머리가 아팠지만 오늘은 더 이상 공부할 필요가 없었다.

한스는 천천히 시장을 가로질러 오래된 시청 앞을 지나 좁은 시장 골목을 빠져나가고 대장간을 지나쳐 낡은 다리까지 갔다. 그곳에서 한동안 유유자적하며 돌아다니다 마침내 넓은 다리 난간에 앉았다. 몇 주고 몇 달이고 매일매일 이곳을 하루에 네 번씩 지나다니는 동안 단 한 번도 다리 위의 고딕 양식 예배당을 눈여겨본 적이 없었다. 강물도, 수문도, 제방이나 물레방앗간도 바라본 적이 없었다. 드넓은 초원과 버드나무가 드리워진 강가, 호수처럼 깊고 잔잔하고 푸르른 강 옆으로 들어선 가죽 공장도 눈에 담아보지 않았다. 뾰족한 버드나무 가지가 강물에 닿을 정도로 휘어져 있었다.

많은 것이 다시금 떠올랐다. 전에는 하루 혹은 반나절을 강가에서 보냈다. 수영을 하고 잠수를 하고 배를 타고 낚시를 했다. 낚시! 이제 한스는 낚시하는 방법조차 잊어버렸다. 완전히 잊고 지낸 탓이다. 지난해는 시험 준비 때문에 낚시를 금지당해서 쓴 눈물을 삼켜야 했다. 낚시라니! 기나긴 학창 시절에서 가장 즐거운 일이었다. 성긴 버드나무 그늘 아래 졸졸 소리를 내며 돌아가는 물레방아, 깊고 잔잔한 물소리! 강물 위에서 춤추는 불빛과 부드럽게 흔들리는 긴 낚싯대, 물고기가 미끼를 물고 낚싯대를 당기는 순간의 손맛, 몸부림치는 차갑고 통통한 물고기를 손에 넣은 짜릿함이란!

때때로 물이 오른 잉어를 낚기도 했다. 흰 잉어와 돌잉어, 맛이 좋은 텐치, 작고 화려한 연준모치를 낚은 적도 있다. 한스는 오래도록 강물을 내려다보며 푸른 강변을 응시하다 생각에 잠겨들었다. 슬픈 감정이 스몄다. 어린 소년이 느껴야 할 아름다움, 즐거움, 과격함이 저 멀리 놓여 있는 것 같았다. 무심코 가방에서 빵 한 조각을 꺼내더니 크고 작은 부스러기를 떼어내어 강물에 던졌다. 그리고 빵 부스러기가 가라앉는 모습을, 물고기들이 빵 부스러기를 채어 가는 광경을 지켜보았다. 처음에는 작은 금붕어들이 몰려와 조그만 부스러기를 게걸스럽게 먹어치우더니 아직도 배고파 보이는 주둥이로 큰 조각을 이리저리 쪼았다. 곧이어 크고 하얀 잉어가 천천히 조심스럽게 다가왔다. 거뭇하고 넓은 등 때문에 강바닥과 구분하기 힘들었다. 하얀 잉어는 빵 부스러기 주변을 신중하게 헤엄치더니 갑자기 둥근 입을 벌려 빵을 삼켰다. 느릿느릿 흐르는 강물에서는 따뜻하고 습한 냄새가 났고 하얀 구름 몇 개가 푸른 강물 표면에 희미하게 비쳤다. 물레방앗간에서는 둥근 바퀴가 삐걱댔고 강의 양쪽 둑에서 터져나온 시원한 물이 낮게 울리며 한데로 모였다. 소년은 지난 일요일의 입교식을 떠올렸다. 장엄하고 감동적인 예식 가운데서도 그리스어 동사를 외우는 자신을 발견한 순간이었다. 다른 날에도 그런 일이 벌어졌다. 그럴 때면 생각이 뒤죽박죽으로 엉켰고 학교에서도 지금 해야 하는 공부보다 예전에 했던, 혹은 나중에 해야 할 공부를 생각했다. 시험을 잘 볼 수 있을 거야!

한스는 멍하니 자리에서 일어났지만 어디로 가야 할지 망설였다. 그때 갑자기 억센 손이 어깨를 붙잡자 깜짝 놀랐다. 익숙한 남자 목소리가 들렸다.

"한스, 잘 지냈니? 잠시 산책이나 할까?"

구둣방 주인인 플라이크였다. 한스는 예전엔 그의 집에서 저녁 시간을 보내기도 했지만 이미 오래전부터 그를 찾아가지 않았다. 그와 나란히 걸으면서도 이 신앙 깊은 경건주의자의 말을 귀담아듣지 않았다.

플라이크는 시험을 언급하며 소년에게 행운을 빌고 용기를 북돋아주었다. 하지만 그가 진정으로 하고 싶은 말은 시험이란 그저 형식이며 우연일 뿐이라는 사실이었다. 시험에 떨어진다고 해서 부끄러운 일이 아니며, 가장 똑똑한 학생에게도 그런 일이 일어날 수 있다는 거였다. 그는 신이 모든 영혼에 특별한 목적을 부여했으며, 그들이 저마다의 길을 걷도록 인도할 테니 걱정 말라고 덧붙였다.

한스는 양심의 가책을 조금 느꼈다. 플라이크의 진중하고 당당한 모습을 존경하면서도 마을 사람들이 그와 함께 기도하는 형제들을 조롱하는 농담을 듣고 함께 웃기도 했던 것이다. 플라이크와 친분이 있는데도 말이다. 한스는 자신의 비겁함이 부끄러웠다. 언제부턴가 구둣방 아저씨의 예리한 질문에 겁을 먹고 도망 다녔던 것이다. 한스는 교사의 자랑거리가 된 뒤로 조금 거만해졌으며, 구두공 플라이크는 때때로 우습다는 듯 한스를 쳐다보며 소년의 교만함을 꺾어 보려고 했다. 그러나 소년의 영혼은 이 선의의 지도자에게서 점점 멀어졌다. 한스는 반항심이 한창 꽃피는 가운데 서 있었으며 자의식을 건드리는 불쾌한 자극에 매우 민감했다. 플라이크 곁에서 이야기를 들으면서도 그가 얼마나 걱정스럽고 친절한 마음으로 자신을 굽어보는지 알 수 없었다.

크로넨 골목에서 두 사람은 마을 목사를 만났다. 구두공은 예의를 차리되 냉담하게 인사하고 서둘러 자리를 떠났다. 마을 목사가 유행을 따르느라 부활을 믿지 않는다는 소문이 돌았던 것이다. 목사는 소년과 함께 걷기 시작했다.

"잘 지냈니?" 목사가 물었다. "곧 시험이 끝나니 홀가분하겠구나."

"네, 그럼요."

"시험은 잘 볼 거다. 모두가 너에게 거는 기대가 크단다. 라틴어 시험은 특히 잘 볼 거라고 믿는다."

"혹시나 제가 떨어지면 어쩌죠?" 한스가 조심스럽게 물었다.

"떨어진다고?" 목사는 몹시 놀라 걸음을 멈췄다. "네가 시험에 떨어진다니, 그런 일은 일어나지 않아. 당치도 않은 일이야. 쓸데없는 걱정을 하는구나."

"저는 그냥 만약의 경우를 생각한 거예요."

"한스, 그럴 일은 없단다. 그럴 리가 없어. 괜한 걱정은 하지 않아도 된단다. 아버지한테 안부를 전해주렴. 용기 내라!"

한스는 목사의 뒷모습을 바라보았다. 그리고 고개를 돌려 구둣방 아저씨가 사라진 방향을 쳐다보았다. 그가 뭐라고 말했던가? 올곧은 마음을 가지고 신을 경외한다면 라틴어 따위는 그다지 중요한 게 아니라고 했다. 말은 쉽다. 게다가 이제 마을 목사까지. 시험에 떨어진다면 한스는 감히 고개를 들지 못할 것 같았다.

울적한 마음으로 집에 돌아와서 비탈진 작은 정원으로 나갔다. 정원에는 너무 오랫동안 사용하지 않아 다 쓰러져버린 정자가 있었다. 한스는 그 안에 널빤지로 만든 우리를 넣고 3년 동안 토끼를 키웠는데, 지난가을 시험 때문에 토끼를 모두 빼앗겨버렸다. 그후 한스에게는 기분 전환을 할 시간이 없었다.

한동안 마당에도 나오지 않았다. 텅 빈 토끼 우리는 무너질 것 같았고 벽 모퉁이 석순은 이미 붕괴되었다. 작은 목제 물레바퀴가 뒤틀리고 부서진 채 수돗가 근처에 놓여 있었다. 한스는 그 모든 것을 만들고 자르고 기뻐하던 순간을 떠올렸다. 벌써 2년이나 지났다. 영원에 가까운 시간이었다. 조용히 물레바퀴를 집어 들고 이리저리 구부리더니 완전히 부숴서 울타리 너머로 던져버렸다. 이딴 쓸모없는 것은 꺼져버리라지! 모든 일이 이미 오래전에 끝났다. 순간 학교 친구 아우구스트가 떠올랐다. 물레바퀴를 만들고 토끼 우리 고치는 걸 도와준 친구다. 둘은 오후 내내 돌팔매질로 고양이를 내쫓거나 천막을 치며 놀다가 간식으로 노랑무를 먹었다. 그러다 한스는 공부에 몰두하기 시작했고 1년 전 학교를 그만둔 아우구스트는 기계공 견습생이 되었다. 그 후 한스는 아우구스트를 두 번밖에 보지 못했다. 아우구스트도 바쁘기 때문이었다.

구름 그림자가 서둘러 골짜기를 넘어가고, 태양은 벌써 산등성이 근처에 서 있었다. 힌스는 잠시 아무렇게나 쓰러져 울부짖고 싶은 심정이었다. 대신 헛간에서 손도끼를 들고 나와 가느다란 팔로 허공을 가르더니 토끼 우리를 마구잡이로 조각내기 시작했다. 나뭇조각은 이리저리 튀어오르고 못은 삐걱대며 휘어졌다. 작년 여름에 넣어둔 상해버린 토끼 먹이가 드러났다. 한스는 그 위로 도끼를 찍어댔다. 토끼와 아우구스트 그리고 어린 시절의 향수를 전부 없애버리려는 듯이.

"아니, 이게 무슨! 도대체 무슨 일이냐?" 아버지가 창가에서 소리쳤다. "거기서 뭐 하는 거야?"

"장작 패요."

한스는 말없이 손도끼를 던지고 정원을 가로질러 골목길로 빠져나간 뒤 강을 따라 상류로 올라갔다. 양조장 가까이에 뗏목 두 척이 묶여 있었다. 예전에는 몇 시간이고 뗏목에 올라 강물을 따라 흘러가곤 했다. 무더운 여름 오후에 뗏목 널빤지 사이로 철썩이는 강물을 따라 내려가다 보면 흥분되기도 하고 졸음이 쏟아지기도 했다. 한스는 줄이 늘어져 둥실거리는 뗏목에 올라타 버드나무 덤불에 몸을 뉘고 강물이 흐르는 모습을 상상했다. 빠르게 나아가다 곧 천천히 초원, 밭, 마을 그리고 시원한 숲가를 지나서 다리 밑을 통과해 위로 들린 수문을 지나가는 모습이 떠올랐다. 카프베르크에서 토끼 먹이를 찾고 강가 가죽 공장 뜰에 앉아 낚시를 하는 등 두통도 걱정도 없던 때로 돌아간 것 같았다.

한스는 피곤과 짜증에 휩싸인 채 저녁을 먹으러 집으로 돌아왔다. 아버지는 시험이 코앞으로 다가와 슈투트가르트로 가야 한다는 사실에 너무 흥분하여 책은 다 챙겼는지, 검은 옷 준비했는지, 여행길에 문법책을 읽을 것인지, 기분은 괜찮은지 몇 번이고 되물었다. 한스는 짧고 퉁명스럽게 대답하며 저녁을 대충 먹고 곧 잠자리에 들었다.

"잘 자렴, 한스. 푹 자야 한다! 아침 6시에 깨워주마. 사전은 잊지 않았지?"

"네, 잊지 않았어요. 안녕히 주무세요."

한스는 작은 방에서 불도 켜지 않은 채 오랜 시간 앉아 있었다. 이 작은 방은 시험이 가져다준 유일한 축복이었다. 아무에게도 방해받지 않으며 지배자가 될 수 있는 작은 공간. 이곳에서 한스는 피곤, 졸음, 두통과 싸우며 밤새도록 카이사르와 크세노폰*, 문법, 사전 그리고 수학 숙제에 짓눌렸다. 야심에 불타서 끈덕지고 고집 있게 파고들기도 하고 절망감에 빠지기도 했다. 어쨌든 이 방에서 잃어버린 어린 시절의 즐거움보다 더 가치 있는 시간을 보내기도 했다. 자만심과 무아경, 승리감으로 가득 찬 꿈만 같은 시간이었다. 그 시간 동안 한스는 학교나 시험, 그 밖의 모든 것을 뛰어넘어 한 단계 높은 존재가 되기를 갈망했다. 퉁퉁하게 살이 찌고 온순한 여느 급우들보다 자신이 뛰어난 존재이며 언젠가는 높은 자리에 올라 친구들을 내려다볼 거라는 건방지고 행복한 생각에 휩싸이기도 했다. 지금도 한스는 작은 방 침대에

* 그리스의 역사가이자 소크라테스의 제자.

앉아 자유롭고 신선한 공기를 마시며 꿈과 희망과 상상의 나래 속에 몇 시간이고 잠겨 있었다. 허연 눈꺼풀이 피로에 젖은 커다란 눈을 천천히 덮었다가 열었다. 그렇게 잠시 깜박이다 두 눈이 스르르 감겼다. 소년의 창백한 얼굴이 수척한 어깨로 떨어졌고 깡마른 두 팔은 힘없이 늘어졌다. 한스는 옷을 입은 채 잠이 들었다. 어머니처럼 다정하고 부드러운 수마의 손길이 불안하게 파도치는 소년의 심장을 다독이고 고운 이마에 진 작은 주름을 펴주었다.

전대미문의 일이었다. 교장이 아침 일찍부터 기차역에 나왔다. 검은색 프록코트로 몸을 감싼 기벤라트 씨는 흥분과 기쁨, 자부심에 겨워 안절부절못했다. 초조한 듯 종종걸음을 치며 교장과 한스 주변을 돌아다니다 역장과 역무원들의 인사까지 받았다. 그들은 편안한 여행과 한스의 시험 합격을 빌어주었다. 기벤라트 씨는 작고 뻣뻣한 여행가방을 왼손에 들었다 오른손에 들었다 했다. 그리고 우산을 겨드랑이에 끼웠다 무릎 사이에 끼웠다 하더니 결국 몇 번 떨어뜨렸는데 그때마다 가방을 세워두고 몸을 굽혀 우산을 주웠다. 모르는 사람이 봤으면 그가 왕복 차표를 쥐고 슈투트가르트로 가는 게 아니라 미국으로 떠나는 줄 알았을 것이다. 그의 아들은 매우 침착해 보였지만 사실은 내밀한 불안감에 목이 죄어들었다.

기차가 도착해 멈춰 섰고 아버지와 한스가 올라탔다. 교장은 손을 들어 인사했다. 아버지는 담뱃불을 붙였다. 도시와 강물이 골짜기 사이로 점차 사라져가는 모습이 보였다. 두 사람에게 기차 여행은 고통이었다.

슈투트가르트에 도착하자 아버지는 갑자기 활기를 되찾더니 밝고 상냥하고 사교적인 사람이 되었다. 며칠 예정으로 대도시를 찾은 소도시인의 기쁨이 생기를 불어넣은 것 같았다. 반대로 한스는 점점 더 말수가 줄고 불안해했다. 도시 풍경을 보자마자 가슴이 옥죄이는 기분이 들었다. 낯선 얼굴, 우쭐대는 듯 높이 솟은 화려한 건물, 아무리 걸어도 끝이 없을 것처럼 뻗은 길, 마차 선로 그리고 거리의 소음이 한스를 위협하고 고통스럽게 만들었다. 두 사람은 친척 아주머니 집에 묵기로 했다. 낯선 소리, 친척 아주머니의 친절과 수다, 의미 없는 대화 그리고 사기를 북돋우려는 아버지의 끊임없는 설교가 소년을 바닥으로 짓눌렀다. 한스는 외롭고 서먹한 기분으로 방 안에 쭈 그리고 앉아 익숙하지 않은 주변 환경과 친척 아주머니, 그녀의 도회적인 옷차림, 큰 무늬 벽지, 탁상시계, 벽에 걸린 그림, 창문 너머 소란스러운 거리를 바라보았다. 갑자기 무력감에 빠지고 아주 오래전에 집을 떠나온 기분이 들었으며 힘들게 공부한 내용을 모두 잊어버린 것 같았다.

오후에는 그리스어 불변화사를 한 번 더 훑어보려고 했는데 친척 아주머니가 함께 산책하자고 권했다. 순간 한스는 초원의 푸름과 숲의 아우성이 떠올랐고 기쁜 마음으로 따라나섰다. 하지만 곧 대도시의 산책은 고향 마을의 산책과 다르다는 사실을 깨달았다.

아버지가 시내에 볼일을 보러 나갔기 때문에 한스는 친척 아주머니와 단둘이 산책에 나섰다. 그러나 계단에서 이미 비극이 시작되었다. 2층에서 교만해 보이는 뚱뚱한 여자와 마주쳤는데, 친척 아주머니가 무릎을 굽혀 인사하자 그녀가 수다를 쏟아낸 것이다. 15분 넘게 대화가 이어졌다. 한스는 그 옆에 서서 계단 난간에 기댔고, 여자의 개가 한스의 냄새를 맡고 짖어댔다. 한스는 어렴풋이 두 사람이 자기 이야기를 한다는 걸 눈치챘다. 뚱뚱한 여자가 코안경 너머로 한스를 훑어본 것이다. 그리고 겨우 거리로 나

가자마자 친척 아주머니가 가게에 들어가더니 시간
이 꽤 지나서 다시 돌아왔다. 그사이 한스는 소심하
게 서서 행인들 때문에 구석으로 밀리기도 하고 골목
길에서 노는 아이들에게 놀림을 받기도 했다. 가게에
서 나온 친척 아주머니는 판초콜릿을 건넸다. 한스는
초콜릿을 좋아하지 않지만 예의를 갖춰 고맙다고 인
사했다. 다음 모퉁이에서 두 사람은 마차에 올라탔고
마차는 끊임없이 종소리를 울리며 사람을 가득 싣고
길을 달렸다. 드디어 넓은 가로수 길과 정원에 도착
했다. 분수에서는 물이 흐르고 울타리를 쳐놓은 꽃밭
에는 꽃이 가득했으며 작은 인공 연못에는 금붕어가
헤엄치고 다녔다. 두 사람은 산책하는 사람들 사이에
섞여 이리저리 돌아다니다 원을 그리며 걷기도 했다.
낯선 얼굴, 우아하고 다양한 옷차림, 자전거, 휠체어,
유모차가 보이고 소음과 목소리가 서로 엉켰다. 먼지
투성이 더운 공기를 들이마셨다. 그러고는 다른 이들
과 나란히 벤치에 걸터앉았다. 친척 아주머니는 그때
까지 끊임없이 수다를 떨다가 크게 한숨을 쉬더니 소
년을 향해 다정하게 웃어 보이고는 초콜릿을 권했다.
한스는 그러고 싶지 않았다.

"이런, 왜 안 먹으려는 거니? 어서 먹으렴. 어서!"

한스는 초콜릿을 꺼내 은박지를 천천히 찢고는 어쩔 도리 없이 아주 조금 베어 물었다. 초콜릿을 좋아하지 않지만 그 사실을 친척 아주머니에게 감히 말할 수 없었다. 한스가 입 안에 든 초콜릿을 빨며 억지로 삼키려는 사이 친척 아주머니는 그 많은 사람 틈에서 지인을 발견하고는 곧장 그리로 돌진했다.

"여기 앉아서 기다리렴. 곧 돌아올 테니까."

한스는 기회를 놓치지 않고 안도의 숨을 내쉬며 초콜릿을 잔디밭 멀리 던져버렸다. 그리고 박자에 맞춰 건들거리며 걷기 시작했다. 수많은 사람을 보고 있자니 갑자기 자신이 불행하게 느껴졌다. 불규칙 동사나 다시 외워보려고 했지만 아무것도 기억나지 않았다. 모든 걸 까맣게 잊어버린 것이다. 당장 내일이 주 시험인데!

친척 아주머니가 돌아오더니 올해는 118명이 주 시험을 치른다는 소식을 전해주었다. 오직 36명만 합격한다. 소년은 완전히 기가 꺾여 집에 오는 길에 한마디도 하지 않았다. 집에 돌아와서도 두통을 느끼며 저녁으로 아무것도 먹지 않으려고 하자 아버지가 호되게 꾸짖었다. 친척 아주머니 또한 못마땅하게 쳐다보았다. 밤이 되어 어렵사리 깊이 잠들었지만 섬뜩한 꿈에 쫓겼다. 한스는 117명의 다른 학생과 함께 시험장에 앉아 있었고 시험감독관은 고향 마을 목사나 친척 아주머니와 비슷했다. 눈앞에는 먹어치워야 하는 초콜릿이 산더미처럼 쌓여 있었다. 한스가 눈물을 흘리며 초콜릿을 먹는 사이 다른 학생들은 하나둘 일어서더니 작은 문으로 사라졌다. 다른 학생들은 자기 몫의 초콜릿 산을 다 먹어치웠는데, 한스의 초콜릿 산은 점점 더 커지더니 한스를 질식시킬 것처럼 책상과 의자로 흘러넘쳤다.

다음 날 아침 한스는 커피를 마시면서도 시험에 늦지 않도록 시계에서 눈을 떼지 않았다. 고향 마을에서는 많은 사람이 한스를 생각하고 있었다. 먼저 구두공 플라이크는 아침 먹기 전에 기도를 올렸다. 그의 가족과 도제 그리고 견습공 둘이 식탁을 둘러싸고 있었다. 구두 장인은 평상시와 다름없는 기도에 이런 말을 덧붙였다. "신이시여, 기벤라트 학생을 굽어 살피소서. 그 아이는 오늘 시험을 치릅니다. 그를 축복하시고 힘을 불어넣으소서. 그 아이가 당신의 거룩한 이름을 널리 알리는 올바르고 성실한 사람이 되게 하소서."

마을 목사는 한스를 위해 기도하지는 않았지만 아

침 식탁에서 아내에게 말했다. "지금쯤 기벤라트가 시험장에 들어갔겠군요. 그 아이는 특별한 존재가 될 겁니다. 다들 그 아이를 주목할 거요. 내가 라틴어를 가르친 것도 헛된 노력은 아닌 셈입니다."

담임선생은 수업 시작 전 학생들에게 말했다. "자, 이제 슈투트가르트에서는 주 시험이 시작된다. 다 함께 기벤라트의 행운을 빌자. 물론 기벤라트라면 행운 따위는 필요 없겠지. 너희 같은 게으름뱅이 열 명을 합쳐도 이기지 못할 아이니까." 다른 학생들 또한 자리에 없는 기벤라트를 떠올렸다. 특히 한스의 합격 혹은 불합격에 내기를 건 많은 학생이 그랬다.

진심 어린 기도와 격려가 먼 곳까지 전해지기라도 한 듯 한스는 고향 사람들이 자신을 생각해주는 마음을 느낄 수 있었다. 한스는 떨리는 마음으로 아버지와 함께 시험장에 들어갔다. 부끄러움과 두려움을 안고 조교를 따라가자 안색이 창백한 소년들이 마치 고문실을 가득 채운 죄수들처럼 큰 방 안에 모여 있었다. 교수가 들어와 학생들을 조용히 시키더니 라틴어 문장을 받아쓰라고 했다. 한스는 비로소 안도의 한숨을 내쉬며 우스울 정도로 쉬운 문제라고 생각했다. 빠른 속도로 즐겁게 초안을 작성한 다음 조심스럽고 깔끔한 필체로 답안을 적었다. 한스는 답안지를 가장 먼저 제출한 수험생에 속했다. 친척 아주머니의 집으로 돌아가는 길을 잃어버려 두 시간이나 무더운 거리를 헤맸지만 전혀 짜증 나지 않았다. 오히려 잠깐이나마 친척 아주머니와 아버지한테서 떨어져 혼자 있는 게 기뻤으며, 낯설고 소란스러운 도심을 걷자니 용감한 탐험가가 된 기분마저 들었다. 그렇게 수없이 길을 물으며 돌아다녔고, 드디어 집에 돌아오자 질문 공세가 시작되었다.

"잘 봤니? 시험은 어땠어?"

"아주 쉬웠어요." 한스는 자랑스럽게 대답했다. "그 정도는 5학년 때도 풀었을 거예요." 그리고 엄청난 허기를 느끼며 음식을 먹었다.

오후는 자유 시간이었다. 아버지는 한스를 끌고 친척과 친구들을 찾아갔다. 그러던 중 검은 옷을 입은 소년을 만났다. 한스처럼 주 시험을 보러 괴핑겐에서 온 수줍음이 많은 학생이었다. 두 소년은 주변을 신경 쓰지 않고 어색하지만 호기심 어린 시선으로 서로를 마주 보았다.

"라틴어 시험 어땠니? 쉽지 않았어?" 한스가 먼저 물었다.

"엄청 쉬웠어. 그래서 문제야. 시험이 쉬우면 오히려 더 실수하는 법이거든. 주의를 기울이지 않으니까. 그 안에 함정이 숨어 있었을 거야."

"그럴까?"

"당연하지. 높은 분들은 바보가 아니니까."

한스는 조금 놀라서 생각에 잠겼다가 우물쭈물하며 물었다. "아직 시험 문제 가지고 있어?"

그 소년이 자기 공책을 가져왔고 둘은 시험 문제를 처음부터 끝까지 꼼꼼하게 다시 한번 살펴보았다. 괴핑겐 소년은 라틴어에 매우 자신 있어 보였다. 한스가 단 한 번도 들어보지 못한 문법 용어를 두 번이나 말했다.

"내일은 무슨 시험이지?"

"그리스어랑 작문."

괴핑겐 소년은 한스의 학교에서 수험생이 얼마나 왔는지 물었다.

"아무도 없어. 나 혼자야."

"그래? 괴핑겐에서는 열두 명이나 왔어. 그중 셋은 정말 똑똑한 애들이야. 다들 그 셋이 최상위권으로 시험을 통과할 거라고 생각하지. 작년에도 괴핑겐 학생이 수석이었거든. 넌 시험에 떨어지면 일반 고등학교 가니?"

한스는 여태까지 그에 대해 생각해본 적이 없었다.

"나도 몰라. 아마 그러지 않을 거야."

"그래? 난 시험에 떨어지더라도 계속 공부할 거야. 엄마가 날 울름으로 보낸다고 했거든."

한스는 소년의 말에 움츠러들었다. 뛰어난 학생이 셋이나 된다는 열두 명의 괴팅겐 소년도 한스를 두렵게 만들었다. 시험에 합격해서 그들과 급우가 될 자신이 없었다.

한스는 집에 오자마자 자리를 잡고 mi로 끝나는 동사를 다시 훑어보았다. 라틴어는 전혀 걱정되지 않았다. 자신이 있었다. 하지만 그리스어는 이야기가 달랐다. 한스는 그리스어를 좋아하고 상당히 몰두했지만 단지 그리스어 책을 읽기 위해서였다. 특히 크세노폰은 아름답고 재치 있고 산뜻하고 쾌활했다. 청초하면서도 강하며 멋진 자유 정신을 담고 있었다. 게다가 모든 것이 이해하기 쉽게 쓰여 있었다. 하지만 문법을 생각하면, 혹은 독일어를 그리스어로 번역해야 할 때면 모순된 규칙과 형태가 뒤엉킨 미궁에 빠진 기분이었다. 낯선 언어 앞에서 그리스어 수업 첫시간에 알파벳도 읽지 못하던 두려움과 부끄러움을 느꼈다.

다음 날 예정대로 그리스어와 독일어 작문 시험을 치렀다. 그리스어 시험은 상당히 길고 어려웠으며 독일어 작문 주제는 매우 까다로워서 문제 자체를 이해하지 못하는 학생도 있을 것 같았다. 10시경부터 시험장이 찌는 듯 더워지기 시작했다. 한스는 펜이 말을 듣지 않아 그리스어 답안지를 깨끗이 작성하기까지 용지를 두 장이나 망쳤다. 작문 시간에는 뻔뻔한 옆자리 수험생 때문에 곤혹을 치렀다. 한스에게 쪽지를 보낸 뒤 옆구리를 찌르며 답을 알려달라고 한 것이다. 근처에 앉은 수험생과 접촉하는 것은 엄격한 금지 사항이라 이를 어기면 시험장에서 쫓겨나고 만다. 한스는 공포에 떨며 "나를 내버려둬"라고 쓴 쪽지를 그 학생에게 전하고는 등을 돌려버렸다. 날씨는 여전히 더웠다. 집요하게 쉴 새 없이 시험장을 돌아다니던 감독관도 손수건을 꺼내 얼굴을 여러 번 닦았다. 한스는 두툼한 입교식 예복을 입고 땀을 뻘뻘 흘렸다. 두통이 찾아왔고 결국 찜찜한 기분으로 답안지를 제출해야 했다. 답을 모두 틀려서 시험을 망친 기분이 들었다.

식탁에서 한스는 한 마디도 하지 않고 죄인 같은

표정으로 모든 질문에 어깨를 으쓱할 뿐이었다. 친척 아주머니는 한스를 위로했지만 아버지는 화가 나서 불쾌한 심기를 드러냈다. 식사를 마치자 아버지가 한스를 옆방으로 데려가 다시 꼬치꼬치 캐물었다.

"시험을 망쳤어요." 한스가 대답했다.

"왜 집중하지 않았어? 그러게 정신 똑똑히 차리라고 했지! 이런, 젠장!"

한스는 입을 다물었다가 아버지가 욕을 내뱉기 시작하자 얼굴이 벌게져서 말대답을 했다. "아버지는 그리스어를 아예 모르잖아요!"

오후 2시에 치르는 구술 시험이 가장 싫었다. 한스가 가장 두려워하는 시간이었다. 시험장으로 돌아가며 햇볕이 내리쬐는 후텁지근한 길을 걷자니 매우 초라해진 기분이었다. 슬픔과 불안 그리고 현기증 때문에 눈조차 제대로 떠지지 않았다.

한스는 초록색 책상 앞에 자리한 세 명의 시험관 앞에 앉아 10분 동안 몇 개의 라틴어 문장을 번역하고 시험관의 질문에 답했다. 그다음 10분은 다른 세 명의 시험관 앞에 앉아 그리스어를 번역하고 역시 질문에 답했다. 마지막으로 불규칙 부정 과거형에 관한 질문을 받았지만 대답하지 못했다.

"나가도 좋습니다. 문은 오른쪽입니다."

한스는 문을 나서다 불현듯 불규칙 부정 과거형이 떠올라서 그대로 멈춰 섰다.

"나가십시오." 시험관이 소리쳤다. "나가라니까요! 무슨 문제라도 있습니까?"

"아닙니다. 불규칙 부정 과거형이 생각났습니다."

한스는 방 안쪽을 향해 답을 외쳤고 한 시험관이 미소 짓는 모습을 보았다. 그리고 머리가 뜨거워진 걸 느끼며 자리를 벗어났다. 시험에서 나온 질문과 자신이 말한 답변을 생각해내려 애썼지만 모든 것이 뒤죽박죽이었다. 떠오르는 거라곤 커다란 초록색 책상, 프록코트를 입고 진지한 표정으로 앉아 있는 세 명의 나이 든 시험관, 펼쳐놓은 책, 그 위에서 떠는 자신의 손뿐이었다. 이런 세상에, 도대체 무슨 답을 쓴 거지?

한스는 거리를 걸었다. 여기에 벌써 몇 주 동안이나 머무른 기분이었다. 고향에 돌아가지 못할 것만 같았다. 집 앞 정원, 전나무로 푸르른 산, 강가의 낚시터가 오래전에 한 번 본 아득히 먼 곳으로 느껴졌다. 오늘 당장 집으로 돌아갈 수 있다면! 이미 시험을 망쳤으니 더 이상 여기에 머물 이유가 없었다.

한스는 우유빵을 하나 사서 오후 내내 이곳저곳을 돌아다녔다. 아버지에게 변명하고 싶지 않았다. 마침내 친척 아주머니 집에 돌아오자 모두가 걱정스럽게 기다리고 있었다. 한스가 너무 지치고 초췌해 보이자 어른들이 달걀수프를 먹이고는 어서 잠자리에 들라고 했다. 다음 날 수학과 종교 시험을 보고 나면 다시 고향집으로 돌아갈 수 있었다.

다음 날 오전 시험은 무사히 지나갔다. 전날 주요 과목을 망치고 나서 오늘은 문제가 술술 풀리는 게 쓰디쓴 아이러니였다. 이제 아무래도 좋았다. 드디어 고향집으로 돌아간다!

"이제 시험이 끝났으니 집으로 돌아갈 수 있어요." 한스가 친척 아주머니에게 말했다.

아버지는 이곳에 하루 더 머물고 싶은 눈치였다. 함께 칸슈타트의 온천 공원에 가서 커피를 마시자고 했다. 하지만 한스가 애원하자 아버지는 먼저 떠나는 걸 허락해주었다. 기차역까지 아버지와 친척 아주머니가 배웅해주었다. 한스는 표를 손에 쥐고 친척 아주머니의 작별 키스를 받았다. 친척 아주머니는 간식도 챙겨주었다. 한스는 피곤에 지쳐 아무런 생각이 없었고 기차는 푸른 구릉지를 지나 집으로 달렸다.

가장 먼저 검푸른 전나무 산이 나타나자 소년은 그제
야 기쁨과 해방을 느꼈다. 나이 든 하녀와 자기만의
작은 방, 교장 선생님, 천장이 낮은 정겨운 교실 그리
고 다른 모든 것과 다시 만날 생각에 환희에 젖었다.

다행히 기차역에서는 호기심 어린 지인을 아무도
마주치지 않았다. 한스는 작은 가방을 들고 아무도
눈치채지 못하는 사이 집으로 가는 길을 서둘렀다.

"슈투트가르트는 재밌었니?" 나이 든 하녀 안나가
물었다.

"재미요? 시험이 재밌는 거라고 생각하세요? 전 그
냥 집에 돌아와서 기쁠 뿐이에요. 아버지는 내일 올
거예요."

한스는 신선한 우유를 한 잔 마신 뒤 창문 앞에 걸
린 수영복을 집어 들고 내달렸다. 하지만 마을 사람
들이 모이는 초원 근처 강가는 가지 않았다.

대신 마을에서 멀리 떨어진 곳으로 갔다. 한스는
이곳을 천칭이라고 불렀다. 수심 깊은 물이 높이 자
란 덤불 사이로 천천히 흐르는 곳이었다. 한스는 옷
을 벗고 손을, 곧이어 발을 차가운 물에 담갔다. 솜
털이 곤두섰지만 곧바로 물에 몸을 던졌다. 느릿하게
흐르는 물살을 가르며 천천히 헤엄치다 보니 지난 며

칠 동안 묵은 땀과 두려움이 씻겨내려가는 기분이었다. 차가운 강물이 연약한 몸을 감싸안자 한스의 영혼이 아름다운 고향에 돌아왔다는 새로운 쾌감으로 가득 찼다. 빠르게 헤엄치다가 휴식을 취하고, 다시 헤엄치다가 기분 좋은 시원함과 적당한 피로에 몸을 맡겼다. 한스는 수면에 등을 대고 누워 물이 흐르는 대로 떠내려갔다. 저녁 파리가 금빛 원을 그리며 윙윙대는 소리가 들리고 어두워진 하늘을 가르는 작고 날쌘 제비가 보였다. 벌써 산 너머로 사라진 태양이 붉게 빛나고 있었다. 한스가 물에서 나와 다시 옷을 입고 꿈속을 걷는 걸음으로 돌아갈 때는 이미 골짜기에 땅거미가 내려앉았다.

한스는 상인 자크만의 정원을 지나쳤다. 아주 어렸을 때 동네 친구들과 설익은 자두를 서리해 먹은 곳이었다. 키르히너의 목재소도 지나쳤다. 하얀 전나무 목재가 여기저기 쌓여 있었다. 예전에는 목재 더미 아래에서 낚시에 쓸 지렁이를 잡곤 했다. 게슬러 검사관의 작은 집도 지나쳤다. 2년 전 광장에서 스케이트를 탈 때 그의 딸 엠마에게 말을 걸고 싶었지만 그러지 못했다. 엠마는 마을에서 가장 예쁘고 우아한 여학생이며 한스와 동갑이었다. 당시 한스의 단 하나

뿐인 바람은 엠마에게 말을 걸거나 그녀의 손을 잡는 거였다. 하지만 한스는 수줍음을 많이 탔고 바람도 이루어지지 않았다. 그 후 엠마는 기숙학교에 들어갔다. 한스는 이제 그녀의 얼굴조차 기억나지 않았다. 어린 시절의 추억들이 머나먼 곳에서 다시 돌아온 느낌이었다. 추억은 그 후에 겪은 경험과 달리 선명한 색채를 보이며 기묘한 향기를 풍겼다. 어릴 때 한스는 저녁이 되면 나슐트가의 리제에게 놀러 가서 그 집 문간에 앉아 감자 껍질을 벗기며 옛날이야기를 들었다. 일요일이면 이른 아침부터 바지를 높이 걷어 올리고 둑 아래에서 양심의 가책을 느끼며 가재와 금붕어를 잡았다. 나들이옷이 흠뻑 젖어 아버지한테 매를 맞기도 했다. 그때는 한스가 이미 오래전부터 잊고 있던 신비로운 일도 사람도 많았다. 마을 사람들은 목이 굽은 구둣방 주인 슈트로마이어가 아내를 독살했다고 믿었다. 지팡이를 짚고 보따리를 짊어진 채 이곳저곳을 돌아다니는 탐험가 벡 씨를 부를 때는 늘 '씨'를 붙였다. 한때는 말 네 마리와 마차를 소유한 부자였기 때문이다. 한스의 기억에 남은 것은 그들의 이름뿐이었다. 한스는 어둡고 좁은 이 골목길 세상이 사라져버렸다는 사실을 어렴풋이 느꼈다. 그렇다고 생동감 있고 소중한 경험이 새로 생겨나지도 않았다.

다음 날도 휴일이라 한스는 늦잠을 자며 자유를 만끽했다. 낮에는 아버지를 마중 나갔다. 아버지는 슈투트가르트 여행으로 기쁨이 충만한 상태였다.

"네가 합격하면 어떤 소원이든 들어주마." 아버지는 들뜬 목소리로 말했다. "미리 생각해두렴."

한스는 한숨을 내쉬었다. "아뇨, 아니에요. 전 떨어질 거예요."

"바보 같은 소리! 내 마음이 바뀌기 전에 소원을 말해두는 편이 좋을 거야."

"방학 때 낚시하러 가고 싶어요. 그래도 되죠?"

"그럼, 물론이지. 시험에 붙으면 말이야."

다음 날은 일요일이었다. 천둥번개와 소나기가 내리쳤다. 한스는 몇 시간이나 방에 틀어박혀 책을 읽고 생각에 잠겼다. 슈투트가르트에서 치른 시험 문제를 다시 떠올리며 자신이 큰 실수를 저질렀다는 낙담과 더 좋은 답안지를 만들 수 있었다는 후회에 빠져들었다. 합격은 불가능한 일이 되어버리고 말았다. 지끈거리는 두통! 불안이 점점 커지며 소년을 짓눌렀다. 결국 한스는 무거운 걱정을 끌어안고 아버지에게 달려갔다.

"아버지!"

"무슨 일이니?"

"여쭤볼 게 있어요. 아까 소원 말이에요, 낚시 말고 다른 걸로 바꾸려고요."

"갑자기 이제 와서 왜?"

"왜냐하면요, 저는, 제가 여쭤보고 싶은 건 혹시 제가…."

"답답하게 하지 말고 얼른 말해봐!"

"만약 시험에 떨어지면 일반 고등학교에 다녀도 될까요?"

기벤라트 씨는 할 말을 잃었다.

"뭐, 일반 고등학교?" 그는 폭발하듯 소리쳤다. "고등학교라고? 대체 누가 너를 부추긴 거냐?"

"아무도요. 제가 혼자 생각한 거예요."

소년의 얼굴에 극도의 불안이 서려 있었지만 아버지는 눈치채지 못했다.

"그만 가보거라, 어서!" 그는 억지로 미소를 지어 보였다. "네가 지금 긴장해서 머리가 제대로 안 돌아가는 모양이구나. 고등학교라고? 우리 집이 그렇게 부자인 줄 아는 거냐?" 아버지는 손을 내저으며 단호하게 말했다.

한스는 단념하고 절망에 빠져 밖으로 나왔다.

"저것도 사내 녀석이라고!" 아버지가 한스의 등에 대고 일갈했다. "이제는 고등학교를 가려고 해? 어디 마음대로 해보라지!"

한스는 30분 정도 창턱에 앉아 깨끗하게 닦은 마룻바닥을 응시하며 신학교나 고등학교나 대학교에 가지 못하면 어떻게 해야 할지 생각했다. 치즈 가게나 사무소에 견습생으로 들어가 남은 일생 동안 자신이 그토록 경멸하고 무시하던 가엾은 사람으로 살아갈 것이다. 소년의 귀엽고 총명한 얼굴이 분노와 슬픔으로 일그러졌다. 한스는 씩씩대며 일어나서 침을 뱉고는 옆에 있는 라틴어 선집을 집어 온 힘을 다해 벽에 던졌다. 그러고는 비가 내리는 밖으로 뛰쳐나갔다.

월요일 아침 일찍 한스는 다시 학교에 갔다.

"잘 지냈니?" 교장이 그의 손을 잡으며 물었다. "어제 날 찾아올 줄 알았는데. 시험은 어땠어?"

한스는 고개를 푹 숙였다.

"왜 그러니? 잘 못 봤어?"

"그런 것 같아요."

"기다려보자." 나이 든 신사는 한스를 위로했다. "오늘 오전에 슈투트가르트에서 연락이 올 거다."

오전 시간이 참담할 정도로 길게 느껴졌다. 연락은 오지 않았고 한스는 속으로 울먹이느라 점심을 제대로 삼키지 못했다.

오후 2시에 한스가 교실로 돌아오자 담임선생이 맞아주었다.

"한스 기벤라트!" 그가 큰 소리로 불렀다.

한스는 조용히 앞으로 나섰다. 담임선생이 그의 손을 잡았다.

"축하한다, 기벤라트! 이번 주 시험을 2등으로 통과했어!"

축제 분위기를 머금은 정적이 감돌았다. 문이 열리고 교장이 들어왔다.

"축하한다. 소감이 어떠니?"

소년은 놀람과 기쁨으로 얼떨떨한 상태였다.

"아무 말도 안 할 거니?"

한스는 자신도 모르는 사이에 입을 열었다. "제가 그걸 알았다면 1등도 할 수 있었을 거예요."

"이제 집으로 가거라." 교장이 유쾌하게 말했다. "그리고 아버지께 말씀드리렴. 이제 학교에 올 필요 없단다. 어차피 일주일 후면 여름방학이니까."

소년은 휘청거리며 거리로 나섰다. 줄지어 선 보리

수, 햇살이 비치는 시장, 모든 것이 예전과 다를 게 없는데도 더 아름답고 의미 있고 즐거워 보였다. 시험에 합격하다니! 그것도 2등으로! 폭풍우처럼 몰아친 기쁨이 걷히고 나자 뜨거운 고마움이 피어올랐다. 이제 마을 목사를 피하지 않아도 된다. 이제 공부를 할 수 있다! 치즈 가게나 사무실을 두려워할 필요가 없어졌다!

낚시도 다시 할 수 있다. 집에 도착하니 아버지가 문 앞까지 나와 있었다.

"연락이 왔니?" 아버지가 가만히 물었다.

"별거 아니에요. 전 이제 학교에 안 가도 돼요."

"뭐? 왜?"

"이제 신학교 학생이니까요."

"이럴 수가! 시험에 합격한 거구나!"

한스는 고개를 끄덕였다.

"성적은 어땠니?"

"2등이에요."

아버지도 그 정도는 예상하지 못한 듯 보였다. 말을 잇지 못한 채 아들의 어깨를 계속 두드렸다. 미소 지으며 고개를 저었다. 무엇인가 말을 하려고 입을 열었다. 하지만 아무 말도 하지 않고 다시금 고개를 흔들었다.

"정말 놀랍구나!" 마침내 아버지가 입을 열었다. "정말 놀라워!"

한스는 집 안으로 뛰어들어가 다락방으로 이어진 계단을 올랐다. 텅 빈 다락방에서 서랍을 열고 상자, 실몽당이, 코르크 마개를 모두 끄집어냈다. 한스의 낚시 도구였다. 이제 가는 나뭇가지를 칼로 잘 다듬어야 했다. 한스는 다시 아버지를 향해 계단을 내려갔다.

"아버지, 주머니칼 좀 빌려주세요!"

"뭐 하게?"

"나뭇가지를 잘라서 낚싯대 만들게요."

아버지가 주머니에 손을 넣었다.

"여기 있다." 아버지는 환한 표정으로 진지하게 말했다. "2마르크야. 이걸로 네 칼을 사렴. 한프리트 씨에게 가지 말고 길 건너 대장간으로 가거라."

한스는 재빨리 내달렸다. 대장간 주인이 시험에 대해 물었다. 한스는 기쁜 소식을 전했고 대장간 주인은 특별히 더 좋은 칼을 내주었다. 브뤼엘다리 아래로 강을 따라 멋지고 늘씬한 오리나무와 개암나무가 우거졌다. 한스는 오랜 시간 고민한 끝에 곧고 튼튼한 가지를 잘라서 서둘러 집으로 돌아왔다.

한스는 벌게진 얼굴로 눈을 빛내며 즐겁게 낚싯대를 만들었다. 낚시만큼이나 재미있는 작업이었다. 한스는 오후와 저녁 나절 내내 작업에 몰두했다. 흰색, 갈색, 초록색 줄을 정리하고 끊어진 줄을 이었다. 오래도록 엉킨 줄을 풀기도 했다. 모양도 크기도 다양한 코르크 마개와 깃축을 살피고 새로운 것을 깎았다. 작은 납덩어리는 망치로 두들겨서 저마다 무게가 다른 동그란 공으로 만들었다. 그 사이에 줄을 묶어 무겁게 만드는 방식이었다. 다음은 낚싯바늘 차례였다. 한스는 이미 낚싯바늘을 두어 개 보관해두었다. 어떤 바늘은 네 갈래로 갈라진 검은 재봉실에 꿰고, 어떤 바늘은 남은 장막 줄에 그리고 어떤 바늘은 꼬아 만든 말총 끈에 매달았다. 밤이 되자 모든 작업이 끝났다. 한스는 낚싯대만 있으면 앞으로 남은 7주간의 방학 동안 하루 종일 물가에서 지루하지 않게 보낼 수 있다고 생각했다.

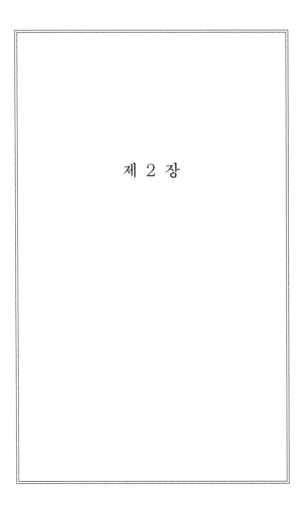

제 2 장

*

여름방학은 이래야지! 산 위로는 용담꽃처럼 푸른 하늘이 펼쳐졌으며 눈부시고 무더운 날이 몇 주 동안 계속되었다. 가끔 거센 폭풍우가 찾아왔지만 금세 지나갔다. 수많은 사암바위와 전나무 그늘을 따라 좁은 계곡 사이로 흐르던 강물이 따뜻해져서 저녁 늦게까지 몸을 담글 수 있었다. 건초와 막 베어낸 풀 냄새가 마을을 감쌌다. 밀밭의 좁은 두렁은 노란색이나 금빛으로 변하고 시냇가에는 독미나리 같은 하얀 꽃이 핀 풀이 어른 키만큼이나 자랐다. 우산 모양의 그 하얀 꽃은 늘 딱정벌레로 뒤덮여 있었다. 사람들은 속이 빈 줄기를 잘라내 길거나 짧은 피리를 만들었다. 숲 가에는 솜털이 달린 노란 베르바스쿰이 장엄하게 펼쳐졌으며 가늘고 질긴 줄기 위에 핀 부처꽃과 바늘꽃이 온 사방을 붉은보랏빛으로 물들였다. 숲 안쪽 전나무 아래에는 빨간 디기탈리스가 아름답고 이국적인 자태를 뽐내며 높이 솟아 있었다. 둥글고 넓은 꽃잎은 은빛 솜털을 지녔으며, 분홍색 꽃받침은 꽃만큼이나 높이 펼쳐져 있었다. 근처에서 자라는 버섯도 다양했다. 붉게 빛나는 광대버섯, 굵고 넓적한 그물버섯, 기괴한 모양의 노랑보리째랭이꽃, 붉고 빽빽한 싸리버섯 그리고 생기 없이 창백한 구상란풀까지. 숲과 초원 사이 잡초가 무성한 비탈에는 짙은 노란색 금작화와 길쭉한 자줏빛 석남화가 흐드러졌다. 두 번째 풀베기를 앞둔 초원에는 황시냉이, 장구채꽃, 샐비어, 스카비오사가 우거져 있었다. 활엽수림에서는 푸른머리되새가 쉴 새 없이 지저귀고 전나무 숲에서는 털이 붉은 다람쥐들이 나무 꼭대기를 오가며 뛰어놀았다. 비탈과 담장, 메마른 무덤 근처에서는 초록색 도마뱀들이 따사로운 햇살 아래 느릿하게 숨 쉬며 눈을 깜박이고 있었다. 초원 너머에서는 지칠 줄 모르는 매미의 울음소리가 우렁차게 울려퍼졌다.

이 시기에는 마을이 시골 분위기를 풍겼다. 건초를 실은 마차, 마른 풀 냄새, 낫 가는 소리가 온 동네를 채웠다. 공장 두 개가 없었다면 여기가 아주 작은 시골인 줄 알았을 것이다.

방학 첫날 아침 일찍 한스는 안나 할머니가 일어나 기도 전에 부엌으로 들어와 초조하게 커피를 기다렸다. 불 지피는 걸 돕고 바구니에서 빵을 가져온 뒤 신선한 우유를 넣은 차가운 커피를 단숨에 마셔버리고는 빵을 주머니에 넣고 내달렸다. 내처 달리다 철둑 위에 멈추고는 바지 주머니에서 둥근 양철통을 꺼내더니 열심히 메뚜기를 잡기 시작했다. 기차가 지나갔다. 하지만 큰 바람을 일으킬 정도로 빠른 속도는 아니었다. 이곳은 철로가 서서히 오르막길이 되는 구간이기 때문이다. 기차는 창문을 모두 연 채 얼마 되지 않는 승객을 싣고 신나게 펄럭이는 깃발 같은 연기와 증기를 내뿜으며 달렸다. 한스는 하얀 연기가 빙빙 돌다가 햇살이 비치는 아침 하늘로 사라지는 모습을 쳐다보았다. 얼마나 오랜 시간 이런 광경을 보지 못했는지! 한스는 잃어버렸던 아름다운 시간들을 두 배로 되돌리려는 듯이, 아무것도 거리낌 없고 걱정거리

또한 없던 어린 시절로 돌아가려는 듯이 크게 심호흡을 했다.

메뚜기가 든 낚시통과 새로 만든 낚싯대를 손에 들고 다리를 건너 정원 뒤쪽을 통과해 말을 씻기는 웅덩이로 가는 동안 은밀한 기쁨과 사냥꾼의 즐거움으로 심장이 요동쳤다. 그곳은 강가에서 가장 깊은 곳이었다. 다른 곳과 달리 버드나무에 기대어 조용히, 누구의 방해도 받지 않고 낚시를 할 수 있는 장소였다. 한스는 줄을 감아 작은 납덩이를 매단 뒤 갈고리로 통통한 메뚜기를 무자비하게 꿰고는 낚싯대를 크게 휘둘러 강 한가운데로 던졌다. 오래전부터 알고 있던 놀이가 다시 시작되었다. 작은 붕어 떼가 미끼를 향해 몰려들었고 메뚜기를 세게 잡아당겼다. 곧 미끼가 전부 사라졌다. 두 번째 미끼를 던졌다. 그리고 하나 더. 이어서 네 번째, 다섯 번째. 한스는 점점 더 신중하게 미끼를 꿰었다. 낚싯줄을 무겁게 만들려고 납덩이도 하나 더 매달았다. 드디어 처음으로 큰 물고기가 미끼를 건드렸다. 물고기는 미끼를 조금 잡아당기더니 그대로 놓았다가 다시 다가와 덥석 물었다. 자고로 훌륭한 낚시꾼이란 줄과 낚싯대로 손가락에 전해지는 움직임을 느끼는 법이다! 한스는 재빠르게 낚아채서 조심스럽게 당기기 시작했다. 바늘에 걸린 물고기가 모습을 드러냈다. 로치였다. 옅은 노란색으로 반짝이는 넙데데한 몸통, 삼각형 머리, 아름답고 선명한 붉은색 배지느러미. 과연 무게가 얼마나 될까? 그러나 물고기는 한스가 대충 들어보기도 전에 필사적으로 몸부림치더니 수면에서 두려움에 떨며 빠르게 펄떡이다 달아나버렸다. 서너 번 원을 그리더니 은빛 번개처럼 깊은 물 속으로 사라진 것이다. 물고기가 낚싯바늘에 완전히 걸리지 않았던 모양이다.

그 바람에 낚시꾼의 내면에서 사냥꾼의 뜨거운 집중력이 깨어났다. 한스는 날카로운 눈빛으로 미동조차 없이 수면에 닿은 가느다란 낚싯줄을 응시했다. 뺨은 붉게 상기되었으며 동작은 깔끔하고 민첩하면서도 단호했다. 두 번째 로치가 먹이를 물었다가 다시 도망쳤다. 그다음은 아쉽게도 작은 잉어였다. 그리고 모샘치 세 마리가 연달아 낚였다. 한스는 모샘치를 낚아서 특별히 기뻤는데, 아버지가 즐겨 먹는 생선이기 때문이었다. 기껏해야 손바닥만 한 물고기는 작은 비늘이 달린 통통한 몸통, 두툼한 머리, 우스꽝스러운 하얀 수염, 작은 눈, 늘씬한 꼬리 부분이 특징이었다. 초록색과 갈색 사이의 빛깔을 띠는데 뭍으로 나오면 강청색으로 변했다.

그사이 태양이 높이 솟았고 둑 위에서는 물거품이 눈처럼 새하얗게 빛났다. 물 위로 따뜻한 바람이 흔들렸고 하늘에서는 손바닥만 한 구름이 무크산 위에 걸려 반짝였다. 날이 더워졌다. 푸른 하늘 한가운데를 조용히 떠도는 하얀 구름 몇 조각이 여름 한낮의 무더위를 잘 보여주었다. 오래도록 쳐다보지 못할 정도로 찬란한 햇빛을 가득 머금었는데 구름이 없었다면 날씨가 얼마나 더운지 몰랐을 것이다. 우리는 푸른 하늘이나 반짝이는 강물이 아니라 하얀 거품이 둥글게 뭉친 한낮의 돛단배 같은 구름을 봐야 비로소 태양이 얼마나 뜨겁게 불타는지 실감한다. 그제야 그늘을 찾아 들어가 땀에 젖은 이마를 훔치는 것이다.

한스는 낚시질에 점점 흥미를 잃었다. 조금 피곤하기도 했다. 어차피 낮에는 물고기가 잘 걸리지 않는다. 늙고 커다란 하얀 잉어들은 이 시간이면 햇볕을 쬐러 수면으로 올라온다. 거뭇한 등을 내보이며 무리지어 강물을 거슬러 올라가다가 갑자기 저희끼리 깜짝 놀라기도 한다. 이 시간에 물고기가 낚이지 않는 이유다.

한스는 버드나무 가지 사이로 낚싯줄을 드리운 뒤 바닥에 앉아 옥빛 강물을 바라보았다. 물고기들이 수면 위로 거무스름한 등을 보일 만큼 올라왔다. 포근한 마법에 걸려든 것처럼 천천히 유려하게 헤엄쳤다. 물고기는 따스한 물속에 있어야 기분이 좋겠지! 한스는 장화를 벗고 강물에 발을 담갔다. 수면은 미지근했다. 몸을 숙여 직접 낚은 물고기를 확인했다. 물고기들은 커다란 주전자에서 힘없이 헤엄치다 가끔씩 파닥거릴 뿐이었다. 얼마나 아름다운가! 물고기들이 움직일 때마다 흰색, 갈색, 초록색, 은색, 금색, 청색 등 색색의 비늘과 지느러미가 반짝였다.

주변은 조용했다. 다리 위를 지나는 차 소리도 거의 들리지 않고, 덜컹거리는 물레방아 소리도 아주 희미하게 울렸다. 하얀 거품이 부드럽게 흐르는 소리만 시원한 자장가처럼 들려왔다. 뗏목 널빤지를 휘감는 물소리가 나지막이 더해졌다.

그리스어, 라틴어, 문법, 문체론 그리고 수학과 암기에 짓눌려 혼란스러웠던, 쉴 새 없이 길게 이어진 바쁜 1년이 눈꺼풀이 감길 만큼 따스한 시간 아래로 조용히 가라앉았다. 머리가 약간 아팠지만 평상시처럼 심하진 않았다. 한스는 예전처럼 강가에 앉아 물거품이 강둑에 부딪치는 모습을, 드리워진 낚싯줄을, 그리고 주전자에서 헤엄치는 낚인 물고기들을 바라볼 수 있었다. 아주 유쾌한 시간이었다. 문득 주 시험에, 그것도 2등으로 합격했다는 사실이 떠오르자 맨발로 물장구를 치고 양손을 바지 주머니에 넣은 뒤 휘파람을 불기 시작했다. 한스는 휘파람을 잘 불지 못하는 게 오래된 고민인데, 그것 때문에 학교 친구들에게 놀림을 받았기 때문이다. 그저 잇새로 낮은 소리를 낼 뿐이지만 혼자 즐기기엔 전혀 상관없었다. 어차피 지금은 휘파람을 들을 사람이 아무도 없었다. 지금쯤 다른 친구들은 교실에 앉아 지리 수업을 듣고 있을 것이다. 한스 혼자만 학교에서 해방돼 자유로웠다. 그는 급우들을 앞질렀고 급우들은 이제 그의 발 아래 있었다. 급우들은 한스를 무던히 괴롭혔다. 한스에게는 아우구스트 외에 친구가 단 한 명도 없었기 때문이다. 게다가 한스는 싸움이나 놀이에도 관심이 없었다. 이제 그 어리석고 둔한 녀석들은 한스의 뒷모습을 우러러볼 터였다. 순간 한스는 그들을 경멸하며 입꼬리를 비틀어 올리기 위해 휘파람을 잠시 멈췄다. 그리고 낚싯줄을 걷어올리다가 웃음을 터뜨렸다. 미끼가 흔적도 없이 사라졌던 것이다. 한스는 양철통에 남아 있는 메뚜기를 놓아주었다. 메뚜기들은 마취 당한 것처럼 비틀대며 짧은 잔디 사이로 사라졌다. 근처 가죽 공장은 이미 점심시간이었다. 이제 밥 먹으러 갈 시간이다.

식탁에는 적막이 감돌았다.

"뭐 좀 낚았니?" 아버지가 물었다.

"다섯 마리요."

"그래? 다 큰 물고기는 잡지 않도록 주의해라. 안 그러면 새끼 물고기를 볼 수 없어질 테니까."

대화는 더 이어지지 않았다. 날씨가 매우 더웠다. 식사를 마치고 곧바로 물에 들어가지 못해 아쉬웠다. 대체 왜 그래야 하는 걸까? 다들 그러면 해롭다고 하는데 과연 정말일까? 한스는 그러지 말라는 주의를 받았지만 밥 먹고 곧바로 물에 들어가곤 했다. 물론 지금은 그러지 않는다. 한스는 이제 그런 나쁜 행동을 할 만큼 어리지 않았다. 놀랍게도 시험감독관들이 한스에게 경어를 썼으니 말이다.

어쨌든 정원의 가문비나무 아래에 한 시간 정도 누워 있는 것도 나쁘지 않았다. 그늘이 충분했기 때문이다. 한스는 책을 읽기도 하고 나비를 쳐다보기도 했다. 그렇게 2시까지 누워 있다가 하마터면 잠이 들

뻔했다. 이제 물에 들어가야지! 수영장이 있는 초원
에는 어린아이 몇몇이 놀고 있을 뿐이었다. 더 큰 아
이들은 모두 학교에 있겠지. 한스는 뛸 듯이 기뻤다.
느긋하게 옷을 벗고 물속으로 들어갔다. 따뜻한 물과
차가운 물을 번갈아가며 즐기는 법을 알고 있었다.
한스는 잠시 헤엄치다가 잠수하고, 물 위에서 첨벙거
리다가 강가에 배를 깔고 엎드렸다. 그리고 금방 마
른 피부 위로 내리쬐는 태양을 느꼈다. 꼬마 아이들
이 존경 어린 표정으로 다가왔다. 그렇다. 한스는 유
명 인사가 된 것이다. 외모도 여느 소년들과 달랐다.
볕에 그을린 가느다란 목덜미 위로 우아한 머리카락
이 자리 잡았고 얼굴에는 생기가 가득했으며 눈은 총
명했다. 몸이 매우 말랐고 팔다리는 가늘고 부드러웠
으며 가슴과 등은 드러난 갈비뼈를 셀 수 있을 정도
였다. 종아리에도 살이 별로 없었다.

  한스는 오후 내내 햇볕과 물 사이를 오갔다. 4시가
지나자 학교 친구들이 왁자지껄 서두르며 수영장으
로 달려왔다.

  "야, 기벤라트! 넌 좋겠다."

  한스는 기분 좋게 기지개를 켰다. "어, 괜찮아."

  "신학교는 언제 가?"

"9월에. 지금은 방학이야."

한스는 급우들이 부러워하는 모습을 바라보았다.
등 뒤에서 누군가 한스를 조롱하며 시구를 읊을 때도
동요하지 않았다.

내가 그렇게 될 수 있다면
술체 리자베트처럼 말이야!
그녀는 대낮에도 침대에 누워 있는데
나는 그렇지 않네.

한스는 그저 웃을 뿐이었다. 그사이 소년들은 옷
을 벗었다. 한 소년은 곧장 물에 뛰어들었고 다른 소
년은 조심스럽게 몸에 물을 묻혔다. 나머지 아이들은
헤엄치기 전에 잔디밭에 누웠다. 멋지게 잠수하는 아
이를 보고 환호하기도 했다. 떠밀려서 물에 빠진 겁
많은 아이가 크게 소리 질렀다. 소년들은 서로 잡기
놀이를 하고, 달리고, 헤엄치고, 뭍에서 일광욕하는
친구들에게 물을 뿌렸다. 물장구치는 소리, 고함치는
소리가 상당히 시끄러웠다. 강가 잔디밭은 물에 젖은
매끈하고 하얀 몸들로 반짝였다.

한 시간 뒤 한스는 몸을 일으켰다. 따스한 저녁 시간이 되었다. 물고기들이 다시 입질을 시작할 시간이었다. 저녁 먹을 시간이 될 때까지 다리 위에서 낚싯대를 드리웠지만 아무것도 잡지 못했다. 물고기들이 너도나도 낚싯바늘로 달려들었고 잠시 동안 미끼에 달라붙었지만 어느 한 마리도 낚이지 않았다. 낚싯바늘에 매단 버찌가 너무 크고 약한 모양이었다. 한스는 나중에 다시 시도해야겠다고 생각했다.

저녁 식탁에서 한스는 수많은 지인이 합격을 축하하러 왔다는 이야기를 들었다. 그리고 오늘 자 주간지를 받았다. '공문'란에 이런 내용이 실려 있었다. "우리 마을은 올해 초급 신학교 입학시험에 단 한 명의 지원자, 한스 기벤라트를 보냈다. 기쁘게도 그가 2등으로 합격했다."

한스는 주간지를 접어 주머니에 넣고 아무 말도 하지 않았지만 긍지와 무언의 환호성으로 가슴이 터질 지경이었다. 저녁을 먹고 다시 낚시를 하러 갔다. 이번에는 미끼로 치즈 조각을 가져갔다. 치즈는 물고기가 좋아하는 미끼인 데다 어두운 밤에도 잘 보였다.

이번에는 낚싯대를 그냥 둔 채 간편하게 낚싯줄만 챙겼다. 낚싯대와 찌 없이 손으로 낚싯줄을 잡고 물고기를 낚는 손낚시는 한스가 가장 좋아하는 방법이었다. 낚시의 모든 과정을 줄과 미끼만으로 해결하는 것이다. 조금 힘들지만 훨씬 재미있었다. 미끼의 미세한 움직임을 통제하고 물고기가 미끼를 쪼거나 무는 것을 느끼며 줄을 당길 때는 물고기를 아주 가까이에서 관찰할 수 있었다. 이 방법으로 낚시하려면 매우 노련한 손가락과 간첩 같은 관찰력이 필요했다.

강물이 돌아나가는 깊고 좁은 골짜기에는 어둠이 일찍 찾아왔다. 다리 아래 물은 어둡고 조용했으며 아래쪽 물레방앗간은 이미 불을 밝혔다. 떠들고 노래하는 소리가 다리 위로, 골목길 너머로 퍼졌고 공기는 습하고 더웠다. 강에서는 어두운 색 물고기가 짧은 순간 튀어올랐다. 이런 밤에는 희한하게도 물고기들이 지나치게 흥분한다. 지그재그로 헤엄치는가 하면 재빠르게 공중으로 나오거나 낚싯줄에 부딪치고 닥치는 대로 미끼에 돌진하기도 한다. 마지막 치즈 조각까지 다 쓰고 나자 작은 잉어 네 마리가 남았다. 한스는 이 물고기들을 내일 마을 목사에게 가져다줘야겠다고 생각했다.

골짜기 아래로 따뜻한 바람이 불었다. 아래쪽은 암흑에 휩싸였지만 하늘에는 아직 빛이 남아 있었다. 어둠이 짙게 깔린 마을에서는 교회 탑과 성의 지붕만 우뚝 솟아 밝은 하늘에 검고 뾰족한 그림자를 드리웠다. 저 멀리 어디선가 폭풍우가 몰려오는 듯 작고 희미한 천둥소리가 들렸다.

한스는 10시쯤 잠자리에 들었다. 머리와 몸은 편하지만 피곤하고 졸렸다. 오랜만에 맛보는 기분이었다. 아름답고 자유로운 기나긴 여름날이 한스 앞에 펼쳐져 있었다. 산책과 수영, 낚시질, 몽상이 이어지는 날들이었다. 1등을 하지 못했다는 사실만이 한스를 괴롭혔다.

한스는 이른 아침부터 마을 목사의 집 앞에 서 있었다. 손에는 어제 잡은 물고기를 들고 있었다. 마을 목사가 서재에서 나왔다.

"한스 기벤라트! 좋은 아침이구나! 축하해, 정말 축하한다. 그런데 여기서 뭐 하는 거냐?"

"물고기 몇 마리를 가져왔어요. 어제 직접 잡은 거예요."

"오, 그렇구나! 고맙다. 어서 들어오렴."

한스는 익숙한 서재로 들어갔다. 도무지 목사의 서재라고는 보이지 않는 방이었다. 꽃이나 담배 냄새가 나지 않았다. 상당한 양의 책이 전부 새것처럼 보였다. 표지도 깨끗하고 책등에 금박이 칠해져 있어서, 색이 바래고 표지가 휘고 벌레 먹고 곰팡이가 핀 책들이 가득한 다른 목사들의 방과 완전히 달랐다. 자세히 보면 훌륭한 장서의 제목에도 새로운 정신이 담겨 있었다. 사라져가는 세대에 살았던 고전적이고 신성한 위인들이 품은 정신과는 다른 종류였다. 여느 목사들 방에 있는 호화품인 뱅겔* 외팅거** 슈타인호퍼*** 뫼리케****의 가곡 〈투름한〉처럼 아름다운 글이 실린 책은 보이지 않았다. 어쩌면 수많은 현대 작품에 묻혀 사라졌는지도 모른다. 쌓여 있는 잡지와 강단, 서류가 흩어진 책상들이 목사의 높은 식견과 진중함을 보여주었다. 누가 봐도 목사가 이곳에서 오랜 시간 공부했음을 알 수 있었다. 목사는 실제로 열심히 공부했는데, 설교나 교리문답, 성경 공부보다 학술지 관련 조사와 논문, 자신의 저서를 위한 사전 준비 때문이었다. 몽상적인 신비주의나 사색은 이곳

* 요한 알브레히트 뱅겔, 경건주의 신학자.
** 프리드리히 크리슈토프 외팅거, 경건주의 신학자.
*** 프리드리히 크리슈토프 슈타인호퍼, 경건주의 신학자.
**** 에두아르트 뫼리케, 시인이자 소설가, 성직자.

에서 추방당했다. 학문이라는 협곡을 넘어 목마른 민중을 사랑과 동정으로 보살피는 소박한 신학도 마찬가지였다. 그 대신 목사는 성경 비판에 몰두하고 '역사적인 예수'를 좇았다. 역사적인 예수라는 존재는 현대 신학에서 구미가 당기는 소재였지만 뱀장어처럼 손가락 사이를 빠져나가는 존재이기도 했다.

신학도 다른 학문과 마찬가지다. 예술에 속하는 신학이 있는가 하면 학문에 속하는, 적어도 학문에 속하려고 하는 신학이 있다. 이것은 예나 지금이나 마찬가지여서 학자들은 늘 오래된 내용을 새로운 포장지로 감싸려고 한다. 반면 예술가들은 겉으로 보기에 그릇된 주장을 고집하면서 많은 이에게 위안과 기쁨을 주었다. 말하자면 비평과 창조, 과학과 예술 사이에 오랫동안 이어진 불평등한 싸움이다. 이 싸움에서 한쪽은 늘 정당했고 다른 한쪽은 믿음과 사랑, 위로의 씨앗과 아름다움과 영원의 근원을 뿌렸으며 언제나 비옥한 땅을 찾았다. 삶이 죽음보다 강하고 믿음이 의심보다 강하기 때문이다.

한스는 강단과 창문 사이에 놓인 작은 가죽 소파에 처음 앉아보았다. 마을 목사는 매우 친절했다. 친구를 대하듯 신학교 생활과 그곳에서 배우는 것에 대해 이야기하다 마지막으로 입을 열었다.

"네가 그곳에서 경험할 일 가운데 가장 중요한 것은 신약성서의 그리스어를 배우는 거란다. 그러면 네 앞에 새로운 세계가 열릴 테지. 공부할 게 많겠지만 그만큼 기쁠 거야. 처음에는 굉장히 어려울 거다. 그건 아테네풍 그리스어가 아니라 새로운 정신으로 만들어진 특수한 언어란다."

한스는 목사의 말을 귀담아들었다. 진정한 학문에 한 발짝 가까워진 기분이 들어 자랑스러웠다.

"학교 규율에 따라 이 새로운 세계에 발을 들이면" 목사가 말을 이었다. "매력이 반감될지도 몰라. 신학교에서 히브리어도 배울 텐데, 그것도 시간이 오래 걸린단다. 생각이 있다면 이번 방학부터 시작해도 좋을 거야. 그러면 신학교에서 배울 다른 과목에 시간과 노력을 투자할 수 있으니까. 나와 같이 그리스어 누가복음을 몇 장 읽어보지 않겠니? 그러면 새로운 언어를 재밌게 익힐 수 있을 거다. 사전은 내가 빌려주마. 하루에 한 시간, 길어야 두 시간 정도 하는 거야. 그 이상은 안 돼. 너는 충분히 쉬어야 하니까. 물론 이건 내 제안일 뿐이란다. 이것 때문에 네 즐거운 방학을 망치고 싶진 않구나."

한스는 당연히 그렇게 하겠다고 대답했다. 누가복음 공부는 자유라는 쾌청한 하늘에 나타난 작은 구름 같았다. 하지만 거절하는 게 부끄러웠다. 어쨌든 방학 동안 새로운 언어를 익히는 건 공부가 아니라 재미였다. 한스는 신학교에서 배워나갈 새로운 공부, 특히 히브리어를 걱정하고 있었다.

한스는 기쁜 마음으로 마을 목사의 집을 나선 뒤 낙엽이 가득한 길을 따라 숲으로 들어갔다. 약간의 찜찜한 기분은 이미 사라졌고 목사와 나눈 대화를 곱씹을수록 그의 제안을 잘 받아들였다는 생각이 들었다. 신학교에서도 다른 급우들보다 앞서려면 지금까지보다 더 야심 차고 집요하게 공부해야 했다. 한스는 꼭 그렇게 되리라 다짐했다. 하지만 어째서 그래야만 하는가? 한스 자신도 알지 못했다. 3년 전부터 모든 사람이 한스에게 주목했는데 교사, 마을 목사 그리고 아버지와 특히 교장이 숨 막힐 정도로 자극하고 닦달했다. 학년이 여러 번 바뀌는 동안 한스는 명실상부한 우등생이 되었다. 한스는 스스로 가장 높은 위치에 있으며 그 누구도 옆자리를 허용하지 않은 자신의 모습에 자부심을 느꼈다. 주 시험에 대한 어리석은 걱정도 이제 끝났다.

당연하게도 휴식은 더없이 좋은 시간이었다. 이른 시간에 찾은 숲에는 산책하는 사람이 한 명도 없어서 평상시보다 훨씬 아름다웠다. 늘어선 가문비나무들이 끝없는 숲길 위로 청록색 아치형 천장을 만들었다. 잡초도 별로 없고 여기저기에 산딸기나무가 무성했다. 가늠할 수 없을 만큼 넓은 대지가 솜털처럼 부들부들한 이끼로 뒤덮이고 그 위에 키 작은 월귤나무와 에리카가 서 있었다. 이슬은 이미 다 말랐다. 화살처럼 곧은 나무줄기 사이로 아침 숲의 독특한 무더위가 매달리고 따뜻한 햇살, 이슬에서 핀 아지랑이, 이끼 냄새, 송진과 가문비나무 향기, 버섯 향이 뒤섞여 마치 모든 감각을 마비시키려는 듯 살랑였다. 한스는 이끼 위로 드러누워 검고 무성한 월귤나무 열매를 뜯어 먹었다. 여기저기서 나무줄기를 쪼는 딱따구리 소리와 샘을 내는 뻐꾸기 소리가 들려왔다. 어둡게 드리운 전나무 꼭대기 사이로 구름 한 점 없이 짙푸른 하늘이 보였다. 셀 수 없이 많은 나무줄기가 멀리까지 뻗어 갈색 벽을 만들고 드문드문 뚫린 틈새로 들어온 노란 빛줄기가 따뜻하게 반짝이며 이끼 위로 번졌다.

　　원래 한스는 뤼첼러 저택이나 크로쿠스 초원이 있

는 멀리까지 걸어볼 생각이었다. 그런데 지금 이끼 위에 누워서 월귤나무 열매를 먹으며 멍하니 먼 곳을 바라보고 있었다. 왜 그렇게 피곤한지 의문이었다. 예전에는 서너 시간을 걸어도 거뜬했다. 한스는 다시 몸을 일으켜 먼 곳까지 걸어보기로 마음먹었다. 수백 걸음을 걷고 다시 이끼 위에 드러누워 휴식을 취했다. 아무리 생각해도 이유를 알 수 없었다. 가만히 누워 나무줄기에서 나무 꼭대기로, 초록색 이끼로 시선을 부산스럽게 움직였다. 이 공기는 어째서 이렇게나 피곤하게 만드는 걸까?

점심 무렵 집에 돌아오자 다시 머리가 아파 왔다. 숲의 언덕길에서 태양이 너무 세게 내리쬐는 바람에 눈도 아팠다. 한스는 조금 언짢은 기분으로 오후 내내 집에 머물렀다. 하지만 강가에서 수영을 하자 기분이 나아졌다. 이제 마을 목사에게 갈 시간이었다.

목사에게 가다가 구두공 플라이크를 만났다. 그는 작업장 창가에서 세발의자에 앉아 일하다 한스를 불렀다.

"어디 가니? 요즘 통 너를 볼 수가 없구나."

"목사님한테 가요."

"아직도? 시험은 끝났잖니."

"네. 그런데 다른 공부를 시작했어요. 신약성서요. 그리스어 신약성서인데 여태까지 배운 그리스어와 달라요. 지금부터 그걸 배워야 돼요."

구둣방 아저씨는 모자를 푹 눌러쓰고 무언가를 골똘히 생각하며 넓은 이마에 굵은 주름을 만들었다. 그리고 한숨을 깊이 내쉬었다.

"한스야." 아저씨가 말을 시작했다. "잘 들으렴. 여태까지는 시험 때문에 잠자코 있었지만, 이제는 너에게 경고를 해야겠다. 넌 마을 목사가 무신론자라는 걸 알아야 해. 그 사람은 성서가 틀렸다는 둥 거짓이라는 둥 말하며 너를 속이려 들 거다. 목사와 함께 신약성서를 읽으면 넌 깨닫지도 못하는 사이에 믿음을 잃고 말 거야."

"하지만 아저씨, 저는 그냥 그리스어를 배우려는 것뿐이에요. 신학교에 가면 어차피 배워야 하는 거라고요."

"너야 그렇게 말하겠지. 그러나 신앙이 깊고 양심 있는 선생님에게 배우는 것과 신을 믿지 않는 사람에게 배우는 건 다르단다."

"목사님이 정말로 신을 믿지 않는지 어떤지 아무도 모르잖아요."

"그렇지 않아, 한스. 안타깝지만 모두 알고 있어."

"어쩌죠? 저는 이미 목사님하고 약속을 했는데요."

"그러면 가야지. 하지만 너무 자주 가지는 마라. 그리고 목사가 성경은 사람이 쓴 책이라느니 거짓이라느니 성령에 의해 만들어진 게 아니라느니 한다면 나한테 와서 상담하도록 해라, 알겠니?"

"네, 그럴게요, 아저씨. 하지만 그렇게 큰 문제는 없을 거예요."

"두고 보면 알겠지. 아무튼 내 말을 잘 기억해라."

마을 목사는 집에 없었다. 한스는 서재에서 그를 기다리며 금박으로 쓰인 책들을 구경하다 플라이크 아저씨의 말을 떠올리고 생각에 잠겼다. 사실 마을 목사에 관한 이야기라든가 현대적인 성직자들에 대한 소문은 이미 자주 들었다. 그런데 처음으로 그 문제에 직접 관여하게 된 지금에서야 긴장과 호기심이 일었다. 한스에게는 구둣방 아저씨 말처럼 중요하고 끔찍한 일이 아니었다. 오히려 이번 일로 매우 오래되고 거대한 비밀을 캐낼 가능성이 생겼다는 낌새를 눈치챘다. 아직 저학년일 때는 신의 존재, 영혼이 있는 장소, 악마와 지옥에 대한 의문에서 빚어진 비현실적인 망상에 흥분하기도 했다. 하지만 이 모든 것이 지난 몇 년 동안 모조리 잠들어버렸다. 한스가 학교에서 배운 기독교 신앙은 구둣방 아저씨와 이야기를 나눌 때에야 비로소 개인의 삶으로 들어왔다. 아저씨와 마을 목사를 비교하자 웃음이 났다. 구두공이 쓰디쓴 세월을 거쳐 얻은 날카롭고 확고한 신앙을 소년은 이해하지 못했다. 플라이크는 똑똑한 사람이지만 단순하고 편협했다. 경건주의자라는 비웃음을 살 때도 있었다. 그는 기도 모임에서 근엄한 재판관이나 유능한 성경해설가 행세를 했고, 다른 마을을 돌아다니며 기도에 참여하기도 했다. 그러나 한편으로는 마을 사람들과 다를 게 없는 수공업자일 뿐이었다. 반면 마을 목사는 재치 있는 달변가이자 설교자였다. 게다가 부지런하고 식견이 뛰어났다. 한스는 존경심을 담아 책장을 올려다보았다.

곧 목사가 돌아왔다. 그는 프록코트를 벗고 가벼워 보이는 검은색 실내 조끼로 갈아입은 뒤 한스에게 그리스어 누가복음을 내밀며 읽으라고 했다. 목사에게 라틴어를 배울 때와는 사뭇 달랐다. 두 사람은 몇 안 되는 문장을 읽고 꼼꼼하게 단어를 번역했다. 목사는 익숙한 예시를 들며 단어의 유래를 설명하거나 책이 쓰인 시대와 상황을 이야기했다. 불과 한 시간 만에 소년이 공부와 독서의 새로운 개념에 눈뜨도록 만든 것이다. 한스는 모든 시구와 단어 뒤에 어떤 수수께끼와 사명이 숨어 있는지, 그 오랜 과거부터 얼마나 많은 학자와 사상가, 연구자들이 문제를 해결하기 위해 노력했는지 깨달았다. 그리고 자신이 진실을 추구하는 사람들 틈에 끼어들었다는 기분이 들었다.

한스는 목사에게 사전과 문법책을 빌렸다. 그리고 집에 돌아와 저녁 내내 공부에 집중하면서 얼마나 많은 공부와 지식의 산을 넘어야 진정한 연구에 도달할 수 있는지 가늠해보았다. 끝까지 포기하지 않고 헤쳐 나갈 준비가 되어 있었다. 구둣방 아저씨와 나눈 대화는 어느새 잊고 말았다.

새로운 학문이 며칠 동안이나 한스를 사로잡았다. 매일 저녁 마을 목사를 찾아갔고 매 순간 진정한 학문이란 더 아름답고 더 어렵지만 추구할 가치가 있는 거라고 생각했다. 아침에는 일찍부터 낚시를 하러 갔다. 오후에 수영하러 가는 것 외에는 집에서 거의 나가지 않았다. 주 시험에 대한 걱정과 승리감 때문에 가라앉았던 야심이 다시 깨어나 자신을 가만히 두지 않았다. 동시에 지난 몇 달 동안 느낀 오묘한 감정이 머릿속에서 고개를 들었다. 고통이 아니었다. 심장을

뛰게 만드는 승리를 향한 조급함이자 앞으로 나아가
고자 하는, 억눌리지 않는 힘과 욕망이었다. 당연히
그 이후에 두통이 찾아왔지만 가벼운 미열을 느끼며
더욱 빠른 속도로 독서와 공부를 해치웠다. 예전에는
15분 정도 걸리던 크세노폰의 어려운 문장을 이제는
쉽게 읽을 수 있었다. 사전을 펼칠 필요조차 없었다.
날카로운 이해력으로 어려운 내용을 술술 읽어내려
갔다. 학구열이 뜨거워지고 지식을 향한 갈망이 심해
질수록 자부심을 느꼈다. 학교와 선생님, 학창 시절
이 이미 오래전 이야기가 된 것 같았다. 지식과 능력
의 고지를 향해 혼자만의 길을 걷는 기분이었다.

한스는 이런 생각과 어떤 선명한 꿈 때문에 자주
잠에서 깼다. 가벼운 두통과 함께 잠에서 깨어나 다
시 잠들지 못하는 밤이면 빨리 앞서가고 싶어 초조하
고 안달이 났다. 그리고 자신이 급우들보다 얼마나
앞서 있는지, 담임선생과 교장이 자신을 얼마나 기특
해하는 눈빛으로 쳐다보았는지 떠올리면 자만심으로
가득 찼다.

자신이 일깨운 소년이 아름다운 야심을 가지고 앞
으로 나아가며 성장하는 모습을 지켜보는 것은 교장
의 은밀한 즐거움이었다. 학교 선생들에게 매정하고

고지식하고 영혼이 없는 좀생이라고 말해서는 안 된다! 오랜 세월 잠들었던 한 아이의 재능이 갑자기 분출되기 시작하고 그 소년이 나무 칼, 돌팔매질, 활쏘기 같은 유치한 장난을 그만두더니 앞으로 나아가려고 정진할 때, 뺨이 통통하던 아이가 진지하게 공부하더니 섬세하고 근엄한 금욕적인 소년이 되었을 때, 아이의 얼굴이 성숙해지고 영혼을 머금었을 때, 아이의 시선이 목표를 향해 깊고 꿋꿋해졌을 때 그리고 아이의 손이 얌전하고 하얘졌을 때 선생의 영혼은 기쁨과 자랑스러움으로 웃음을 터뜨린다. 학교 선생이 해야 하는 일, 국가로부터 위임받은 임무는 어린 소년의 다듬어지지 않은 힘과 욕망을 길들이고 뿌리 뽑는 것이다. 그 자리에 나라에서 정한 절제와 이상을 심어주는 것이다. 충실하게 살아가는 시민이나 공명심에 불타는 관료도 학교 교육이 없었다면 난폭한 개혁가나 결실 없는 꿈을 꾸는 몽상가가 되었을 것이다. 한스의 내면에 자리 잡은 거칠고 무질서하며 교양 없는 무언가 먼저 부서뜨려야 한다. 위험한 불꽃은 미리 꺼버리고 짓밟아야 한다. 자연에서 만들어진 인간은 종잡을 수 없으며 불투명하고 적의를 품은 존재다. 미지의 산에서 흘러나온 강물이나 길도 질서도 없는 밀림과 같다. 밀림이란 자고로 인간에 의해 나무가 베이고 깨끗해지고 강제로 짓눌려야 한다. 학교는 자연 상태의 인간을 밀림처럼 깨뜨리고 정복하고 강제로 짓눌러야 한다. 학교의 임무는 국가가 승인한 규율에 따라 인간을 사회에 유용한 구성원으로 만들고 개개인의 특성을 일깨우는 것이다. 이러한 교육은 주도면밀한 군대식 기강으로 완성된다.

어린 기벤라트가 얼마나 아름답게 성장했는가! 여기저기 돌아다니거나 노는 건 진작에 스스로 그만두었으며 수업 시간에도 멍하니 웃는 일 따위는 없었다. 정원 가꾸기나 토끼 키우기, 쓸데없는 낚시질도 하지 않았다.

어느 날 저녁 교장이 기벤라트의 집을 찾아왔다. 그는 기뻐하며 어떻게든 잘 보이려 애쓰는 한스의 아버지와 정중하게 인사를 나눈 뒤 한스의 방을 찾았다. 소년은 앉아서 누가복음을 읽고 있었다. 교장이 한스를 보고 다정하게 말했다.

"정말 훌륭하구나, 기벤라트! 다시 공부에 열중하는 모습이라니! 그런데 왜 한 번도 찾아오지 않은 거니? 매일매일 너를 기다렸단다."

한스는 변명하듯 대답했다. "가려고 했어요. 좋은

물고기를 몇 마리 잡으면 가져가려고 했어요."

"물고기? 무슨 물고기?"

"잉어나 뭐 그런 물고기요."

"그렇구나. 다시 낚시하러 다니는 거니?"

"네, 가끔이요. 아버지 허락은 받았어요."

"흠, 그래. 재미있니?"

"그럼요."

"그래, 다행이구나. 네가 정당하게 얻은 휴식이니까. 그러면 공부는 별로 하고 싶지 않겠구나?"

"아뇨, 공부도 하고 싶어요."

"네가 원하지 않는다면 강요할 생각은 없다."

"정말 하고 싶어요."

교장은 몇 번 깊은숨을 내쉬더니 옅은 수염을 손으로 쓸며 의자에 앉았다.

"한스야." 교장이 입을 열었다. "잘 들어보렴. 내가 오랜 경험으로 아는 일인데, 힘든 시험을 잘 치르고 나면 갑자기 후퇴하는 경우가 있단다. 신학교에 가면 새로운 과목을 여러 개 배울 거야. 그러다 보니 많은 학생이 방학 중에 미리 공부를 시작하지. 특히 시험에서 좋은 성적으로 합격하지 못한 아이들이 그렇단다. 이런 아이들이 시험을 상위권으로 통과한 학생을 앞지르기도 한단다." 그는 다시 한숨을 쉬었다. "이곳 학교에서는 늘 쉽게 1등을 했을 거야. 하지만 신학교에 가면 똑똑하고 근면한 학생이 많단다. 다른 아이들이 자신을 앞지르도록 놔두지 않을 학생들 말이야. 이해하겠니?"

"네."

"그래서 네가 이번 방학에 미리 공부했으면 한단다. 물론 적당히! 지금은 충분히 쉬어야 하는 시기니까. 하루에 한두 시간 정도면 어떨까 싶다. 안 그러면 궤도에서 벗어나기 쉽거든. 궤도로 다시 돌아가려면 몇 주나 걸릴 테고 말이다. 네 생각은 어떠니?"

"교장 선생님, 선생님이 그렇게까지 호의를 베풀어주시니 저야 당연히 공부하고 싶습니다."

"잘됐구나. 신학교에 가면 히브리어 다음으로 호메로스가 너에게 새로운 세계를 열어줄 거다. 지금부터 기초를 탄탄히 다져두면 호메로스를 두 배는 즐겁게 이해할 수 있을 거다. 호메로스의 언어는 고대 이오니아 방언인데 매우 독특한 고유의 맛이 있지. 그 시를 올바르게 즐기려면 아주 열심히 기초를 쌓아야 한단다."

한스는 당연히 이 새로운 세계에 뛰어들 준비가 되

었으며 최선을 다하겠다고 약속했다.

문제는 그다음이었다. 교장은 헛기침을 하더니 다정하게 말했다. "솔직히 말하자면 수학에도 시간을 투자했으면 좋겠구나. 네가 수학을 못하는 건 아니지만 그렇다고 특출하게 잘하지도 않으니까. 신학교에 가면 대수학과 기하학을 배워야 하는데, 그러려면 미리 공부해두는 게 좋겠지."

"네, 교장 선생님."

"언제든 날 찾아오너라. 네가 유능한 인재로 자라는 모습을 보는 건 나로서도 영광이란다. 아무튼 아버지께 잘 부탁해서 수학 선생님한테 개인 과외를 받도록 하렴. 일주일에 서너 시간이면 충분할 거다."

"네, 교장 선생님."

다시 공부의 열기가 피어올랐다. 한스는 가끔 한시간 정도 낚시를 하거나 산책할 때마다 양심의 가책을 느꼈다. 수학 과외 선생은 한스가 늘 수영하러 가는 시간을 수업 시간으로 정했다.

대수학은 아무리 열심히 공부해도 만족스러운 결과가 나오지 않았다. 무더운 오후, 원래대로라면 수영장에 있어야 할 시간에 수학 선생의 후텁지근한 방

으로 가야 했다. 그 방에서 모기가 윙윙거리고 먼지
가 떠다니는 공기를 마시며 피곤한 머리를 붙잡고 건
조한 목소리로 A 더하기 B, A 빼기 B 등을 중얼대야
했다. 공기 중에는 한스를 마비시키고 짓누르는 무언
가가 감돌았다. 기분이 좋지 않은 날이면 그것이 절
망과 좌절로 바뀌었다. 한스에게 수학이란 정말 이상
한 과목이었다. 그렇다고 한스가 수학을 전혀 이해하
지 못하는 학생이라는 뜻은 아니다. 아주 훌륭한 답
을 내놓고 기쁨에 젖을 때도 있었다. 한스는 수학에
오류와 속임수가 존재하지 않는다는 점이 마음에 들
었다. 주제를 벗어나거나 사람을 현혹시키는 부수적
인 영역도 존재하지 않았다. 같은 이유로 한스는 라
틴어를 좋아했다. 라틴어는 정확하고 깔끔하고 명백
해서 의심의 여지를 남기지 않았다. 하지만 수학은
모든 결과가 옳아도 새로운 의미가 생겨나지 않았다.
수학 공부와 수업은 끝없이 평평한 시골길을 헤매는
시간이었다. 늘 앞으로 나아가고, 어제는 이해하지
못한 내용을 오늘 깨닫기도 하지만, 시야를 넓히기
위해 산에 오를 방법이 없었다.

　교장의 수업은 조금 더 생기 있었다. 마을 목사는
젊고 신선한 호메로스의 언어보다 구약성서의 변질

된 그리스어에서 더욱 흥미롭고 웅장한 내용을 찾아낼 수 있는 사람이었다. 하지만 초반의 어려운 산을 넘자 호메로스는 놀라움과 즐거움을 불러일으켰고 반항할 수 없을 만큼 매력적이었다. 한스는 어렵지만 비밀스럽고 아름답게 울리는 시구 앞에서 기대감에 어쩔 줄 모르며 앉아 있었다. 그럴 때면 서둘러 사전을 펼치며 조용하고 청명한 정원의 문을 여는 열쇠를 찾았다.

해야 할 숙제도 많았다. 매일 밤 늦은 시간까지 책상에 앉아 숙제와 씨름했다. 아버지는 자랑스럽다는 표정으로 열심히 공부하는 아들을 지켜보았다. 아버지의 우둔한 머릿속에는 자신의 줄기에서 뻗어나온 가지가 우러러만 보던 높은 곳까지 향하는 모습을 바라보고 싶다는 편협하며 보잘것없는 속물의 이상이 어렴풋이 자리 잡고 있었다.

방학 마지막 주가 되자 교장과 마을 목사는 갑자기 눈에 띄게 부드럽고 친절해졌다. 소년에게 산책할 시간을 주기도 하고, 수업을 취소하면서 상쾌하고 편안한 마음으로 새로운 궤도에 진입하는 것이 얼마나 중요한지 강조했다.

한스는 몇 번 낚시를 하러 갔다. 하지만 두통이 심

해져 강둑에 멍하니 앉아 있었다. 강물은 연푸른 초가을 하늘을 거울처럼 비춰주었다. 어렸을 때는 왜 그렇게 여름방학을 고대했는지 지금의 한스로서는 이해할 수가 없었다. 이제 방학이 끝나고 신학교에 가서 새로운 생활을 시작한다는 생각에 뛸 듯이 기뻤다. 한스는 낚시에도 흥미를 잃었고 더 이상 물고기를 한 마리도 잡지 못했다. 아버지가 그런 아들을 놀리기도 했다. 한스는 낚시를 그만두고 낚싯줄을 다락방 상자에 넣어버렸다.

방학이 끝나갈 무렵에야 몇 주 동안이나 구둣방 플라이크 아저씨에게 가보지 못했다는 사실이 떠올랐다. 지금이라고 찾아가봐야 했다. 시간은 이미 저녁이었고 구두공은 거실 창문가에 앉아 있었다. 그의 양쪽 무릎에는 어린아이가 한 명씩 앉아 있었다. 창문을 열어놓았는데도 집 안에 가죽과 구두약 냄새가 가득했다. 한스는 아저씨의 단단하고 커다란 오른손에 자기 손을 얹었다.

"그래, 어떻게 지냈니?" 아저씨가 물었다. "목사님이랑 열심히 공부했니?"

"네. 매일 목사님한테 가서 많은 걸 배웠어요."

"뭘 배웠니?"

"주로 그리스어요. 물론 다른 것도 배웠어요."

"그래서 나한테는 한 번도 안 찾아온 거냐?"

"오고 싶었어요, 플라이크 아저씨. 하지만 시간이 없었어요. 매일 목사님과 한 시간, 교장 선생님과 두 시간씩 공부하고 일주일에 네 번은 수학을 배워야 했어요."

"방학인데도 말이냐? 정말 말도 안 되는구나!"

"잘 모르겠어요. 선생님들이 그렇게 말하니까요. 저도 공부하는 건 어렵지 않고요."

플라이크가 소년의 팔을 잡았다.

"물론 그렇겠지. 공부하는 건 나쁜 일이 아니니까. 하지만 팔뚝이 이게 뭐냐? 얼굴도 삐쩍 말랐구나. 두통은 여전하니?"

"가끔요."

"정말 바보 같은 짓이야. 한스, 이건 죄악이다. 네 나이에는 공기를 쐬고 움직여야지. 그리고 편히 쉬어야 해. 이래서야 방학이 무슨 의미가 있니? 방에 틀어박혀서 공부만 하지 말라고 있는 게 방학인데. 넌 정말 뼈와 가죽밖에 안 남았구나."

한스가 웃었다.

"그래, 너야 어딜 가서든 잘하겠지. 하지만 너무 지

나친 건 지나친 거야. 목사님의 수업은 어땠니? 무슨 이야기를 하든?"

"많은 걸 들려주었어요. 하지만 나쁜 이야기는 없었어요. 아는 게 정말 많더라고요."

"성경을 모독하는 말은 하지 않았니?"

"네, 한 번도 없었어요."

"다행이구나. 내 말 잘 들으렴. 영혼이 더럽혀질 바에야 열 번이라도 육신을 더럽히는 편이 낫다! 넌 나중에 목사가 될 텐데, 그건 아주 귀중하면서도 힘든 직책이란다. 여느 젊은 사람들과 달라야 해. 너는 영혼을 구제하고 가르침을 주는 훌륭한 인물이 될 수 있을 거다. 그렇게 되기를 마음으로 기도하마."

그는 자리에서 일어나 소년의 어깨를 양손으로 꾹 쥐었다.

"잘 지내렴, 한스. 올바른 방향으로 나아가야 한다! 주님이 널 축복하고 보호하실 거다. 아멘."

아저씨의 엄숙한 기도와 표준어가 소년의 마음을 무겁게 만들었다. 마을 목사는 헤어지며 플라이크 아저씨 같은 말을 하지 않았다.

한스는 신학교에 갈 준비를 하고 지인들과 작별 인사를 하며 바쁘고 정신없는 나날을 보냈다. 침구와

옷, 책을 담은 상자를 이미 하나 부쳤고 직접 가지고 갈 여행 가방을 챙겼다. 어느 서늘한 아침에 아버지와 아들은 마울브론으로 떠났다. 고향과 집을 떠나 새로운 시설로 들어가니 기분이 이상하고 마음이 무거웠다.

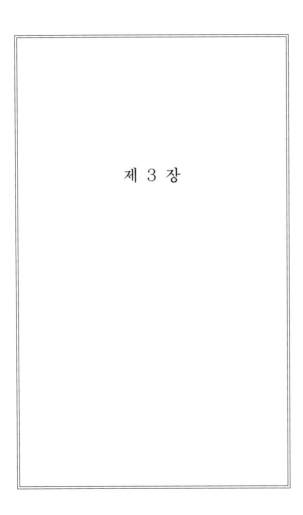

제 3 장

*

　주의 북서쪽, 숲으로 뒤덮인 언덕과 작고 고즈넉한 호수 사이에 시토교단의 마울브론수도원이 있었다. 광활한 대지에 오랜 세월 자리해온 아름답고 견고한 건물이었다. 수도원은 외관이나 내장이 아주 화려한, 누구나 꿈꾸는 매력적인 보금자리이며 조용하고 푸르른 자연에 둘러싸여 수백 년 동안 고상하고 기품 있게 이 지역을 지키는 존재였다. 높은 담벼락 사이로 그림처럼 열린 정문을 통과하면 넓고 고요한 광장이 나온다. 거기에는 분수대가 있고 나이 든 나무들이 서 있다. 광장 양쪽으로는 오래된 석조 건물이 늘어섰고, 그 사이에 교회 본당이 자리한다. 후기 로마네스크풍인 교회 현관은 파라다이스라 불리며 단아하고 황홀한 아름다움을 자랑했다. 본당의 거대한 지붕 위에는 바늘처럼 뾰족한 탑이 익살스럽게 솟아났는데, 그렇게 작은 탑에 어떻게 종이 매달려 있는지 알 길이 없었다. 전혀 손상되지 않은 회랑 또한 그 자체로 하나의 예술품이나 다름없으며 옆에는 화려한 분수가 장식품처럼 놓여 있었다. 단단하고 우아한 교차 궁륭을 덮은 수도사 식당, 기도실, 예배당, 평신도 식당, 수도원 원장 관저 그리고 교회당 두 개가 우람한 모습을 자랑하며 늘어서 있었다. 그림 같은 담, 돌출창, 문, 정원, 물레방아 그리고 저택들이 낡고 육중한 건축물을 포근하고 아늑하게 둘러쌌다. 넓은 앞뜰은 텅 비어 조용했다. 마치 나무 그늘 아래 잠들어 있는 것 같았다. 이곳은 오후가 되어야 덧없는 생동감으로 반짝였다. 짧은 점심시간에 수도원에서 나온 젊은이들이 여기저기로 흩어져 몸을 움직이고 소리를 지르고 이야기를 나누며 웃기도 하고 공놀이를 했다. 하지만 시간이 지나면 재빨리 움직여 담벼락 뒤로 흔적도 없이 사라졌다. 많은 젊은이가 이 뜰에 서서 이곳이 바로 쓸

모 있는 인생을 살 기쁨의 장소라고, 이곳에서라면 생동감 넘치는 행복한 사람이 되리라고 생각했을 것이다. 이곳에서 성숙하고 훌륭한 사람이 되어 즐거운 사색에 잠기며 아름답고 청명한 창작물을 만들어낼 수 있으리라 생각했을 것이다.

　정부는 애정 어린 걱정으로 이 수도원을 언덕과 숲 사이에 숨겨 속세와 단절시켰다. 다만 개신교 신학교의 학생들에게만 문을 열어 감수성이 예민한 청년들이 아름답고 고요한 환경에서 평정심을 찾게 만들었다. 젊은이들은 도시와 가정의 번잡함에서 벗어나 이곳에 머무르며 자신에게 해가 될지도 모르는 인생에서 보호받았다. 이렇게 함으로써 청년들은 몇 년 동안 히브리어와 그리스어, 다른 과목의 학문을 배울 수 있었다. 진지한 인생의 목표가 드러나고 젊은 영혼의 갈증이 씻겨내려가면 이상적인 학문과 즐거움에 열중하는 것이다. 자아를 훈련하고 공동체 의식과 소속감을 배양하는 기숙사 생활도 중요한 요소였다. 정부는 신학교 학생들이 생활하고 공부하는 비용을 지원하며 젊은이들이 남다른 정신을 갖추도록 심혈을 기울였다. 이 정신이야말로 학생들이 나중에 서로를 알아볼 수 있도록 만드는 확실한 낙인이었다. 이곳 생활을 견디지 못하고 도망치는 거친 학생 몇몇을 제외하고 나머지 학생은 평생 슈바벤신학교 출신이라는 낙인을 지고 산다. 그들이 서로 얼마나 다른 존재인지, 얼마나 다른 환경에서 얼마나 다른 관계를 맺으며 살아왔는지는 관계없다. 정부는 이 피보호자들을 정당하고 원초적인 방법으로 표준화한다. 바로 제복 혹은 수도복이다.

어머니와 함께 신학교를 방문한 학생이라면 지나온 시간을 감사와 감동으로 되돌아볼 것이다. 한스 기벤라트는 여기에 속하지 않았다. 한스는 아무런 감동도 느끼지 않았다. 하지만 그 자리에 모인 수많은 어머니를 관찰하며 깊은 인상을 받았다. 침실로 사용하는, 벽장이 늘어선 널따란 복도에는 상자와 바구니가 어수선하게 놓여 있었고, 부모와 함께 온 소년들은 짐을 풀어 정리하느라 바빴다. 각자 자신의 번호가 붙은 옷장을 사용했다. 서재에도 번호를 붙인 책꽂이가 있었다. 소년과 부모들은 바닥에 무릎을 꿇고 앉아 짐을 풀었다. 조교가 그 사이를 국왕처럼 돌아다니며 친절하게 조언하곤 했다. 학생들은 접힌 옷을 펼치고 속옷을 개키고 책을 쌓아올리고 장화와 실내화를 가지런히 세워두었다. 가져온 물건은 대부분 비슷했는데,

가져와도 되는 물건의 종류와 숫자를 정해놓았기 때문이다. 저마다 이름이 쓰인 양철 세숫대야를 세면장으로 가져갔다. 그 옆에 스펀지와 비눗갑, 빗, 칫솔을 놓았다. 학생들은 램프 한 개, 석유통 그리고 식기도 한 벌씩 가져왔다.

소년들은 너도나도 흥분해서 바쁘게 움직였다. 아버지들은 웃음 띤 얼굴로 짐 정리를 돕다가 회중시계를 내려다보곤 했다. 지루한지 밖으로 나가려는 아버지도 있었다. 하지만 어머니들은 온 정성을 다하고 있었다. 아들의 옷과 속옷을 차례로 꺼내 주름을 펴고 끈을 반듯하게 당기고는 입는 순서에 맞게 정리해서 옷장에 넣었다. 다정한 잔소리와 조언도 잊지 않았다.

"새로 산 셔츠는 아껴 입어야 한다. 3마르크 50페니히나 주고 샀으니까."

"한 달에 한 번은 빨랫감을 기차 편으로 부치렴. 급할 때는 우편으로 부치고. 검은 모자는 일요일에만 써야 한다."

온화해 보이는 뚱뚱한 아주머니는 커다란 가방에 앉아 아들에게 단추 다는 법을 가르쳤다.

다른 아주머니가 아들에게 말했다. "집이 생각나거든 언제든 편지를 쓰렴. 곧 크리스마스니까."

아직 젊어 보이는 예쁜 아주머니가 옷가지로 가득 찬 아들의 옷장을 둘러보더니 사랑이 담뿍 담긴 손길로 속옷이며 상의, 바지를 매만지고 나서 어깨가 넓고 뺨이 통통한 아들을 어루만졌다. 아들은 부끄러운지 웃으며 어머니의 손을 뿌리쳤다. 그러곤 약해 보이기 싫었는지 양손을 바지 주머니에 찔러넣었다. 이별은 아들보다 어머니에게 더 힘든 일인 것 같았다.

전혀 다른 반응을 보이는 아이들도 있었다. 이 아이들은 짐 정리하는 어머니를 가만히 쳐다볼 뿐이었다. 다시 집으로 돌아가고픈 눈치였다. 하지만 남들 앞에서 이별에 대한 불안과 커져만 가는 애착을 내보이는 걸 부끄럽게 생각하면서도 드디어 어른이 된다는 자부심을 느끼며 내면의 싸움을 이어갔다. 울음을 터뜨리고 싶지만 아무것도 아니라는 표정으로 애써 참는 소년들도 보였다. 어머니들은 그런 모습을 보며 웃음 지었다.

소년들은 가방에서 필수품 외에 사과, 소시지, 비스킷 바구니 등 값비싼 물건을 꺼냈다. 스케이트를 가져온 아이들도 있었다. 얌체 같아 보이는 자그만 아이는 커다란 햄을 통째로 가져와서 모든 이의 이목을 끌었다. 아이는 당당하게 햄을 내보였다.

누가 처음으로 집을 떠나 신학교에 왔고, 누가 예전부터 기숙학교 생활을 했는지 구분하기란 어렵지 않았다. 하지만 기숙사 생활에 익숙해 보이는 학생들도 흥분과 긴장을 내비쳤다.

기벤라트 씨는 능숙한 솜씨로 아들의 짐 정리를 도왔다. 그는 남들보다 빨리 짐 정리를 마치고는 한스와 함께 지루한 표정으로 가만히 서서 기숙사 방을 둘러보았다. 여기저기서 아버지들은 충고와 훈계를 하느라 바빴고 어머니들은 위로와 조언을 하느라 분주했다. 아들들은 불안한 모습으로 부모의 말을 듣고 있었다. 기벤라트 씨도 한스의 인생 항로에 도움이 될 명언을 해야겠다고 생각했다. 그는 잠자코 생각하다 고민하는 표정을 짓더니 우두커니 서 있는 한스에게 다가갔다. 그리고 갑자기 시문선에나 실릴 법한 엄숙한 말을 늘어놓았다. 한스는 깜짝 놀랐지만 가만히 듣고 있었다. 가까이 서 있던 목사가 아버지의 말을 듣고 재미있다는 듯 미소 짓는 모습이 보였다. 한스는 창피해서 아버지를 구석으로 잡아당겼다.

"자, 우리 가문의 명예를 드높이려무나. 선생님 말씀 잘 듣고."

"네, 그럼요."

아버지는 안도의 한숨을 내쉬었다. 그곳에 있는 것이 무료해지기 시작했다. 한스도 지루해졌는지 불안한 호기심이 담긴 눈빛으로 창문 밖 회랑을 내려다보았다. 은신처 같아 보이는 회랑은 얼마나 품위 있고 평온한지 위층에서 시끄럽게 떠드는 소년들의 삶과 대조적이었다. 한스는 다시 바쁘게 움직이는 급우들을 관찰했지만 아는 얼굴이 없었다. 슈투트가르트에서 만난 라틴어를 잘하는 괴핑겐 소년은 합격하지 못한 모양이었다. 적어도 한스의 눈에는 띄지 않았다. 한스는 이내 괴핑겐 소년을 떨쳐버리고 곧 함께 공부할 소년들을 둘러보았다. 소년들이 가져온 소지품은 종류나 수량은 엇비슷하지만 언뜻 보기에도 도시 아이와 시골 아이, 부유한 아이와 가난한 아이를 구분할수 있을 만큼 달랐다. 부잣집 아이들이 자발적으로 신학교에 오는 일은 드물었다. 한편으로는 부모의 자긍심과 뛰어난 분별력 때문이고, 다른 한편으로는 자식의 재능 때문이었다. 하지만 교사나 공직자들은 자신이 겪은 수도원 생활을 떠올리며 아이를 마울브론에 보냈다. 40명 정도 되는 학생이 똑같이 검은 옷을 입었지만 옷감과 재단이 저마다 달랐고 품행이나 말투, 몸가짐 또한 확연하게 차이 났다. 마르고 팔다리가 경직된 슈바르츠발트 출신, 옅은 금발에 입이 크고 피부가 축축한 고지대 출신, 자유롭고 활동적인 평야 지대 출신, 앞코가 뾰족한 장화를 신고 변질된, 더 정확히 말하자면 순화된 사투리를 쓰는 슈투트가르트 출신. 그런데 모든 아이 중 5분의 1이 안경을 쓰고 있었다. 가냘픈 체구에 우아한 옷을 입은 슈투트가르트의 마마보이는 빳빳한 고급 펠트 모자까지 썼는데, 화려한 옷차림 때문에 몇몇 거친 급우들에게 놀림을 받고 괴롭힘을 당할 거라곤 꿈에도 모르고 있었다.

겁먹은 소년들은 자기 지역에서 뽑힌 우수한 인재였다. 주입식 교육을 받은 평범한 아이도 있고 똑똑하고 고집 센 아이도 있었다. 이 아이들의 반듯한 이마 뒤로는 더 높은 지위를 향한 열망이 반쯤 꿈에 잠겨 있었다. 영특하고 끈기 있는 슈바벤 출신 인재 중 몇몇은 시간이 흐름에 따라 점점 더 커다란 세계로 끌려 들어갔으며 무뚝뚝하고 제멋대로인 생각을 새롭고 강력한 체제의 중심으로 만들었다. 슈바벤 사람들은 예의 바른 신학자들을 세상에 선보였을 뿐 아니라 철학적 사색이 가능하도록 만든 전통에 자부심을 느꼈다. 이 지역에서는 이미 여러 명의 유명한 예언가나 이단아가 탄생했다. 이 비옥한 땅은 정치적으로 보자면 작은 병아리가 뾰족한 부리를 가진 독수리를 따라가듯이 다른 지역에 비해 뒤처졌지만, 신학과 철학 등 정신 영역에서는 온 세상에 끊임없이 영향을 미쳤다. 이 지역 사람들은 오랜 과거부터 아름다운 형상과 몽환적인 시학을 즐겼으며 훌륭한 시인과 작가를 배출하기도 했다. 최근에는 이런 시인에 대한 평가가 후해졌다. 북쪽의 위대한 인재들이 시 분야에서 패권을 쥐었기 때문이다. 그들은 남부 언어가 투박하다고 생각하여 베를린의 세련된 분위기를 입힌 언어로 시를 읊었다. 남부에서 즐기는 고풍스런 서정시와는 사뭇 달랐다. 자부심에 찬 베를린 사람들이 남부의 녹슨 시를 무시하지 않기란 어려운 일이었다. 사람들은 자신이 사는 도시에 대해 특별한 인상을 가지고 있었다. 우리 슈바벤 사람들에게 슈타우펜은 조용한 숲으로 둘러싸인, 꿈과 사색에 좋은 도시였으며 촐러른 사람들에게 촐러른은 매끄럽고 깔끔한 차도가 이어진, 텅 빈 철대포가 가득한 도시였다. 저마다 장점이 있었다.

마울브론신학교의 시설과 규율은 슈바벤의 분위기와 전혀 달라 보였다. 옛날 수도원 시절부터 이어져 내려온 라틴어 이름 옆에 또 다른 고전적 이름이 붙었다. 소년들이 나뉘어서 지내게 될 방은 포룸, 헬라스, 아테네, 스파르타, 아크로폴리스라고 불렀다. 맨 끝에 있는 가장 작은 방은 게르마니아였다. 게르만의 현실에서 그리스 로마 시대의 환영을 만들어내겠다는 뜻인 것 같았다. 어쨌든 이것 또한 외형일 뿐이며 사실은 히브리어 이름이 더 잘 맞아떨어졌을지도 모른다. 우연의 일치인지 아테네 방에는 마음이 넓고 언변이 좋은 학생이 아니라 정직하지만 재미없는 학생들이 배정되었다. 스파르타 방에는 전사나 금욕주의자가 아닌 활발하고 거만한 학생들이 들어갔다. 한스 기벤라트는 다른 아홉 명과 함께 헬라스 방을 썼다.

그날 밤 처음으로 낯선 학생들과 함께 싸늘한 방에서 좁은 침대에 몸을 뉘자 형언할 수 없는 기분이 들었다. 천장에는 커다란 기름 램프가 매달려 있었고, 학생들은 램프의 붉은 불빛 아래서 옷을 벗었다. 10시 15분이 되자 조교가 와서 불을 껐다. 한스와 아홉 명이 나란히 누웠다. 침대 두 개 건너 하나씩 옷을 걸쳐놓은 의자가 놓여 있었고, 기둥에 묶은 밧줄에는 아침에 치는 종이 매달려 있었다. 두세 명은 벌써 친해졌는지 귓속말로 수다를 떨다가 곧 조용해졌다. 다른 아이들은 어색한지 조금 무거운 마음으로 입을 꾹 다문 채 침대에 누워 있었다. 이미 잠든 아이들은 깊은 숨소리를 토해냈다. 잠꼬대를 하는지 팔을 들어 올리는 아이도 있었다. 리넨 이불이 서걱거렸다. 아직 잠들지 않은 아이들도 움직이지 않았다. 한스도 쉽게 잠들지 못하고 옆 침대의 숨소리에 귀를 기울였다. 얼마 지나지 않아 한 침대 건너에서 두려움에 휩싸인 소리가 들렸다. 이불을 머리끝까지 뒤집어쓰고 우는 소리였다. 한스는 먼 곳에서 들려오는 듯 조용한 울음소리에 마음이 울렁였다. 고향은 그립지 않았지만 작고 조용한 자기 방은 무척 아쉬웠다. 앞으로 맞닥뜨릴 미지의 상황과 급우들을 떠올리자 조금 무서워지기도 했다. 늦은 시간이 아니었지만 방 안의 아이들이 전부 잠들었다. 나란히 누운 소년들이 줄무늬 베개에 뺨을 파묻고 잠에 빠져들었다. 슬픈 아이, 반항적인 아이, 활발한 아이, 겁이 많은 아이 할 것 없이 모두 깊은 휴식과 망각 속으로 들어갔다. 낡은 뾰족지붕과 탑, 돌출창, 고딕식 작은 첨탑, 담벼락, 아치형 회랑 위로 희미한 반달이 떠올랐다. 달빛은 건물의 돌림띠와 문턱에 머무르다 고딕식 창문과 로마네스크식 문으로 흘러가더니 다시 회랑 분수대의 커다란 쟁반 위에 옅은 금빛을 흩뿌렸다. 달빛 조각이 세 개의 창문을 통해 헬라스 방으로 들어와 꿈나라를 여행하는 소년들

곁에 머물렀다. 과거 수도사들에게 그러했듯이.

다음 날 예배당에서 엄숙한 입학식이 거행되었다. 프록코트 차림의 교사들이 늘어선 가운데 교장이 인사말을 했다. 학생들은 생각에 잠긴 채 허리를 굽히고 의자에 앉아 있다가 몸을 돌려 뒤쪽에 앉은 부모를 쳐다보곤 했다. 어머니들은 명상에 잠긴 듯 미소 지으며 아들을 바라보았다. 아버지들은 몸을 곧게 세우고 진지한 표정으로 교장의 인사말에 귀 기울였다. 자부심과 기특함 그리고 기대감에 가슴이 부풀었다. 돈 욕심에 자식을 나라에 팔아버렸다고 생각하는 사람은 아무도 없었다. 마지막으로 아이들의 이름이 차례차례 호명되었다. 학생들은 줄을 지어서 교장 앞에 나아가 악수하고 선서했다. 이제 여기 있는 학생들은 행실이 바르다면 죽을 때까지 국가의 보호를 받고 직업을 보장받게 된 것이다. 하지만 이 모든 걸 공짜로 얻는 게 아니라는 사실을 깨달은 사람은 아무도 없었다.

소년들에게는 아버지 어머니와 작별 인사를 해야 하는 순간이 더 중요하고 간절했다. 어떤 부모는 걸어서, 어떤 부모는 우편마차를 타고, 어떤 부모는 서둘러 마련한 차에 올라 뒤에 남겨진 아들의 시야에서 사라졌다. 9월 하늘에 손수건이 오랜 시간 흔들렸다. 부모들의 모습이 숲속으로 완전히 사라지고 아들들은 생각에 잠겨 조용히 수도원으로 돌아왔다.

"이제 부모님들이 집으로 돌아가셨습니다." 조교가 선언하듯 말했다.

이제야 학생들은 서로 얼굴을 마주 보며 인사를 나누고 같은 방을 쓰는 급우들끼리 친분을 쌓기 시작했다. 잉크병에 잉크를 채우고, 램프에 기름을 붓고, 책과 공책을 정리하며 새로운 공간에 빨리 익숙해지려고 애썼다. 그러면서 호기심 어린 눈으로 서로를 쳐다보고 말을 걸었다. 고향과 여태까지 다닌 학교, 다 함께 고생한 주 시험에 대해 이야기했다. 삼삼오오 책상 근처에 모여 이야기꽃을 피우고 여기저기서 소년들의 맑은 웃음이 터졌다. 저녁이 되자 항해를 마친 유람선의 승객들보다 친해져 있었다.

한스와 함께 헬라스 방을 쓰는 아이들은 네 명이 매우 독특하고 나머지는 평범한 축에 들었다. 슈투트가르트 출신의 교수 아들인 오토 하르트너는 머리가 좋고 차분하며 자신감이 넘치는 등 흠잡을 데가 없었다. 넓은 어깨와 큰 키에 고급스러운 옷을 입은 하르트너를 보면 급우들은 감탄할 수밖에 없었다.

카를 하멜은 고산지대 작은 마을 이장의 아들이었

106

다. 그와 말을 트기까지는 꽤 시간이 걸렸는데, 그가 모순으로 가득 찬 데다 냉담한 태도로 일관했기 때문이다. 하멜은 흥분해서 성급한 태도를 보이거나 제멋대로 굴거나 사나운 행동을 하곤 했다. 다행히 그런 상황이 오래 이어지진 않았는데, 곧장 자기만의 껍질 속으로 들어가기 때문이었다. 사람들은 그가 조용한 관찰자인지 음흉한 위선자인지 알지 못했다.

눈에 띄지만 성격이 특별히 모나지 않은 아이는 슈바르츠발트의 훌륭한 가정에서 온 헤르만 하일너였다. 첫날부터 그가 시인이자 문예가라는 사실을 알 수 있었고, 주 시험에서 6운각 시구를 지어 답안을 제출했다는 소문이 퍼졌다. 말이 많고 활발했으며 아름다운 바이올린도 가지고 있었다. 외모에 신경 쓰는 편인데, 아직 어리고 덜 성숙한 감성과 경솔함이 빚어낸 결과였다. 어쨌든 그는 겉보기보다 내면이 깊은 사람이었다. 나이에 비해 몸과 영혼이 발달했으며 벌써 자신만의 길을 찾아 나아가려는 중이었다.

헬라스 방에서 가장 특이한 인물은 에밀 루치우스였다. 밝은 금발에 덩치가 작고 어딘가 모르게 비밀스러워 보이는 이 소년은 끈질기고 부지런하며 백발의 농부처럼 무미건조했다. 몸도 얼굴도 아직 다 자라지 못했지만 소년이라는 인상을 주지 않았다. 오히려 더 이상 자랄 것이 없는 어른의 모습을 보였다. 첫날 모두가 지루해하거나 이야기를 나누거나 새로운 환경에 적응하려 하는데 에밀은 혼자 조용히 앉아 문법책을 들여다보고 있었다. 양쪽 귀를 엄지손가락으로 막고 잃어버린 시간을 되돌리려는 듯이.

시간이 흐를수록 학생들은 이 괴짜 소년이 간사하고 교활한 구두쇠이자 이기주의자라는 사실을 알아챘다. 하지만 악한 모습조차 그의 완벽함에 기여하는 바람에 다들 그를 존경하거나 그의 행동을 참아주었다. 루치우스는 약삭빠르게 돈과 물건을 아껴서 효율적으로 사용했으며, 그의 비밀스런 술책이 수면 위로 드러날 때마다 급우들은 놀라움을 감추지 못했다. 그의 계략은 아침 일찍부터 시작되었다. 루치우스는 맨 처음이나 맨 마지막으로 세면장에 나타났는데, 다른 사람의 수건이나 비누를 몰래 써서 자기 것을 아끼는 방식이었다. 실제로 루치우스의 수건은 2주 동안이나 깨끗한 상태가 유지되었다. 학생들은 일주일에 한 번 수건을 새것으로 바꿔야 했고, 매주 월요일 아침이면 상급 조교가 수건을 검사했다. 루치우스는 월요일 아침 일찍 자기 번호가 붙은 못에 새 수건을 걸어놓았다가 점심시간에 다시 접어서 상자에 넣어두고 낡은 수건을 걸었다. 그의 비누는 딱딱해서 잘 닳지 않기 때문에 몇 달이나 쓸 수 있었다. 그렇다고 에밀 루치우스가 지저분한 행색으로 돌아다니는 건 아니었다. 그는 늘 단정했고 숱이 적은 금발을 꼼꼼하게 빗어넘겼으며 속옷도 겉옷도 최대한 아껴 입었다.

세면장 다음은 식당이었다. 아침으로 커피 한 잔과 설탕 한 조각 그리고 빵 한 개가 나왔다. 여덟 시간 정도 자고 일어난 어린 소년들의 허기란 대단했으므로 대부분은 아침 식사로 포만감을 느끼지 못했다. 하지만 루치우스는 그 양에 만족하며 매일 설탕 한 조각을 남겨뒀다가 다른 학생들에게 설탕 두 조각에 1페니히 혹은 설탕 25조각에 공책 하나를 받고 팔았다. 저녁에는 램프 기름을 아끼려고 다른 학생들의 램프 불빛으로 공부했다. 하지만 루치우스는 가난한 집 아이가 아니라 매우 안락한 가정에서 자랐다. 사실 아주 가난한 집 아이들은 돈을 아끼고 저축한다는 경제 관념을 배우지 못한다. 늘 자기가 쓸 만큼의 돈만 받는 터라 남겨두는 법을 모르기 때문이다.

에밀 루치우스가 물질이나 실존하는 물건에만 인색하게 구는 건 아니었다. 정신적인 부분에서도 최대한

의 이익을 얻기 위해 노력했다. 이런 면에서 그는 매우 영리했다. 정신적 소유물이란 늘 상대적 가치를 지닌다는 사실을 잊지 않았다. 시험에서 좋은 성적을 얻을 가능성이 있는 과목만 열심히 공부하고 나머지 과목은 평균에 머물렀다. 그리고 늘 급우들과 성적을 비교했다. 두 배의 지식으로 2등을 하기보다 반절의 지식으로 1등을 하고 싶어 했다. 저녁에 다른 친구들이 시간을 때우려고 놀이를 하거나 독서를 할 때도 조용히 책상에 앉아 공부했다. 다른 아이들의 소음 따위 전혀 방해되지 않는다는 듯 질투가 아닌 만족스런 표정으로 주변을 둘러보곤 했다. 다른 급우들도 열심히 공부하면 자신의 노력이 빛을 발하지 않을 터이므로.

어쨌든 부지런한 야심가의 약삭빠른 술책을 나쁘게 생각하는 사람은 없었다. 그런데 모든 허풍쟁이와 극단적인 탐욕주의자가 으레 그러하듯 루치우스도 어리석은 실수를 범하고 말았다. 수도원의 수업이 모두 무료라는 점을 이용해 바이올린 교습을 받기로 한 것이다. 바이올린 교습을 받은 적도 없고, 음감이 뛰어나거나 재능이 있는 것도 아니고, 음악을 좋아하지도 않는데 말이다. 음악도 라틴어나 수학처럼 배우면 된다고 생각한 것이다. 음악이란 훗날 유용한 재산이 되며 다른 사람의 관심을 끌 만한 도구라는 이야기를 들은 데다 신학교에서 바이올린을 제공해주니까 돈이 전혀 들지 않았다.

음악 선생 하스는 루치우스가 찾아와 바이올린을 배우겠다고 하자 등줄기가 오싹해졌다. 음악 시간에 루치우스의 노래 실력을 알아봤던 것이다. 루치우스의 노래는 급우들을 즐겁게 만들었지만 음악 선생은 그를 포기하기로 마음먹었다. 조용히 설득하려고 했지만 루치우스는 끈질겼다. 해맑게 웃으며 자신의 정당한 권리를 주장하고는 음악을 향한 열망을 억누르기 힘들다고 덧붙였다. 결국 그는 가장 허접스러운 연습용 바이올린을 받고 일주일에 두 번 개인 교습을 받았으며 매일 30분씩 집중해서 연습했다. 첫 번째 연습 시간이 끝나자 같은 방을 쓰는 급우들이 이 극악무도한 소음을 듣고 싶지 않으니 당장 연습을 그만두라고 부탁했다. 그때부터 루치우스는 바이올린을 연습할 조용하고 구석진 곳을 찾아 신학교를 헤매고 다녔다. 루치우스가 바이올린을 연습하는 곳에서는 긁는 소리, 날카로운 소리, 끼익거리는 소리가 울렸으며 근처 마을 주민들은 공포에 떨었다. 시인 하일너의 묘사를 빌리면 괴로움에 빠진 늙은 바이올린이 온몸에 뚫

111

린 벌레 먹은 구멍을 통해 살려달라고 외치는 소리였다. 루치우스의 실력은 늘지 않았고 애써 그를 가르치던 음악 선생은 짜증스럽고 거친 언사를 숨기지 않았다. 루치우스는 점점 더 힘들게 연습했다. 여태까지 자기만족에 가득 찼던 소시민의 얼굴에 근심 어린 주름살이 생겨났다. 한마디로 완전한 비극이었다. 음악 선생은 결국 루치우스가 완전히 무능하다고 말하며 교습을 거절했다. 배우기를 좋아하는 소년은 다시 피아노를 선택했고, 결실을 맺지 못한 채 또 몇 개월을 허비하다가 녹초가 되어 조용히 포기했다. 그리고 시간이 흘러 음악에 관한 이야기가 나올 때면 슬쩍 끼어들어 자신도 어렸을 때 피아노와 바이올린을 배웠지만 이런저런 이유로 이 아름다운 예술에서 점차 멀어져 안타까웠다고 말했다.

이처럼 헬라스 방은 재미있는 급우들 덕에 웃음이 끊이지 않았다. 문예가 하일너도 가끔 웃긴 상황을 연출했다. 카를 하멜은 풍자가이자 눈치 빠른 관찰자였다. 다른 학생들보다 한 살이 많아서 작은 우월감을 느꼈으나 아무도 그를 따르지 않았다. 게다가 변덕이 심하고 자신의 힘을 시험하기 위해 일주일에 한 번은 싸움을 벌였으며 야만적일 뿐 아니라 잔인한 모습까지 보였다.

한스 기벤라트는 하멜의 행동을 보고 경악하면서도 자신만의 길을 조용히 걸으며 착하고 얌전한 학생이 되었다. 루치우스만큼이나 부지런해서 하일너를 제외한 같은 방 급우들의 존경을 받았다. 하일너는 장난꾸러기 같은 면이 있어서 출세에 눈이 멀었다고 한스를 놀렸다. 학생들은 서로 어울리고 이런저런 일을 겪으며 빠르게 성장해갔다. 저녁이면 기숙사에서 싸움이 벌어지기도 했다. 학생들이 저마다 어른이 되었다는 흥분을 감추지 못했기 때문이다. 그들은 교사가 자신들에게 경어를 쓴다는 사실에 익숙하지 않으면서도 그에 맞는 진중하고 올바른 행동을 하려고 애썼다. 얼마 전에 졸업한 라틴어 학교 시절을 교만하고 동정심 어린 표정으로 돌이켜보기도 했다. 대학 신입생이 고등학교 시절을 돌아보듯 말이다. 하지만 애써 꾸민 품위를 뚫고 순수한 소년의 개구쟁이 같은 면모가 드러나 자신의 권리를 주장할 때도 있었다. 그럴 때는 소년들이 쿵쿵대는 소리와 욕하는 소리가 기숙사에 울려퍼졌다.

교장이나 교사로서는 학생들의 공동생활을 지켜

보는 것이 유익하고 재미있었다. 공동생활을 시작하고 몇 주가 지나자 학생들은 화학반응을 일으킨 혼합물처럼 변화했다. 떠다니던 덩어리들이 동그랗게 뭉치기도 하고 다시 풀어졌다가 다른 모양을 형성하기도 했다. 처음 얼마간의 수줍음을 극복하고 어느 정도 친해지자 무리를 짓기 위한 탐색이 시작되었다. 친분과 반감이 더욱 깊어졌다. 몇 안 되는 학생들은 같은 지역 출신 혹은 같은 학교 출신끼리 뭉쳤다. 대부분은 새로운 친구들과 어울렸다. 도시 아이들이 시골 아이들과, 산악 지대 아이들이 평지 아이들과 친해졌는데, 자신의 부족한 부분을 다양함으로 채우려는 은밀한 경향이기도 했다. 젊은 영혼들은 어설프게 서로를 찾아다녔다. 평등 의식과 고립되고자 하는 욕망이 동시에 싹텄으며 많은 소년이 어린 시절의 잠에서 깨어나 개성을 꽃피웠다. 이루 말할 수 없는 호의와 질투가 담긴 시시한 장면이 연출되기도 했다. 우정의 맹세를 하거나 적대감을 드러내기도 했다. 어떤 아이들은 애정 어린 관계나 함께 산책하는 사이가 되었고, 어떤 아이들은 격렬한 주먹다짐을 했다.

한스는 어떤 무리에도 속하지 않았다. 카를 하멜이 분명하고 저돌적인 태도로 우정을 고백해 왔을 때도 깜짝 놀라 뒷걸음칠 뿐이었다. 얼마 후 하멜은 스파르타 방의 학생과 친해졌다. 한스는 혼자 남겨졌다. 하지만 우정의 땅이 찬란한 색을 뿜내며 지평선 너머로 떠올랐다. 그는 우정을 찾고 싶다는 강한 충동을 느꼈다. 그러나 수줍음에 멈춰섰다. 어머니 없이 소년기를 보낸 탓인지 남들에게 다가가는 게 어려웠고 눈에 보일 만큼 열정적인 우정에 두려움을 느꼈다. 그런데 소년의 자긍심과 기묘한 야심이 생겨났다. 그는 루치우스와 달라서 정말로 지식을 넓히는 데 집중했지만 어떤 부분은 루치우스와 똑같아서 학업을 방해하는 것하곤 거리를 두었다. 책상에 붙어앉아 열심히 공부하면서도 다른 친구들이 우정을 쌓고 기뻐하는 모습을 볼 때면 질투와 부러움에 괴로워했다. 카를 하멜은 한스에게 어울리지 않았다. 하지만 누군가 다가와 강하게 끌어당겼다면 기꺼이 따라갔을 것이다. 한스는 부끄럼을 타는 소녀처럼 가만히 앉아서 자기보다 힘이 세고 용기 있는 누군가 다가와 행복한 우정의 길로 인도해주기를 기다렸다.

신학교에서는 배울 것이 많았다. 특히 히브리어를 익히느라 신입생들의 시간이 눈 깜짝할 새 지나갔다. 마울브론을 감싼 수많은 호수와 연못이 화창한 늦가을 하늘과 시들어가는 물푸레나무, 자작나무, 떡갈나무 그리고 기다란 황혼을 비추고 있었다. 아름다운 숲 사이로 겨울을 앞둔 나뭇잎들의 마지막 무도회가 탄식과 기쁨으로 얼룩졌다. 벌써 여러 차례 옅은 서리가 내리기도 했다.

시인 헤르만 하일너는 마음 맞는 친구를 사귀려고 헛된 노력을 하다 이제는 매일 외출 시간에 혼자서 외롭게 숲을 산책했다. 그는 특히 숲속 호수를 좋아했다. 갈대밭에 둘러싸인 음울한 갈색 호수는 시들어가는 늙은 우듬지로 덮여 있었다. 애처로우면서도 아름다운 숲의 구석진 장소가 몽상가 하일너를 강력하게 끌어들였다.

이곳에서 그는 꿈을 꾸는 듯 나뭇가지로 조용한 수면을 저어서 원을 그리거나 레나우*의 시 「갈대의 노래」를 읽었다. 호숫가 아래 풀밭에 누워서 지는 낙엽과 벌거벗은 나뭇가지가 연주하는 우울한 화음을 들으며 가을이면 늘 떠오르는 죽음과 소멸을 생각했다. 그리고 주머니에서 작고 검은 수첩을 꺼내 연필로 시를 한두 줄 써내려갔다.

10월도 다 끝나가는 어느 흐린 날 점심시간에 한스

*니콜라우스 레나우. 헝가리 출생의 오스트리아 시인.

기벤라트는 혼자 산책하다 이 장소에 이르렀다. 그는 어린 시인이 작은 수문의 널다리에 앉아 수첩을 무릎에 놓고 뾰족한 연필을 입에 문 채 상념에 빠져 있는 모습을 발견했다. 그 옆에는 책이 펼쳐져 있었다. 한스는 천천히 하일너에게 다가갔다.

"안녕, 하일너. 여기서 뭐 해?"

"호메로스를 읽고 있어. 그러는 기벤라트 너는?"

"거짓말. 네가 뭘 하고 있었는지 다 알아."

"그래?"

"당연하지. 넌 시를 쓰고 있었잖아."

"그렇게 생각해?"

"그럼."

"여기 앉아!"

기벤라트는 하일너 옆에 앉아 널다리 아래 수면 위로 다리를 내렸다. 그리고 여기저기서 차분하고 서늘한 공기를 가르며 차례로 떨어진 갈색 나뭇잎이 소리 없이 밤색 수면 아래로 가라앉는 모습을 지켜보았다.

"여기는 왠지 쓸쓸하구나." 한스가 입을 열었다.

"그래."

두 사람은 바닥에 등을 대고 길게 누웠다. 나뭇잎이 듬성듬성 걸린 나무 꼭대기와 가을 풍경은 보이지 않았다. 대신 연푸른빛 하늘에서 조용히 떠다니는 구름 섬이 눈에 들어올 뿐이었다.

"구름이 정말 예쁘다!" 한스가 느긋하게 하늘을 바라보며 말했다.

"그러게." 하일너가 한숨을 쉬었다. "우리도 저 구름처럼 될 수 있다면!"

"무슨 뜻이야?"

"그러면 우리도 숲 너머, 마을 너머로 항해를 할 수 있을 텐데 말이야. 아름다운 배처럼 시와 주를 넘어서 멀리까지. 넌 배를 본 적 없지?"

"없어. 하일너 너는?"

"난 있어. 그런 걸 하나도 모르다니! 하긴 너처럼 공부만 하고 책만 들여다보는 애가 어떻게 알겠어."

"그래서 내가 바보라는 거야?"

"그런 말은 안 했어."

"난 네가 생각하는 것만큼 멍청하지 않아. 어쨌든 배에 대해 더 이야기해 줘."

하일너가 몸을 돌렸다. 머리카락이 물에 닿을 뻔했다. 그는 엎드려서 팔꿈치로 몸을 지탱하더니 양손으로 턱을 괴었다. 그리고 말을 이었다. "방학 때 라인 강에서 배들을 봤어. 어느 일요일에는 배에서 음악이

나오고 밤이 되자 형형색색 등불이 켜지더라고. 그 불빛이 강물에 비치고 우리는 음악을 들으며 강을 따라 내려갔어. 라인 포도주를 마시면서 말이야. 여학생들은 모두 하얀 옷을 입었지."

한스는 잠자코 하일너의 이야기를 들었다. 눈을 감고 여름밤을 가르며 배가 움직이는 모습, 음악과 불빛 그리고 하얀 옷을 입은 소녀들을 떠올렸다.

하일너가 이야기를 이어갔다. "지금이랑은 완전히 달랐어. 여기 있는 녀석들이 그런 걸 알기나 할까? 말만 많은 샌님에 위선자뿐이야! 지칠 때까지 공부하며 자신을 학대하고 히브리어 알파벳이 아닌 고상함이라고는 모르는 녀석들이지. 너도 다를 거 없어."

한스는 아무 말도 하지 않았다. 이 하일너라는 친구는 상당히 특이한 사람이었다. 그는 몽상가이자 시인이었다. 한스는 벌써 여러 번 하일너에게 놀라곤 했다. 모두가 알다시피 하일너는 공부를 열심히 하지 않았다. 하지만 지식이 풍부하고 학습 내용을 전부 이해하며 질문을 받으면 완벽한 대답을 내놓았다. 그러면서도 자신의 지식을 경멸하는 것 같았다.

"호메로스를 배울 때 말이야." 하일너는 비웃듯이 말을 이었다. "우리는 마치 오디세이아가 요리책이라도 되는 양 파고들지. 시 두 구절을 배우는 데 한 시간을 쓴단 말이야. 단어 하나하나를 곱씹다 보면 구역질이 날 지경이야. 그리고 수업이 끝날 때 선생님은 늘 이렇게 말하지. 보셨죠, 여러분. 이 시인이 얼마나 멋진 표현을 사용했는지. 여러분은 이제 작품의 비밀을 들여다보게 된 거랍니다! 그건 그냥 불변화사나 불규칙 부정 과거형에 양념을 친 것뿐이야. 우리가 질식하지 않도록 말이야. 이런 식이면 난 호메로스에 관심 없어. 오래되고 쓸모없는 그리스의 유물과 우리가 대체 무슨 상관이지? 우리 중 누군가가 그리스식으로 살아보겠다고 나서면 당장 쫓겨나고 말걸? 그런데 우리 방 이름이 헬라스라고? 정말 우스워! 쓰레기통이나 노예 우리나 실크 모자가 더 어울린다고. 고전이라 부르는 건 속임수일 뿐이야." 그러곤 허공에 침을 뱉었다.

"너 예전에도 시를 쓴 적이 있어?" 한스가 물었다.

"응."

"뭐에 대해서?"

"여기, 이 호수와 가을에 대한 시."

"보여줘!"

"안 돼. 아직 완성이 덜 됐거든."

120

"그럼 다 쓰면 보여줘."

"좋아."

두 사람은 몸을 일으켜서 수도원으로 천천히 돌아왔다.

"저길 봐. 저게 얼마나 아름다운지 알아?" 하일너가 '파라다이스'를 지나며 물었다. "강당과 둥근 창문, 회랑 그리고 식당까지 모두 고딕과 로마네스크풍이야. 화려하면서 정교하지. 전부 예술가가 만든 거야. 그리고 이 마법의 성은 누구를 위한 걸까? 바로 목사가 되려는 불쌍한 소년들을 위한 거라고. 나라에 돈이 남아도는군."

하일너는 오후 내내 한스의 머릿속을 떠나지 않았다. 하일너는 도대체 어떤 사람일까? 한스의 걱정과 소망이 그에게는 존재하지 않았다. 하일너는 자신만의 신념과 언어를 가지고 있었고 남들보다 더 열정적이며 자유로웠으나 남들과는 다른 고뇌를 떠안은 채 주변 환경을 경멸하고 있었다. 그는 오래된 기둥과 담장의 아름다움을 이해하는 사람이었다. 그리고 비밀스럽고 특별한 예술을 행하고 있었다. 하일너는 자신의 영혼을 시에 비추었으며 환상에서 허구의 삶을 만들어냈다. 그는 활발하고 자유분방했으며 한스가 1년 동안 할 만한 농담을 하루 만에 내뱉었다. 그러면서도 우울했다. 그는 자신의 슬픔을 낯설고 진기하고 귀중한 것처럼 즐겼다.

그날 저녁 하일너는 같은 방 급우들에게 자신의 특이하고 혼란스러운 면모를 보였다. 허풍쟁이에 좀생원인 오토 벵거가 그에게 싸움을 건 것이다. 하일너는 잠시 동안 움직이지 않고 오히려 농담을 해가며 상황을 지켜보았다. 그러다가 갑자기 벵거의 뺨을 세게 때렸다. 곧 두 사람은 화를 내며 거세게 뒤엉켰다. 이들은 키를 잃은 배처럼 이리저리 구르고 반원을 그리기도 하면서 헬라스 방을 혼돈의 도가니로 만들었다. 서로를 벽으로 밀치고, 의자 위로 넘어뜨리고, 바닥에 처박았다. 말없이 숨을 헐떡이며 침을 흘리고 게거품을 물기도 했다. 급우들은 비판적인 표정으로 두 사람을 지켜보며 싸움의 난마에 휘말리지 않으려고 애썼다. 한쪽 발을 살짝 들거나 책상과 램프를 멀리 치워두고 이 재미있는 사건이 끝나기를 기다렸다. 몇 분이 지나자 하일너가 진이 다 빠진 표정으로 일어서서 숨을 몰아쉬었다. 온몸이 상처투성이였다. 눈은 벌겋고 셔츠 깃은 찢어졌으며 바지 무릎 부분에는 구멍이 났다. 상대가 다시 덤벼들려고 했으나 하일너는 팔짱을

낀 채 거만한 말투로 "나는 이제 그만 할 거야. 때릴 테면 때려."라고 말했다. 오토 벵거는 욕설을 내뱉으며 자리를 피했다. 하일너는 자신의 책상에 기대 램프를 끌어다놓더니 양손을 바지 주머니에 찔러넣고 무언가를 곰곰이 생각했다. 갑자기 그의 눈에서 눈물이 흘렀다. 눈물은 하염없이 흘러내렸다. 전례가 없는 일이었다. 신학교 학생에게 눈물은 가장 치욕스러운 행동이었기 때문이다. 그는 눈물을 참으려고 하지 않았다. 방을 나가지도 않고 가만히 서서 창백한 얼굴을 램프 쪽으로 돌릴 뿐이었다. 눈물을 훔치기는커녕 손을 주머니에서 빼지도 않았다. 다른 친구들은 그를 둘러싸고 서서 호기심 어린, 그러면서도 냉소적인 표정을 짓고 있었다.

하르트너가 하일너 앞에 서서 말했다. "하일너, 너는 부끄럽지도 않아?"

눈물을 흘리던 하일너는 깊은 잠에서 깬 사람처럼 느릿하게 주변을 둘러보았다.

"부끄럽지 않냐고? 너희 앞에서?" 그는 경멸이 담긴 큰 목소리로 말했다. "전혀!"

하일너는 얼굴을 닦더니 분노가 섞인 미소를 짓고는 램프를 끄고 나서 방을 나갔다.

한스 기벤라트는 모든 일이 벌어지는 동안 자기 자리에 있었다. 그리고 놀람과 충격에 빠져 하일너를 힐끔거렸다. 15분 후 한스는 방을 나간 하일너를 쫓아갔다. 그는 어둡고 추운 침실의 낮은 창틀에 앉아 미동도 없이 회랑을 내려다보고 있었다. 등 뒤에서 본 그의 어깨와 뚜렷하게 보이는 작은 머리는 소년답지 않은 진지함을 풍겼다. 한스가 다가와 창문 옆에 서도 몸을 움직이지 않았다.

잠시 후 하일너는 고개를 돌리지도 않은 채 잠긴 목소리로 물었다. "왜 왔어?"

"그냥." 한스가 민망한 듯 대답했다.

"원하는 게 뭔데?"

"없어."

"그래? 그럼 다시 가."

한스는 기분이 상해 몸을 돌려서 방으로 돌아가려고 했다. 그때 하일너가 한스를 붙잡았다.

"기다려." 그는 장난기를 머금은 목소리로 말했다. "그렇다고 진짜 가?"

두 소년이 서로의 얼굴을 마주 보았다. 처음으로 서로의 얼굴을 진지하게 쳐다본 순간이었다. 젊고 매끄러운 얼굴 뒤에 고유한 인간의 삶과 자신만의 방식으로 그려진 영혼이 깃든 모습을 상상했다.

헤르만 하일너가 천천히 손을 뻗어 한스의 어깨를 붙잡고 가까이 끌어당겼다. 두 사람의 얼굴이 가까워졌다. 다음 순간 한스는 갑자기 자신의 입술에 다른 사람의 입술이 닿는 것을 느끼고 깜짝 놀라 전율했다.

심장이 세차게 뛰었다. 어두운 침실에 둘만 남은 상황 그리고 이 갑작스러운 입맞춤은 모험이자 새로움이자 어쩌면 위험한 것이었다. 누군가에게 들키기라도 한다면 어떤 끔찍한 꼴을 당할지 모르는 일이었다. 다른 사람들은 조금 전 하일너가 흘린 눈물보다 이 입맞춤을 더 우스꽝스럽고 불명예스러운 일이라고 생각할 터였다. 한스는 아무 말도 하지 못했다. 그저 머리 꼭대기까지 피가 치솟는 기분이었다. 이 자리에서 당장이라도 도망치고 싶었다.

어른이 이 장면을 목격했다면 서툴고 수줍은 애정과 부끄러움을 머금은 우정 표현, 두 소년의 진지하고 선이 고운 얼굴, 미래가 기대되는 아름다운 그 얼굴들에 은밀한 기쁨을 느꼈을 것이다. 소년들의 얼굴에는 반쯤은 어린이다운 매력과 반쯤은 청년다운 아름다움이 배어 있었다.

소년들은 점차 공동생활에 익숙해졌다. 서로를 이

해하고, 서로에 대해 알아갔다. 몇몇 우정이 싹트기도 했다. 히브리어 단어를 같이 외우기도 하고 그림을 그리거나 산책을 가거나 실러의 시를 읽는 친구들도 있었다. 라틴어가 특기지만 수학은 못하는 학생과 라틴어를 잘 못하지만 수학은 특기인 학생이 친구가 되어 학습 능률을 높이기도 했다. 계약이나 재산을 토대로 이루어진 우정도 있었다. 많은 이의 부러움을 샀던, 첫날 햄을 들고 온 소년은 슈탐하임의 과수원집 아들과 사귀며 부족한 부분을 채웠다. 과수원집 아들의 옷장 하단에는 먹음직스러운 사과가 가득 차 있었다. 햄 소년이 갈증을 느끼자 과수원 소년에게 사과를 달라고 말했고, 그 보답으로 햄 소년은 과수원 소년에게 햄을 건넸다. 그들은 자리에 앉아 진중한 대화를 나누었다. 햄 소년은 햄을 다 먹으면 집에서 다시 햄을 보내줄 것이고, 과수원 소년 또한 봄이면 아버지의 사과를 잔뜩 받을 수 있었다. 그렇게 단단한 관계가 맺어졌다. 이들의 우정은 이상과 충동으로 생겨난 우정보다 오래 지속되었다.

몇몇은 홀로 남았다. 루치우스도 혼자였다. 예술을 향한 탐욕스러운 갈망이 절정에 달한 시기였다.

서로 어울리지 않는 우정도 있었다. 헤르만 하일너

와 한스 기벤라트가 그랬다. 자유로운 사람과 성실한 사람, 시인과 공붓벌레의 조합이었다. 사람들은 두 사람이 영리하며 재능도 있다고 말했지만, 하일너는 천재라는 조롱 섞인 별명으로 불렸고 한스는 모범생이라 불렸다. 어쨌든 학생들은 저마다의 우정을 쌓고 자신만의 삶을 살아야 했기 때문에 두 사람에게 그다지 신경 쓰지 않았다.

개인적인 관심사를 충족시키고 경험을 쌓느라 바쁜 와중에도 소년들은 학교생활을 소홀히 하지 않았다. 학교는 웅장한 오케스트라나 마찬가지였다. 그에 비하면 루치우스의 음악, 하일너의 시, 모든 우정과 결속, 때때로 벌어지는 싸움은 사소하고 장난스러운 변주곡이자 작은 유흥이었다. 문제는 히브리어였다. 아주 오래되고 이상한 여호와의 언어는 바싹 메말라 부러지기 쉽지만 비밀이 살아 숨 쉬는 나무와 같아 소년들이 보는 앞에서 낯선 수수께끼처럼 자라났다. 선명한 가지, 기묘한 색과 향기를 뿜내는 꽃이 경이로웠다. 가지와 나무 기둥에는 오목한 구멍이, 뿌리에는 무섭고 끔찍한 혹은 친절한 수천 년 묵은 영혼이 자리 잡고 있었다. 기괴하고 놀라운 용, 천진난만하고 사랑스러운 동화, 아름다운 소년과 고요한 눈을 지닌 소녀

옆에 선 진지한 백발 노인, 싸움을 좋아하는 여인들. 루터가 쓴 성경에서는 포근한 꿈처럼 멀게만 울려퍼지던 것들이 거칠고 진정한 언어로 쓰이자 피와 목소리를 되찾았으며 낡고 육중한, 동시에 질기고 섬뜩한 생명이 되살아났다. 적어도 하일너에게는 그렇게 느껴졌다. 그는 모세오경을 매일, 매 순간 저주했다. 하지만 단어를 모두 이해하고 끈질기게 책을 읽는 그 어떤 학생보다 더 많은 삶과 영혼을 찾아냈다.

신약성서는 그보다 부드럽고 밝았으며 내면에 집중했다. 신약성서의 언어는 비교적 젊고 얕으며, 풍성하진 않았지만 정교하고 열정적이며 꿈에 잠긴 정신으로 충만했다.

오디세이아는 힘차고 또렷했으며 동시에 배후에서 몰아치는 시구들로 이루어졌다. 글들이 하얗고 통통한 요정의 팔처럼, 몰락해버린 행복한 삶을 예감하듯이 솟아났다. 단어나 시구가 어떤 때는 손에 잡힐 듯이 힘차게, 어떤 때는 꿈처럼 희미하게 빛났다.

크세노폰과 리비우스*는 자취를 감추고 말았다. 혹은 빛을 잃어 겸손하고 흐릿한 형상이 되어 옆에 서 있을 뿐이었다.

*고대 로마의 역사가.

한스는 자신이 보는 모든 것이 친구의 눈에는 다르게 비친다는 사실을 깨닫고 깜짝 놀랐다. 하일너에게 추상적인 개념이란 없었다. 그가 상상할 수 없는 것, 상상의 색으로 칠할 수 없는 것이란 존재하지 않았다. 관심이 없는 내용은 과감하게 내버렸다. 예를 들어 하일너에게 수학이란 간사한 수수께끼를 숨긴 스핑크스였다. 스핑크스는 차갑고 사악한 눈빛으로 희생양에게 마법을 걸어 꼼짝 못 하게 만들었다. 그래서 하일너는 이 괴물을 피해 멀리 도망쳤다.

두 사람의 우정은 특별했다. 하일너에게는 즐거움이자 사치였고 마음대로 휘두를 수 있는 것이자 변덕이었다. 한스에게는 자긍심이자 소중한 보물이었고 어떤 때는 너무 거대해서 짊어지기 어려운 짐이었다. 여태까지 한스는 저녁 시간이면 늘 공부를 했다. 하지만 이제는 공부에 질린 헤르만이 거의 매일같이 다가와 책을 빼앗으며 함께 놀자고 했다. 한스는 친구를 매우 좋아했지만 그가 매일 밤 찾아올까 봐 두려움에 떨었다. 다른 학생들에게 뒤처질까 봐 자습 시간에는 두 배나 열심히 공부해야 했다. 하일너가 그런 노력까지 비웃기 시작하자 한스는 더욱 힘들어졌다.

"날품팔이나 마찬가지야." 하일너가 냉소적으로 말

했다. "너는 공부를 즐기거나 하고 싶어서 하는 게 아니야. 선생님이나 네 아버지가 무서우니까 하는 거지. 그래서 1등이나 2등을 하면 뭐가 되는데? 나는 20등이지만 공부만 파는 샌님들보다 멍청하지 않다고."

하일너가 교과서를 어떻게 다루는지 알고 나자 한스는 더욱 경악할 수밖에 없었다. 어느 날 한스는 강의실에 책을 두고 오는 바람에 다음 지리 시간 예습을 위해 하일너의 지도를 빌렸다. 그런데 지도가 연필로 빼곡히 칠해진 모습을 보자 소름이 끼쳤다. 이베리아반도 서해안이 괴상한 얼굴로 변해버렸다. 포르투부터 리스본까지는 코, 피니스테레곶은 곱슬곱슬한 머리카락, 세인트빈센트곶은 뾰족한 턱과 수염이었다. 어느 페이지를 펴든 지도의 하얀 뒷면에는 익살스러운 그림이나 저돌적인 시가 적혀 있고 군데군데 잉크 얼룩이 남아 있었다. 한스는 책을 값비싼 보물처럼 소중히 다루었다. 그는 하일너의 대담한 행위가 신성모독이자 범죄에 해당하는 동시에 영웅적이고 용맹하다고 생각했다.

착한 기벤라트는 친구에게 편리한 장난감이자 애완 고양이처럼 보였다. 한스 자신도 그렇게 생각하곤 했다. 하지만 하일너는 한스가 필요했기 때문에 옆에 붙어 있었다. 그는 믿을 사람이 필요했고, 그의 말을 들어주고 그를 우러러볼 사람이 필요했다. 학교나 인생에 대해 과격한 이야기를 늘어놓더라도 조용히 귀 기울여주는 사람이 필요했던 것이다. 그리고 우울해질 때는 자신의 무릎 위에 그의 머리를 올려주고 위로해 줄 누군가가 필요했다. 이런 성향을 가진 사람들이 으레 그러하듯 젊은 시인은 가끔 원인을 할 수 없는, 조금은 어린아이 같은 우울함 때문에 발작을 일으키곤 했다. 어린 시절의 영혼과 나눈 조용한 작별 인사, 목적 없이 넘쳐흐르는 힘과 예감과 욕구 그리고 어른이 되어가며 나타나는 어둡고 난해한 충동 때문이리라. 그럴 때 하일너는 누군가에게 어리광을 부리고 동정받고 싶은 병적인 욕망을 느꼈다. 어릴 적엔 어머니의 사랑을 한몸에 받는 아이였다. 여인과 사랑을 나눌 만큼 성숙하지 않은 지금으로서는 온순한 친구만이 그를 위한 위안이었다.

하일너는 저녁마다 더없이 불행한 표정으로 한스를 찾아와 공부는 그만하고 함께 침실로 가자고 꼬드겼다. 두 사람은 함께 추운 회랑과 황혼에 물든 높은 기도실을 걸었다. 추위에 덜덜 떨며 창가에 앉아 있기도 했다. 그때마다 하일너는 하이네를 읽는 젊은 시인답

게 처절한 한탄을 토해냈다. 그리고 한스는 도무지 이
해할 수 없는 유치한 슬픔의 구름에 뒤덮였다. 어쨌든
한스는 하일너에게서 깊은 인상을 받았고 곧 그의 감
정에 동화되었다. 예민한 문예가인 하일너는 특히 흐
린 날에 발작을 일으켰다. 늦가을의 비구름이 하늘에
두툼한 커튼을 치고 그 뒤로 숨은 달이 좁디좁은 커튼
틈 사이로 슬픈 빛을 내보낼 때면 하일너의 비탄과 신
음은 극에 달했다. 그런 날이면 오시안*의 정서를 탐
닉하고 안개 낀 비애에 융해되었다. 죄 없는 한스는
자신에게 쏟아지는 하일너의 한숨과 이야기와 시구를
모두 받아내야만 했다.

불쌍한 한스는 고뇌와 고통에 빠졌고 남은 시간 동
안 더욱 공부에 매진했다. 하지만 공부는 점점 더
어려워졌다. 두통이 다시 찾아왔지만 놀라운 일은 아
니었다. 아무것도 하지 않고 무료한 시간을 보내는 일
이 잦아질수록, 꼭 필요한 공부를 하는 데도 굳은 마
음을 먹어야 할수록 걱정이 늘어갔다. 한스는 우울해
졌다. 이상한 친구와의 우정이 그를 지치게 만들었고
여태까지 누구도 닿은 적 없는 순수한 자아를 병들게
했다. 하지만 하일너가 음울해지고 눈물을 흘릴수록

*3세기경 고대 켈트족의 전설적인 시인.

더욱 딱한 마음이 들었고, 자신이 친구에게 없어서는 안 될 존재라는 자각을 할수록 자랑스러운 기분이 들면서 하일너에 대한 애정이 깊어졌다.

한스는 하일너의 병적인 우울함이 지나치게 외부로 분출되었을 뿐 불건전한 충동은 그의 본성이 아니라고 생각했다. 본성은 성실하고 솔직하다며 하일너를 찬양했던 것이다. 하일너가 자신의 시를 낭송하거나 시인으로서의 이상향을 이야기하거나 실러나 셰익스피어의 독백을 열정적인 움직임을 더해 연기할 때면 한스는 자신에게 없는 마법의 힘으로 공중에 뜬 기분이 들었다. 가슴에는 신적인 자유와 불타는 열정을 품고 발에는 호메로스의 천사처럼 날개 달린 신발을 신고 자신과 다른 급우들에게서 벗어나 둥실둥실 떠다니는 기분이 들었다. 여태까지는 시인의 세계에 대해 생각해본 적조차 없었는데 지금 처음으로 아름다운 언어와 매혹적인 그림, 기분 좋게 울리는 운율을 느꼈다. 한스는 자기 앞에 새롭게 열린 세계를 숭배했다. 그 감정은 친구를 향한 경탄과 하나가 되어 무럭무럭 자라났다.

어느새 세찬 바람이 불고 해가 짧아지는 11월이 다

가왔다. 이 시기에는 이른 시간부터 램프를 켜야 했다. 어두운 밤이면 폭풍이 밀려와 산더미 같은 구름을 저 높이 몰아내고 낡은 수도원 건물을 신음할 때까지 후려쳤다. 나무들은 완전히 헐벗었다. 거칠고 튼튼하고 가지가 많은, 나무들의 제왕인 떡갈나무만이 시든 우듬지를 흔들며 다른 나무보다 시끄러운 불평을 늘어놓았다. 하일너는 더욱 우울해졌다. 요즘은 한스도 찾지 않고 혼자 외진 연습실에서 신경질이 난 듯 바이올린을 켜거나 급우들에게 싸움을 걸었다.

어느 날 저녁 하일너가 연습실에 가보니 연습벌레 루치우스가 악보대 앞에서 열심히 악기를 연주하고 있었다. 하일너는 화가 나서 자리를 피했다가 30분 후 다시 나타났다. 루치우스는 그때까지 연습하고 있었다.

"이제 그만 좀 해." 하일너가 욕을 내뱉었다. "다른 사람도 연습해야지. 네가 긁어대는 소리 때문에 다들 괴롭다고."

루치우스도 물러나지 않았다. 하일너는 더욱 기분이 나빠졌다. 루치우스가 다시 바이올린을 긁어대기 시작하자 하일너는 악보대를 발로 차버렸다. 악보가 여기저기로 흩어지고 악보대는 루치우스의 얼굴을 내리쳤다. 루치우스는 악보를 주우려고 몸을 굽혔다.

"교장 선생님께 말씀드릴 거야." 루치우스가 단호하게 말했다.

"좋아." 하일너는 분노에 차서 소리 질렀다. "말씀드리는 김에 내가 네 엉덩이도 걷어찼다고 말하지 그래?" 그러곤 곧바로 루치우스를 걷어차려고 했다.

루치우스는 옆으로 껑충 뛰더니 문을 향해 도망갔다. 하일너가 쫓아갔다. 강당과 계단, 복도를 지나 격렬하고 시끄러운 추격전이 시작되었다. 추격전은 가장 먼 수도원 건물까지 이어졌는데, 그 조용한 곳에 고상한 교장의 저택이 있었다. 하일너는 저택의 정문 바로 앞에서 도망자를 따라잡았다. 도망자는 곧바로 문을 두드렸고 열린 문으로 들어가려는 순간 진짜로 엉덩이를 걷어차였다. 결국 루치우스는 등 뒤에서 문이 채 닫히기도 전에 마치 폭탄처럼 신성불가침한 저택 안으로 뛰어들고 말았다.

전대미문의 사건이었다. 다음 날 아침 교장 선생은 젊은이들의 타락에 대해 장중한 연설을 늘어놓았다. 루치우스는 깊은 생각에 잠겨 연설을 들으면서 속으로 박수를 보냈다. 결국 하일너는 무거운 금고형에 처해졌다.

교장 선생이 하일너를 큰 소리로 꾸짖었다. "그 오랜 시간 우리 학교에서 금고형에 처한 학생은 없었습니다. 자네가 10년이 지나도 이 일을 잊지 않도록 해주지요. 다른 학생들에게 하일너 군은 아주 엄한 본보기가 될 겁니다."

모든 학생이 두려움에 떨며 하일너를 훔쳐보았다. 하일너는 얼굴이 창백했지만 반항하는 태도로 교장 선생의 시선을 피하지 않았다. 많은 학생이 내심 하일너의 행동에 경의를 표했지만 교장 선생의 훈계가 끝나자 소란스럽게 복도를 메우며 밖으로 나갔고 하일너는 추방당한 나병 환자처럼 홀로 남았다. 지금 그의 편에 서기에는 용기가 필요했다.

한스 기벤라트도 그러지 못했다. 하일너 편에 서는 것이 의무라고 느끼면서 자신의 비겁함에 고통스러워했다. 비통함과 수치심을 느끼며 창문에 몸을 붙이고 서서 감히 고개를 들지 못했다. 친구를 찾아가고 싶은 마음은 굴뚝같았지만 누구의 눈에도 띄지 않고 하일너를 만나러 가기란 불가능했다. 수도원에서 무거운 금고형에 처한 사람은 낙인이 찍힌 것이나 다름없었다. 그 사람이 타인의 이목을 끌게 되리란 사실은 누구나 알고 있었다. 그와 교류하면 위험할 뿐 아니라 좋지 않은 평판을 들을 것이다. 학생들에게 주어지는 국가의 은혜에는 강력하고 철저한 규율이 따랐다. 이미 입학식에서 언급한 내용이었다. 한스도 그 사실을 알고 있었다. 그는 친구로서의 의무와 학생으로서의 공명심 사이에서 고뇌했다. 그의 이상은 남보다 앞서는 것, 시험에서 상위권에 드는 것, 자신의 역할을 다하는 것이었지 낭만적이고 위험한 게 아니었다. 한스는 겁에 질려 방구석에 틀어박혔다. 지금이라면 용기를 내서 당장 달려갈 수 있을 것 같았는데 시간이 지날수록 더욱 어려워졌다. 스스로 깨닫기도 전에 그의 배신은 기정사실이 되었다. 하일너도 이미 깨닫고 말았다. 이 열정 가득한 소년은 모두가 자신을 피한다고 느꼈다. 하지만 한스까지 그럴 줄은 몰랐다. 그가 지금 느끼는 애통함과 분노와 비교하면 여태까지 느낀 공허한 비탄은 허무하고 유치할 뿐이었다.

하일너는 잠시 기벤라트 옆에 멈춰섰다. 그의 얼굴은 창백하지만 거만했다. 그가 조용히 말했다. "넌 그냥 겁쟁이일 뿐이야. 나쁜 자식!" 그러고는 낮게 휘파람을 불며 양손을 주머니에 넣고 자리를 떴다.

학생들이 다른 생각과 과제로 바쁜 일과를 보내야 한다는 사실이 다행스러웠다. 사건 이후 며칠 지나지 않아 갑자기 눈이 쏟아졌고 맑지만 추운 겨울 날씨가 시작되었다. 학생들은 눈싸움을 하거나 스케이트를 탔다. 크리스마스와 겨울방학이 코앞으로 다가왔다는 걸 눈치채고는 기대감에 부풀었다. 하일너에게 신경 쓰는 사람은 별로 없었다. 그는 당당하고 자신감에 찬 얼굴로 머리를 똑바로 들고 조용히 걸어다녔다. 누구 와도 말을 섞지 않았다. 대신 시간이 날 때마다 수첩 에 시구를 적었다. 검은 방수포로 싸인 표지에는『수 도사의 노래』라고 쓰여 있었다.

떡갈나무와 오리나무, 너도밤나무 그리고 버드나무 에 하얗게 핀 서리와 얼어붙은 눈송이가 환상적인 모 습을 연출했다. 연못에 낀 얼음은 추위를 이기지 못하 고 바스락거렸다. 회랑 광장은 고요한 대리석 정원으 로 변했다. 기숙사 방에는 축제 분위기에 휩싸인 들뜬 목소리가 가득했다. 한 치의 빈틈도 보이지 않으며 늘 정갈하고 엄격한 두 교수의 얼굴에도 크리스마스를 앞둔 기쁨과 소소한 즐거움이 부드럽게 비쳤다. 크리 스마스에 무관심한 교사나 학생은 아무도 없었다. 하 일너조차 인상을 폈으며 덜 불행해 보였다. 루치우스 는 방학 때 어떤 책과 신발을 가져갈지 고민했다. 집 에서 온 편지에는 기대감에 부풀어오를 만한 내용이

담겨 있었다. 선물은 무엇을 원하는지, 집에서 빵을
구울 날이 언제인지, 깜짝 선물을 알리는 암시, 다시
만나는 기쁨 등이었다.

　방학을 맞아 집에 돌아가기 전에 모든 학생이, 특히
헬라스 방 학생들이 작은 사건을 겪었다. 기숙사 방
가운데 가장 넓은 헬라스 방에서 열리는 크리스마스
파티에 교사들을 모두 초대하자는 의견이 모였다. 축
제 연설, 두 편의 시 낭송, 플루트 독주, 바이올린 이
중주가 준비되었다. 그리고 학생들은 유머가 담긴 프
로그램을 추가하고자 했다. 토론과 제안을 거듭했지
만 뾰족한 수가 떠오르지 않았다. 그때 카를 하멜이
에밀 루치우스의 바이올린 독주가 가장 인기 있을 거
라고 말했다. 모두가 찬성했다. 루치우스에게 부탁하
여 보답을 약속하고 협박까지 한 끝에 이 기구한 음악
가의 동의를 얻었다. 정중한 글이 담긴 초대장과 함께
교사들에게 보낸 프로그램에는 이와 같은 제목이 실
려 있었다. '고요한 밤, 바이올린 가곡, 작은 방의 거
장 에밀 루치우스의 연주.' 루치우스가 외진 연습실에
서 열심히 바이올린을 켰기 때문에 붙은 별명이었다.

　교장, 교수, 보조교사 그리고 음악 선생과 상급 조
교까지 모두 초대받아 파티에 참석했다. 하르트너의

주름 장식이 달린 검은 프록코트를 빌려 입고 머리를 단정히 빗은 루치우스가 부드러운 미소를 머금고 무대 위로 올라서자 음악 선생의 이마에 땀방울이 맺히기 시작했다. 루치우스가 인사를 했을 뿐인데 청중들은 큰 환호성을 보냈다. 가곡 「고요한 밤」은 그의 손가락 아래서 멱살을 잡힌 듯한 탄식과 신음이 되고 고통에 찬 고뇌의 소리가 되었다. 그는 두 번이나 다시 연주를 시작했다. 그래봐야 찢어지고 부서진 선율이었다. 그는 발로 박자를 맞추며 추운 겨울에도 일하는 나무꾼처럼 연주를 이어갔다.

교장 선생이 재미있다는 듯 웃으며 격분해서 창백해진 음악 선생에게 고개를 끄덕였다.

루치우스는 세 번째로 연주를 다시 시작했지만 곧 멈추고 말았다. 바이올린을 축 늘어뜨린 채 청중들에게 몸을 돌리고 사과했다. "못하겠습니다. 사실 저는 지난가을부터 바이올린을 시작했거든요."

"괜찮습니다. 루치우스 학생. 자네의 노력에 고마움을 표하고 싶군요. 계속 그렇게 꾸준히 연습하세요." 그리고 교장은 라틴어로 외쳤다. "역경을 헤치고 별을 향하여!*"

* 유명한 라틴어 문장인 Per aspera ad astra.

12월 24일은 오전 3시부터 활기차게 시작되었다. 모든 침실에서 왁자지껄한 소음이 터져나왔다. 창문에는 예쁜 나뭇잎 모양의 성에가 두껍게 내려앉았다. 세면장의 물이 얼어붙고 수도원 광장에 살을 에는 칼바람이 휘몰아쳤지만 누구도 신경 쓰지 않았다. 식당에서는 커다란 커피 양동이가 김을 뿜어내고 있었다. 아직 어두운 시각, 외투와 목도리로 중무장한 학생들이 희미하게 반짝이는 하얀 들판을 넘고 조용한 숲을 지나서 멀리 떨어진 기차역으로 향했다. 다들 도란도란 이야기를 나누며 농담을 하고 큰 소리로 웃었다. 그러면서도 저마다 은밀한 희망과 기쁨 그리고 기대감으로 가슴이 부풀었다. 주 전체의 도시와 농촌 할 것 없이 크리스마스 분위기를 풍기는 따뜻한 방에서 부모님과 형제, 자매들이 그들을 기다릴 터였다. 학생들이 멀리 떠나와서 처음으로 집에 돌아가는 크리스마스였다. 고향 사람들이 애정과 자긍심으로 자신의 귀향을 고대하리라는 사실을 알고 있었다.

눈 덮인 숲 한가운데 있는 작은 기차역에 도착한 학생들은 날카로운 추위 속에서 기차를 기다렸다. 모두가 이렇게 한마음 한뜻으로 평화롭고 즐거운 적은 처음이었다. 오직 하일너만 입을 다물고 있었다. 기차가 도착하고 기다리던 학생들이 모두 올라타자 하일너가 맨 마지막으로 다른 칸에 탔다. 다음 역에서 기차를 갈아탈 때 한스는 다시 하일너를 쳐다보았다. 하지만 부끄럽고 후회하는 마음은 고향에 돌아간다는 흥분과 기쁨으로 금세 뒤덮였다.

집에 도착하자 아버지가 얼굴 가득 미소를 띠고 한스를 맞이했다. 선물이 산처럼 쌓인 테이블도 한스를 기다리고 있었다. 그동안 기벤라트가에는 크리스마스다운 크리스마스가 존재하지 않았다. 노래도, 축제 분위기도 없고 어머니도, 크리스마스트리도 없었다. 기벤라트 씨는 문화나 축제를 즐긴다는 것 자체를 이해하지 못했다. 물론 아들을 무척이나 자랑스럽게 생각했기 때문에 올해는 선물 사는 돈을 아끼지 않았다. 한스는 그런 크리스마스 분위기에 익숙한 터라 별로 아쉬워하지 않았다.

사람들은 한스가 지나치게 말랐으며 너무 창백하다고 걱정했다. 수도원의 식사가 빈약하냐고 물어보기도 했다. 한스는 열심히 부인했다. 자신은 건강하며 가끔 두통이 있을 뿐이라고 설명했다. 마을 목사는 자신도 어린 시절에 그랬다며 한스를 위로했고 그 후로는 같은 이야기가 반복되지 않았다.

강물은 얼어붙어서 반지르르했다. 크리스마스날은 스케이트를 타는 사람들로 가득 찼다. 한스는 새 옷을 입고 하루 종일 밖에서 놀았다. 머리에는 초록색 신학교 모자를 썼다. 옛 급우들이 우러러볼 만한 높은 세계에 올라선 것이었다.

제 4 장

✱

　신학교 생활 4년 동안 통상적으로 몇몇 급우는 길을 잃는다. 누군가는 죽어서 애도하는 노래와 함께 땅에 묻히기도 하고, 친구들의 손에 들려 고향으로 이송되기도 한다. 누군가는 스스로 도망치기도 하고, 누군가는 큰 죄를 지어 퇴학당하기도 한다. 매우 드문 일이지만, 상급생들이 청년 시절의 괴로움에 몸부림치다 방아쇠를 당기거나 물에 뛰어들어 짧고 어두운 출구를 찾기도 한다.
　한스 기벤라트와 같은 학년에도 사라진 학생들이

있었다. 그리고 정말 우연하게도 모두 헬라스 방 학생이었다.

헬라스 방에 키 작은 금발 소년이 있었다. 이름은 힌딩거, 별명은 힌두였다. 양복점 아들이며 알고이 지방에서 온 소수민족이었다. 겸손한 데다 워낙 말수가 적었기 때문에 그가 사라지고 나서도 그를 화제에 올리는 사람은 많지 않았다. 힌딩거는 작은 방의 거장 루치우스 옆 책상에 앉았다. 그래서 루치우스는 다른 사람들보다 조금 더 친절하고 소심한 소년 힌딩거와 가깝게 지냈다. 힌딩거에게 다른 친구는 없었다. 하지만 그가 없어지고 나자 헬라스 방의 소년들은 자신들이 힌딩거를 좋아했다는 사실을 깨달았다. 욕심이 없고 착한 이웃으로서, 그리고 자주 과열되는 헬라스 방의 쉼터로서 말이다.

힌딩거는 1월 어느 날 급우들과 연못으로 스케이트를 타러 갔다. 그는 스케이트가 없어서 그저 구경하려고 따라간 거였다. 그런데 몸이 꽁꽁 얼어붙자 체온을 높이기 위해 발을 구르며 연못 주위를 돌아다녔다. 그러다가 달리기 시작했는데 곧 평지 너머 다른 작은 호숫가에 이르렀다. 그 호수는 물이 따뜻한 편인 데다 물살이 거세서 수면에만 살얼음이 끼어 있었다. 힌딩거는 갈대숲으로 발을 내디뎠다. 그런데 그의 몸집이 작고 가벼웠음에도 불구하고 호숫가 가까이에서 얼음이 깨지고 말았다. 발버둥치며 소리쳤지만 누구의 귀에도 들리지 않았다. 그는 어둡고 차가운 호수 아래로 가라앉았다.

2시를 지나 오후의 첫 수업이 시작되었을 때에야 학생들은 힌딩거가 사라졌다는 사실을 깨달았다.

"힌딩거 군은 지금 어디 있습니까?" 복습 교사가 물었다.

아무도 대답하지 않았다.

"헬라스 방을 찾아보십시오!"

하지만 그곳에서도 힌딩거의 흔적을 찾아낼 수 없었다.

"지각인 모양이네요. 그럼 힌딩거 군 없이 시작하도록 하죠. 74쪽, 일곱 번째 구절을 펴십시오. 모쪼록 여러분은 앞으로 이런 일 없이 제시간이 들어오기 바랍니다."

3시가 되어도 힌딩거가 나타나지 않자 교사는 불안해졌고 결국 학생을 보내 교장에게 이 소식을 알렸다. 교장은 당장 강의실로 달려와 몇 가지 근엄한 질문은 던지고는 열 명의 학생이 상급 조교와 복습 교사의 인솔 아래 수색을 벌이도록 했다. 나머지 학생들은 받아쓰기 연습을 했다.

4시경 복습 교사가 노크도 없이 강의실에 들어오더니 교장에게 귓속말을 했다.

"조용!" 교장이 외쳤고 미동도 없이 의자에 앉아 있던 학생들은 기대감에 찬 표정으로 교장을 쳐다보았다. 교장이 낮은 목소리로 말을 이었다. "여러분의 친구 힌딩거 군이 호수에 빠진 모양입니다. 이제 여러분도 함께 힌딩거 군을 찾아야 합니다. 마이어 교수님이 여러분을 인솔할 테니 교수님 말을 잘 따르도록 하세요. 절대 단독 행동을 해서는 안 됩니다!"

경악한 학생들은 각자 떠들며 교수의 뒤를 따랐다. 마을에서 온 어른들이 밧줄, 널빤지, 긴 장대 등을 들고 합류했다. 날씨가 매우 추웠으며 태양은 숲의 가장자리에 걸려 있었다.

소년의 가냘픈 몸이 딱딱하게 굳은 채 발견되었다. 눈 덮인 갈대숲에서 그의 몸이 들것에 실렸을 때는 이미 땅거미가 내려앉은 뒤였다. 신학교 학생들은 화들짝 놀란 새처럼 불안에 떨며 주위를 에워싸고 시신을 바라보았다. 그리고 푸르스름하게 굳어버린 자신들의 손가락을 비볐다. 물에 빠져 죽은 친구의 시신이 먼저 실려 가고 학생들은 그 뒤를 따라 말없이 눈 덮인 들판을 걸었다. 갑자기 답답한 가슴에 소름이 오싹 끼쳤다. 노루가 적의 낌새를 알아채듯이 학생들은 무서운 죽음의 존재를 감지했다. 슬픔과 추위에 얼어붙은 무리 가운데 한스 기벤라트는 우연히 친구 하일너와 나란히 걷게 되었다. 두 사람은 울퉁불퉁한 들판을 걷다가 똑같이 발이 걸려 넘어질 뻔했을 때에야 옆에 누가 있는지 알아차렸다. 한스는 죽음을 목격하고 압도당한 나머지 잠시나마 이기심이란 부질없다고 느꼈다. 어쨌든 한스는 생각지도 못한 친구의 창백한 얼굴이 가까이 나타나자 이루 말할 수 없는 고통을 느끼며 친구의 손을 잡고 싶다는 충동에 시달렸다. 하지만 하일너는 불쾌하다는 듯이 한스의 손을 뿌리치고 다른 쪽으로 시선을 돌렸다. 그리고 행렬의 맨 끝으로 자리를 옮겼다.

모범생 한스는 심장이 옥죄이는 고통과 부끄러움을 느끼며 얼어붙은 들판을 비틀대고 걸어갔다. 차가운 뺨 위로 하염없이 눈물이 흘렀다. 그것이 잊을 수 없고 후회해도 소용없는 죄악이자 실수라는 사실을 깨달았다. 높이 들어 올린 들것에 누운 사람이 양복점 아들이 아니라 친구 하일너인 것처럼 느껴졌다.

하일너가 한스의 배신 때문에 고통과 분노를 안고 저 멀리 다른 세상으로 사라지는 것 같았다. 그 세상은 성적, 시험, 성공이 아니라 양심의 결백함과 부정직함으로 평가받는 곳이었다.

행렬은 드디어 국도에 도달했고 서둘러 수도원으로 들어갔다. 교사들과 맨 앞에 선 교장이 죽은 힌딩거를 맞이했다. 그가 살아 있었다면 이런 영광을 차지하지 못했으리라. 교사들은 늘 살아 있는 학생을 볼 때와는 전혀 다른 눈으로 죽은 학생을 본다. 평상시에는 아무런 거리낌 없이 학생들의 마음에 상처를 입히지만, 학생이 죽으면 잠시나마 모든 삶과 젊음은 한 번뿐이라는 가치를 곱씹는 것이다.

그날 저녁 그리고 다음 날까지 눈에 보이지 않는 시신이 같은 장소에 머물고 있다는 사실이 마법을 발휘했다. 모든 학생이 더욱 조심스럽게 조용히 말하거나 행동했으며 싸움이나 소란, 웃음은 잠시 수면 위로 올라왔다가 다시 사라져 죽은 듯이 움직임을 멈추는 물의 요정처럼 자취를 감추었다. 학생들이 모여 익사 사건에 관해 이야기할 때면 늘 힌딩거의 본명을 불렀는데, 힌두라는 별명이 죽은 이의 체면을 손상시킨다고 생각했기 때문이다. 얌전한 힌두는 살아서는 누구의 눈에도 띄지 않고 이름이 불리지도 않은 채 무리 속에 있는 듯 없는 듯 존재했지만, 죽어서는 자신의 이름과 죽음으로 커다란 수도원을 가득 메웠다.

이틀째 되는 날 힌딩거의 아버지가 와서 아들의 시신이 안치된 방에 홀로 몇 시간 머문 뒤 교장에게 차를 대접받고 사슴이라 부르는 별장에서 하룻밤을 묵었다.

그리고 장례식날이 밝았다. 관이 침실로 옮겨졌고 알고이에서 온 양복점 주인이 그 옆에서 모든 과정을 지켜보았다. 그는 누가 봐도 양복점 주인이었다. 매우 마르고 날카로웠으며 초록빛이 도는 검은 예복에 통이 좁고 낡은 바지를 입었다. 손에는 양동이 뚜껑처럼 보이는 예식용 모자를 들고 있었다. 슬픔에 잠긴 작고 가냘픈 얼굴은 바람에 흔들리는 1크로이처짜리 촛불처럼 약해 보였다. 그는 교장과 교사들 앞에서 당혹감과 존경심을 감추지 못했다.

운구하는 사람들이 관을 들어 올리기 직전, 슬픔에 잠긴 아버지가 다시 한번 관 앞으로 다가가 애정이 담긴 손길로 부드럽게 관 뚜껑을 쓰다듬었다. 그러고 나서는 외로이 서서 눈물을 참으려고 애썼다. 그는 바싹 말라 시들어버린 겨울나무처럼 조용한 방 한가운데 서 있었다. 모두에게 버림받고 희망이 없으며, 또한 모든 것을 체념한 모습이어서 차마 보고 있기가 힘들었다. 목사가 그의 손을 잡고 곁에 섰다. 그는 이상한 모양으로 휘어진 모자를 쓰고 맨 앞에 서서 관을 따라 계단을 내려갔다. 수도원 광장과 오래된 문을 통과하고 하얀 들판을 지나서 공동묘지의 낮은 담을 따라 걸었다. 무덤가에서 학생들이 찬송가를 불렀다. 하지만 다들 지휘하는 음악 선생의 손이 아니라 외롭고 위태로워 보이는 양복점 주인의 왜소한 모습을 쳐다보았기 때문에 음악 선생은 기분이 언짢았다. 양복점 주인은 슬픔에 잠긴 채 몸을 떨며 눈 속에 서서 고개를 숙이고 목사와 교장과 최우등생의 조사를 듣고 있었다. 합창하는 학생들을 보고 아무 생각 없이 고개를 끄덕였으며 윗옷 자락에 넣어둔 손수건을 왼손으로 만지작거렸지만 꺼내지는 않았다.

식이 끝나고 오토 하르트너가 말했다. "우리 아버지가 저 자리에 서 있었다면 어땠을까 생각했어."

그러자 모두가 공감했다. "그래, 나도 똑같은 생각을 했어."

얼마 후 교장과 힌딩거의 아버지가 헬라스 방을 찾았다.

교장이 방을 둘러보며 말했다. "자네들 중 힌딩거 군과 친했던 사람이 누구입니까?" 처음에는 아무도 나서지 않았다. 힌두의 아버지는 근심스러운 표정으로 소년들의 얼굴을 쳐다보았다. 잠시 후 루치우스가 앞으로 나섰고 힌딩거 씨는 잠깐 동안 그의 손을 굳게 잡았지만 무슨 말을 해야 할지 몰라 어색하게 고개를 끄덕이더니 다시 방 밖으로 나갔다. 힌딩거 씨는 곧바로 길을 떠났다. 하루 종일 눈이 덮여 밝은 들판을 달려서 집에 도착하면 카를이 묻힌 곳이 어디인지 아내에게 설명할 수 있을 터였다.

수도원은 곧 마법에서 풀려났다. 교사들은 잔소리를 시작했고 문이 거세게 닫히는 소리가 늘었으며 사라진 헬라스 방 친구를 떠올리는 일은 줄어들었다. 어떤 학생들은 슬픔에 젖은 연못가에 오래 서 있다가 감기에 걸려 병동 침대에 눕거나 펠트 슬리퍼를 신고 목에는 목도리를 감은 채 돌아다녔다. 한스 기벤라트는 감기에 걸리지는 않았지만 불행한 날 이후로 한층 더 진지하고 성숙해 보였다. 그의 내면에서 무엇인가가 바뀌었는지 소년에서 청년이 되었고, 영혼은 마치 낯선 곳으로 옮겨진 듯 고향을 잃은 불안에 휩싸여 이리저리 날아다녔다. 쉴 곳을 찾을 수가 없었다. 죽음을 목격한 두려움이나 착한 힌두가 죽었다는 슬픔 때문이 아니라 갑작스레 인식한 하일너에 대한 죄책감 때문이었다.

하일너는 두 명의 학생과 함께 병동에 누워 뜨거운 차를 마셔야 했다. 그러는 동안 힌딩거의 죽음에서 느낀 감정을 정리했다. 훗날 시구로 적어보기 위해서였다. 하지만 그 일도 하일너에게는 중요해 보이지 않았다. 그는 비참하고 슬퍼 보였으며 함께 병동에 있는 학생들과는 한 마디도 나누지 않았다. 하일너가 금고형을 받은 이후 강제로 겪어야 했던 고독은 그의 예민하고 날카로운 감수성을 상처 입히고 쓰라리게 만들었다. 교사들은 하일너가 불만 가득하고 엄격한 혁명가라고 생각하며 철저히 감시했고 학생들은 그를 피했으며 상급 조교들은 그에게 조롱 섞인 친절을 베풀었다. 그의 친구인 셰익스피어와 실러 그리고 레나우는 여태까지와 전혀 다른 전능하고 위대한 세상을 보여주었다. 그를 억압하고 그에게 굴욕을 안겨준 세계와는 다른 세상이었다. 하일너의 시「수도사의 노래」는 처음엔 은둔자의 우울한 목소리를 담고 있었지만 점점 수도원과 교사 그리고 급우들을 증

오하는 씁쓸한 시구로 변모했다. 그는 고독한 와중에
도 순교자의 시큰한 기쁨을 느끼며 아무도 이해하지
못하는 자기 현실에 만족했다. 무자비하고 무례한 수
도사의 시구를 쓰고 있자면 자신이 젊은 유베날리스*
라도 된 기분이 들었다.

  힌딩거의 장례식이 있은 지 일주일 후 두 명은 건
강이 나아져 병실을 나갔고 하일너는 홀로 누워 있었
다. 한스가 그를 찾아왔다. 한스는 어색하게 인사하
더니 의자를 침대 옆으로 끌고 와서 앉았다. 그러고
는 하일너의 손을 잡으려 했다. 하일너는 언짢은 듯
등을 돌려 벽을 바라보았다. 하지만 한스는 포기하지
않았다. 하일너의 몸을 돌려 손을 꽉 잡아쥐고는 옛
친구가 자신을 바라보게 만들었다. 하일너는 화가 난
듯 입술을 비틀었다.

  "도대체 뭐 하자는 거야?"

  한스는 그의 손을 놓지 않았다.

  "내 말 좀 들어봐." 한스가 입을 열었다. "그때 나
는 겁쟁이여서 너를 모른 체했어. 하지만 너도 내가
어떤지 알잖아. 내 굳은 목표는 이곳 신학교에서 상
위권을 유지하고 가능하면 최우등생이 되는 거야. 넌

*데키무스 유니우스 유베날리스. 고대 로마의 풍자시인.

157

그걸 듣고 비웃었지. 나도 네 말에 동의해. 하지만 그건 나만의 이상일 뿐이야. 나는 그보다 나은 걸 알지 못하거든."

하일너가 가만히 눈을 감았고 한스는 부드러운 목소리로 말을 이었다. "정말 미안해. 네가 나와 다시 친구가 되고 싶은지 모르겠지만, 제발 날 용서해줬으면 좋겠어."

하일너는 입을 굳게 다문 채 눈도 뜨지 않았다. 하지만 마음속에서는 친구를 향한 미소가 피어올랐다. 그렇지만 하일너는 엄격하고 고독한 자기 역할에 익숙해진 터라 아직은 얼굴에서 가면을 벗지 않았다. 한스도 단념하지 않았다.

"제발 용서해줘, 하일너! 이렇게 네 주변에서 맴돌기만 하느니 꼴찌를 하는 게 나아. 너만 괜찮다면 우리 다시 친구가 되자. 다른 아이들 따위 전혀 신경 쓰지 않는다는 모습을 보여주자고."

그 순간 하일너가 한스의 손을 꼭 쥐며 눈을 떴다.

며칠 후 하일너도 병동을 벗어났다. 수도원 전체가 새롭게 맺어진 우정을 보고 적잖이 놀란 눈치였다. 어쨌든 두 소년에게는 놀라운 나날이 이어졌다. 특별한 사건이 일어나지는 않았지만 두 사람은 함께 있다는 것만으로도 행복했다. 말로 표현할 수 없는 은밀한 화합이 이루어진 기분이었다. 예전과는 조금 달랐다. 오랜 시간 서로 떨어져 있으면서 두 사람은 변화했다. 한스는 더 부드럽고 따뜻하고 열정적인 사람이 되었고 하일너는 원기왕성하고 남자다운 인물이 되었다. 그들은 헤어져 지내는 동안 서로를 그리워한 만큼 다시 이룬 우정을 소중한 경험이자 값비싼 선물이라 여겼다.

조숙한 소년들은 그들의 우정에서 가슴 떨리는 수줍음을 맛보았다. 아무도 모르는 사이에 첫사랑이라는 달콤한 비밀을 미리 경험한 것이다. 이들의 우정은 농익어가는 남자다움의 아린 자극을 품고 있었으며 어렴풋이 다른 급우들에 대한 반항심을 띠고 있었다. 급우들은 하일너를 달갑지 않게 여겼고 한스를 이해하지 못했다. 이들의 흔한 우정은 순진한 소년들의 놀이일 뿐이었다.

하일너와의 우정이 깊이와 행복을 더할수록 한스에게 학교는 더욱 생소한 장소가 되었다. 새로운 행복이 신선한 포도주처럼 그의 피와 생각을 따라 거세게 흘렀다. 그 옆에서 리비우스와 호메로스는 더 이상 중요하지도 빛나지도 않았다. 교사들은 충격에 휩싸였다. 여태껏 나무랄 데 없는 모범생이던 기벤라트가 문제아로 변모했고 그 원인으로 의심되는 하일너의 나쁜 영향 아래 놓였기 때문이다. 조숙한 소년들의 이상한 행동만큼이나 교사들이 무서워하는 건 없었다. 그야말로 소년들이 발효되며 위험한 나이에 도달하는 시기였다. 교사들은 이미 하일너의 천재성을 공공연하게 두려워하고 있었다. 예부터 천재와 선생들 사이에는 깊은 균열이 있기 마련이었다. 천재 학생이 학교에서 보이는 행동이란 교수들에게는 만행이었다. 교사들에게 천재 학생이란 자신을 존중하지 않는 불량아였다. 열네 살에 담배를 시작하고, 열다섯 살에 사랑에 빠지고, 열여섯 살에 술집에 가고 금지된 서적을 읽고 파렴치한 글을 쓰고 교사들을 비웃는 듯이 빤히 쳐다본다. 결국 교사들은 천재 학생을 선동가나 금고형 후보자로 수첩에 기록해둔다. 교사라면 담임을 맡을 교실에 천재 하나보다 바보 열이 들어오길 바란다. 잘 생각해보면 당연한 일이다. 교사의 임무는 유별난 영혼을 길러내는 것이 아니라 라틴어와 수학을 잘하고 정직한 학생을 배출하는 것이기 때문이다. 그렇다면 누가 더 상대방 때문에 어려운 일을 겪는가? 교사가 학생 때문인가, 학생이 교사 때문인가? 둘 중 누가 더 악독한 폭군인가? 둘 중 누가 상대방의 영혼과 삶을 더럽히고 망치는가? 이에 대해 생각한다면 누구나 어린 시절을 떠올리며 분노와 부끄러움과 씁쓸한 감정을 느낄 것이다. 하지만 그것은 중요하지 않다. 우리는 진정한 천재들의 상처가 거의 아물 때 위안을 느낀다. 그들이 반항하면서도 훌륭한 업적을 남기고 훗날 죽음에 이르러 저 멀리서부터 광휘가 비추면 다음 세대 학생들 또한 귀중한 모범을 따른다. 학교마다 교칙과 영혼의 싸움이 이어지는 셈이다. 우리는 국가와 학교가 해마다 새로 자라나는 귀중한 영혼을 끊임없이 때려죽이고 뿌리 뽑기 위해 숨 가쁘게 노력한다는 사실을 알게 된다. 교사들이 싫어하는 학생, 징벌을 자주 받는 학생, 도주한 학생, 퇴학당한 학생이 나중에 대중의 영혼과 정신을 풍요롭게 만든다는 것도 오래도록 변함없는 사실이다. 하지만 그중 몇몇은, 과연 그들이 몇 명이나 되는지 아무도 모르지만, 조용한 반항심 때문에 자신을 좀먹다가 결국 쓰러지고 만다.

　교사들은 두 소년의 남다른 우정에서 이상한 낌새를 눈치채고는 오랫동안 이어진 교칙에 따라 사랑 대신 두 배의 엄격함을 베풀었다. 한스가 히브리어에 집중하던 모습을 자랑스럽게 여긴 교장만 서툰 구조의 손길을 내밀었다. 그는 한스를 교장실로 불렀다. 수도원장 저택의 그림처럼 아름다운 구석방이었다. 이웃한 크니틀링겐 출신의 파우스트 박사가 이곳에서 엘핑거 포도주를 즐겨 마셨다는 소문이 돌기도 했다. 교장 선생은 식견이나 업무 능력이 누구에게도 뒤떨어지지 않는 비범한 인물이었다. 그는 학생들에게 상당한 호의를 보였는데 편애하는 학생에게는 반말을 쓰기도 했다. 문제는 지나친 허영심이었다. 강단에 서면 허풍스러운 말을 늘어놓았고 자신의 권위와 위신이 조금이라도 의심받는 것을 견디지 못했다. 다른 사람이 이의를 제기하면 절대 받아들이지 않는 것은 물론 자기 잘못을 시인하지도 않았다. 의지가 없고 불성실한 학생들은 교장 선생과 친하게 지냈으나 의지가 강하고 성실한 학생들은 그러기 어려웠다. 누군가 이의를 제기하려는 시늉만 해도 기분이 상해 불같이 화를 냈기 때문이다. 게다가 학생들에게 격려하는 시선과 다정한 목소리를 건네며 아버지 같은 친근함을 보이는 데 선수였다. 그는 지금도 그 역할을 연기하고 있었다.

"앉으세요, 기벤라트 군." 그가 쭈뼛거리며 교장실

안으로 들어온 한스의 손을 꾹 잡고 다정한 목소리로 말했다.

"기벤라트 군에게 할 말이 있습니다. 말을 편하게 해도 될까요?"

"물론입니다, 교장 선생님."

"기벤라트 군, 이미 잘 알겠지만 요즘 자네 성적이 조금 떨어졌네. 히브리어 성적 말이야. 여태까지 히브리어만큼은 1등이었는데 갑자기 성적이 떨어지니 나도 당황했네. 혹시 히브리어가 재미없어졌나?"

"아닙니다, 교장 선생님."

"잘 생각해보게! 그럴지도 모르니까 말이야. 그게 아니라면 다른 과목에 더 집중하는 건가?"

"그건 아닙니다, 교장 선생님."

"그런가? 흠, 그렇다면 우리가 함께 원인을 찾아야겠구먼. 그렇게 할 수 있도록 날 도와주겠나?"

"하지만 저는 잘 모르겠습니다. 늘 숙제도 열심히 했고…."

"그럼, 그건 나도 잘 알고 있네. 하지만 내면에서 뭔가 달라졌는지도 모르지. 자네는 여태까지 숙제를 잘했네. 그것이 자네의 의무였기 때문이지. 하지만 예전에는 더 노력했잖은가. 예전에는 더 부지런하고 공부에도 관심이 많았던 것 같은데. 그런데 왜 갑자기 그 열정이 사라졌는지 궁금하다네. 어디 아픈 건 아닌가?"

"아닙니다."

"두통이 있나? 남들보다 활기차 보이지는 않는 것 같네만."

"네, 두통이 가끔 있습니다."

"매일 공부를 너무 많이 하나?"

"아뇨, 그렇지는 않습니다."

"혹시 개인적으로 책을 많이 읽는가? 솔직히 말해 보게!"

"아닙니다, 저는 책을 별로 읽지 않습니다. 교장 선생님."

"그러면 도대체 왜 그런지 모르겠군. 어딘가에 원인이 있을 텐데 말이야. 앞으로 열심히 공부하겠다고 나와 약속하겠나?"

한스는 자신의 손을 권력자가 내민 오른손 위에 얹었다. 권력자는 진지하면서도 부드러운 눈빛으로 한스를 쳐다보았다.

"그래, 그래야지, 친애하는 기벤라트 군. 다만 너무 지쳐서는 안 되네. 그러면 수레바퀴 아래에 깔려버릴 테니까."

　그는 한스의 손을 꼭 쥐었다. 한스는 한숨을 내쉬며 문 쪽으로 걸음을 옮겼다. 그때 교장 선생이 한스를 불러세웠다.

　"하나 더 있네, 기벤라트 군. 자네 하일너와 친하게 지내지 않나?"

　"네, 맞습니다. 상당히 친합니다."

　"다른 친구들보다 하일너와 훨씬 친해 보이더군."

　"그렇습니다. 그는 제 친구입니다."

　"어떻게 친해졌나? 자네 둘은 성향이 전혀 달라 보이는데."

　"잘 모르겠습니다. 그 아이는 그냥 제 친구입니다."

　"자네도 알다시피 나는 자네 친구를 별로 좋아하지 않는다네. 그는 매사에 불만이 많고 정신도 불안정한 상태지. 재능은 있지만 노력하지 않는 데다 자네에게 좋은 영향이라곤 하나도 주지 않아. 자네가 그 학생과 조금 거리를 뒀으면 좋겠는데, 어떤가?"

　"그렇게는 할 수 없습니다, 교장 선생님."

　"그렇게는 할 수 없다고? 어째서?"

　"그는 제 친구이기 때문입니다. 아무런 이유 없이 친구를 내버려둘 수는 없습니다."

"흠, 다른 친구들과 친해지는 건 어떤가? 하일너에게 나쁜 영향을 받는 학생은 자네 하나뿐이야. 그 결과가 이렇게 나타나고 있잖나. 도대체 하일너의 어떤 부분이 자네를 이렇게 사로잡는단 말인가?"

"저 자신도 잘 모르겠습니다. 어쨌든 저희는 서로를 좋아하고 있습니다. 친구 곁을 떠난다면 전 겁쟁이로 남을 겁니다."

"그렇군. 강요하진 않겠네. 하지만 자네가 조금씩 그 학생에게서 멀어지길 바라네. 그랬으면 좋겠어. 그러면 더 바랄 것이 없네."

교장 선생의 마지막 말에는 더 이상 부드러운 친근함이 담겨 있지 않았다. 한스는 그제야 교장실을 나설 수 있었다.

그때부터 한스는 마음을 다잡고 열심히 공부하기 시작했다. 그렇지만 예전만큼 빠르게 나아가지 않아서 겨우 다른 학생들보다 뒤처지지 않도록 유지할 뿐이었다. 한스 자신도 우정 때문이라는 사실을 알고 있었다. 하지만 우정으로 인해 무언가를 잃었다거나 방해받았다고 생각하지 않았다. 우정은 오히려 여태까지 소홀히 했던 모든 걸 소중한 것으로 바꿔주었다. 숭고하고 따스한 삶은 과거의 차갑고 의무감으로 가득했던 삶과 비교할 수 없는 존재였다. 그는 마치 사랑에 빠진 젊은이처럼 변했다. 더 영웅적인 일을 할 수 있을 것 같은 기분이 들었다. 일상적인 공부는 너무 지루하고 사소해서 절망이 담긴 한숨을 내쉬며 자신을 채찍질할 수밖에 없었다. 한스는 하일너처럼 대충 공부하면서도 중요한 내용을 빠르게 익히고 외우는 방법을 알지 못했다. 하일너가 저녁마다 찾아와 같이 놀자고 하면 한스는 어쩔 수 없이 다음 날 아침에 한 시간 일찍 일어나 히브리어 문법과 싸워야 했다. 호메로스를 읽을 때와 역사 시간에만 숨통이 트였다. 한스는 어둠 속을 손으로 더듬듯 호메로스의 세계에 점점 가까워졌다. 역사의 영웅들은 이름이나 숫자로 남기를 거부하고 불타오르는 눈빛, 생생하고 붉은 입술과 얼굴 그리고 두 손을 한스의 눈앞에 보이고 있었다. 그들의 손은 붉고 두툼하고 거칠거나, 부드럽고 차갑고 단단하거나, 가늘고 뜨거우며 핏줄이 선명했다.

그리스어 복음서를 읽을 때도 등장인물이 뚜렷하고 가깝게 느껴져 놀랄뿐더러 압도당할 지경이었다. 특히 마가복음 6장, 예수가 제자들과 배에서 내리는 장면을 묘사한 "사람들이 곧장 예수를 알아보고 그리

로 달려오니"라는 구절을 읽을 때 인간의 아들 예수
가 배에서 내리는 모습을 보았다. 몸이나 얼굴이 아
니라 애정이 담긴 그의 눈 안, 커다랗고 빛나는 그 심
연에서 그를 알아보았다. 조용히 흔들리는, 어쩌면
반갑게 인사하는 가냘프고 아름다운, 갈색으로 그을
린 손에서 그를 알아보았다. 정교하면서도 강한 정신
으로 빚어져 영혼이 살아 숨 쉬는 손이었다. 파도가
출렁이는 바닷가, 묵직해진 작은 배의 뱃머리가 한순
간 떠올랐다가 그 모든 장면이 마치 겨울날의 입김처
럼 사라져버렸다.

　때때로 책에 나온 인물과 역사가 다시 한번 살아나
고 싶다는 열망으로 깨어난 것처럼, 한스의 생동감
있는 눈에 비치기를 원하는 것처럼 튀어나왔다. 한스
는 매우 놀랐지만 그대로 받아들였다. 별안간 나타났
다가 사라져버리는 현상들을 바라보며 내면 깊은 곳
이 이상하게 변하는 기분이 들었다. 어두컴컴한 대지
를 유리처럼 꿰뚫어보거나 신이 자신을 굽어보는 것
같았다. 이런 소중한 순간들은 느닷없이 다가왔다가
슬퍼할 겨를도 없이 순례자나 친절한 손님처럼 사라
졌다. 곁에 머물러달라고 말을 걸 수조차 없었다. 그
것들은 낯설고 신성한 분위기를 띠고 있었다.

한스는 이런 경험을 혼자 간직하고 하일너에게도 말하지 않았다. 하일너는 예전부터 앓던 우울증이 심해져 더욱 불안하고 날카로운 사람이 되었다. 수도원과 선생들 그리고 급우들, 심지어 날씨나 인간의 삶, 신의 존재까지 비판하고 때때로 싸움을 걸거나 갑자기 어리석은 장난을 치기도 했다. 하일너는 이미 한 번 급우들과 격리된 적이 있는 데다 항상 대립하다 보니 날카로운 적대심을 서슴없이 드러내며 경솔한 자부심을 내세웠다. 기벤라트는 그의 행동을 막기는 커녕 거기에 빠져들고 말았다. 두 친구는 모두가 꺼리는 섬처럼 급우들에게서 멀찌감치 떨어져 지냈다. 시간이 지날수록 한스는 오히려 기분이 좋아졌다. 물론 교장 선생만 아니라면 더할 나위 없었을 것이다. 한스는 교장 선생 앞에서 어렴풋한 두려움을 느꼈다. 한스는 한때 교장이 아끼는 학생이었지만 지금은 교장에게 냉대받고 무시당하는 학생이 되었다. 교장의 전공 과목인 히브리어에도 흥미를 잃어갔다.

몇 달 동안 학생 40여 명의 몸과 마음이 변하는 모습을 지켜보는 건 흥미로운 일이었다. 대부분 키가 부쩍 자랐지만 몸은 여전히 가늘었다. 팔다리가 이제 더 이상 맞지 않는 옷 밖으로 희망에 찬 듯 튀어나왔다. 앳된 모습은 사라지고 남자다운 모습이 부드럽게 펼쳐지는 얼굴에 온갖 명암이 나타났다. 골격은 아직 성장 단계에 들어서지 않았지만, 이마에는 모세의 성서 연구에서 얻은 일시적인 근엄함이 빛났다. 통통한 뺨도 희귀한 존재가 되었다.

한스도 변화를 겪었다. 키나 몸집은 하일너와 비슷해졌지만 얼굴은 하일너보다 어른스러워 보였다. 예전에는 매끄럽게 빛나던 이마가 뚜렷하게 불거지고 눈이 움푹 들어가고 안색이 창백했다. 손발과 어깨는 뼈밖에 남지 않을 정도로 말랐다.

한스는 학교 성적에 만족하지 못할수록 점점 더 하일너의 영향 아래 들어가 급우들에게서 멀어졌다. 이제 더 이상 모범생이나 미래의 최우등생이 아니기 때문에 거만한 태도를 보일 수도 없었다. 하지만 누군가 그 사실을 지적하는 태도를 보이거나 스스로 뼈저리게 느낄 때면 자신을 용서할 수 없었다. 흠잡을 데 없는 우등생 하르트너나 주제넘게 간섭하기 좋아하는 오토 벵거와는 이미 여러 차례 싸우기도 했다. 어느 날 오토 벵거가 또다시 조롱하며 비위를 건드리자 한스는 이성을 잃고 주먹을 날려버렸다. 격렬한 싸움이 벌어졌다. 벵거는 겁쟁이였지만 한스처럼 약

170

한 상대에게는 마음 놓고 반격을 가할 수 있었다. 하일너는 그 자리에 없었고 다른 급우들은 우두커니 서서 한스가 응징당하는 모습을 지켜보았다. 한스는 말 그대로 온몸에 멍이 들었다. 코피가 흐르고 갈비뼈가 욱신거렸다. 그는 밤새도록 부끄러움과 고통, 분노로 잠들지 못했다. 친구 하일너에게 이 사실을 알리지 않을 것이며, 앞으로 같은 방 급우들과 말을 섞지 않겠다고 굳게 다짐했다.

봄이 오자 비 내리는 날이 이어지고 황혼이 길어지면서 수도원 학생들은 새로운 움직임을 보였다. 아크로폴리스 방 학생 중에 피아노 잘 치는 학생과 플루트 잘 부는 학생이 있었는데, 그래서인지 이 방에서 두 번이나 정기 저녁 음악회가 열렸다. 게르마니아 방에서는 희곡 독서회가 열렸고 몇몇 경건주의 학생은 성경 공부 모임을 구성해 매일 밤 칼브에서 출간된 주석이 달린 성서를 한 장씩 읽었다.

하일너는 게르마니아 방의 독서회에 참가하고 싶다는 신청서를 냈지만 거절당했다. 그는 크게 분노하며 복수할 생각으로 성경 공부 모임에 들어가려고 했다. 하지만 그곳에도 하일너를 반기는 사람은 없었다. 하일너는 소년들의 경건한 대화에 억지로 끼어들어 신성모독과 독설을 일삼으며 시비를 걸고 싸움을 일으켰다. 하지만 곧 그런 재미에도 흥미를 잃었다. 그의 말에는 반어적이면서도 성경에서 유래한 말투가 오래도록 배어 있었다. 어쨌든 다른 학생들은 새로운 계획과 진취적인 정신에 빠져 있어서 하일너는 그다지 관심을 끌지 못했다.

가장 눈에 띈 학생은 똑똑하고 재치 있는 스파르타 방에 있었다. 이 소년은 우선 자기의 명성을 얻으려 애썼고 기숙사 방을 활기차게 만들었으며 재기 넘치는 장난으로 단조로운 학교생활을 요란하게 바꾸려 했다. 둔스탄이란 별명을 얻었는데 자기 이름을 드높이고 세간의 주목을 받을 기발한 방법을 생각해냈다.

어느 날 아침 침실에서 나온 학생들은 세면장 앞에 붙은 종이를 발견했다. '스파르타에서 보내는 여섯 경구'라는 제목이 적혀 있었다. 눈에 띄는 급우들의 어리석은 장난, 가벼운 다툼, 우정을 익살스럽게 표현한 내용이었다. 기벤라트와 하일너의 이름도 있었다. 작은 국가나 다름없는 이 학교에 엄청난 동요가 일어났다. 학생들은 세면장 문이 극장 입구인 양 몰려들었고 꿀벌 떼처럼 뒤엉켜 웅성거렸다. 여왕벌은 이제 막 날아오르려 하고 있었다.

다음 날 아침 문이란 문마다 경구와 풍자시가 붙어 있었다. 반박이나 동조, 새로운 공격을 담은 시구였다. 그러나 이 소동의 주모자는 난리통에 다시 끼어들 만큼 어리석지 않았다. 그의 목적은 헛간에 불붙은 성냥을 던져넣는 거였고, 그 일이 달성되었으므로 여유롭게 손을 비비며 관망할 뿐이었다. 며칠이 지나자 모든 학생이 풍자시 싸움에 뛰어들었다. 다들 생각에 깊이 잠긴 채 돌아다니며 이행시 짓기에 골몰했다. 오직 한 명, 루치우스만 이 소란에 말려들지 않고 자신의 과제에 충실했다. 결국 이 사태를 알아차린 선생이 선동적인 놀이를 금지해버렸다.

약삭빠른 둔스탄은 가만히 앉아 쉬고 있을 위인이 아니었다. 회심의 일격을 준비하고 있었다. 신문을 창간한 것이다. 몇 주 동안 열심히 자료를 모아 만든 창간호를 젤라틴판으로 작은 용지에 찍어냈다. 《바늘두더지》라는 이 익살스런 신문은 금세 인기몰이를 했다. 여호수아서 저자와 마울브론신학교 학생이 나누는 가상 대화가 창간호의 핵심 내용이었다. 둔스탄은 방마다 두 부씩 무료로 돌리면서 앞으로 일주일에 두 번 신문이 나올 것이며 가격은 5페니히라고 홍보했다. 교내의 흥밋거리로 사보기에 적절한 가격이었다.

신문은 학교를 뒤흔들었다. 둔스탄은 마감에 바쁜 편집장이자 발행인다운 표정과 행동을 보이며 수도원에서의 명성을 즐겼다. 베네치아공화국에서 이름을 날린 아레초 출신 문학가*가 누린 것처럼 비난과 칭찬이 뒤섞인 명성이었다.

하일너가 편집에 참여하기로 했다는 소식이 전해지자 모두가 깜짝 놀랐다. 하일너는 둔스탄과 함께 날카로운 풍자가 섞인 검열을 했다. 그는 재치와 재능이 넘쳤다. 이 작은 신문은 한 달 가까이 온 수도원을 들끓게 만들었다.

기벤라트는 친구가 하는 일을 그저 가만히 내버려두었다. 한스에게는 그 일을 같이 할 열의도 재능도 없었다. 하일너가 저녁이면 스파르타 방에 가서 바쁜 시간을 보내고 있다는 사실조차 알아채지 못했다. 한스도 얼마 전부터 다른 일에 신경 썼기 때문이었다. 어딘가에 정신이 팔린 사람처럼 멍하니 돌아다녔고 공부도 하는 둥 마는 둥 했다. 어느 날 리비우스를 공부하는 시간에 이상한 일이 벌어졌다.

교수가 번역을 시키려고 한스를 불렀지만 한스는 앉은 채로 가만히 있었다.

*피에트로 아레티노, 이탈리아의 시인이자 풍자문학가.

174

"대체 무슨 일입니까? 왜 일어서지 않는 거죠?" 교수가 화를 내며 소리쳤다.

한스는 미동조차 하지 않았다. 몸을 반듯이 세우고 의자에 앉아 고개를 숙인 채 눈을 반쯤 감고 있었다. 교수의 고함 소리에 어렴풋이 꿈에서 깨어나기는 했지만, 교수의 목소리는 머나먼 곳에서 들려오는 소리로 들릴 뿐이었다. 옆자리 친구가 쿡쿡 찌르는 것이 느껴졌다. 하지만 한스는 자신의 일이 아닌 양 신경 쓰지 않았다. 그는 다른 사람들에게 둘러싸여 있었고 다른 손들이 그의 몸을 어루만졌다. 낮고 조용한, 깊게 울리는 목소리가 말을 걸었다. 말을 한다기보다 샘에서 솟은 물이 천천히 흐르는 듯한 소리였다. 수많은 눈이 그를 지켜보았다. 낯설고 기대감에 빛나는 커다란 눈이었다. 어쩌면 리비우스의 책에서 읽은 로마 시대 사람들인지도 모른다. 어쩌면 꿈이나 그림에서 본 낯선 이들일지도 모른다.

"기벤라트!" 교수가 호통쳤다. "지금 자는 겁니까?"

한스는 천천히 눈을 뜨더니 놀란 듯이 선생을 뚫어져라 쳐다보고는 고개를 저었다.

"잠들지 않았습니까! 아니면 지금 우리가 몇 번째 줄을 읽었는지 말해보세요. 어서!"

한스는 손가락으로 책의 한 부분을 짚었다. 몇 번째 줄을 읽는지 잘 알고 있었다.

"그러면 이제 일어설 생각이 있습니까?" 교수가 냉소하며 물었다.

한스는 자리에서 일어섰다.

"뭘 하는 겁니까? 이쪽을 보십시오!"

한스가 교수를 쳐다보았다. 하지만 교수는 한스의 눈빛이 마음에 들지 않는지 의아한 얼굴로 고개를 저었다.

"어디 아픕니까, 기벤라트 군?"

"아닙니다, 교수님."

"다시 앉아도 좋습니다. 수업이 끝나면 내 방으로 오세요."

한스는 자리에 앉아 리비우스 책 위로 몸을 숙였다. 하지만 그의 내면에서 떠진 눈은 낯선 인물들을 따라갔다. 그들은 천천히 먼 곳으로 사라졌지만 그들의 반짝이는 눈은 그들이 머나먼 안개 속으로 가라앉을 때까지 한스를 쳐다보고 있었다. 동시에 교수와 책을 번역하는 급우의 목소리가 들리고 작은 소음들이 가까이 느껴졌다. 소리가 생생하게 느껴질 정도로 점점 커졌다. 의자와 강단, 칠판은 언제나처럼 그 자리에 서 있었고 벽에는 커다란 나무 컴퍼스와 삼각자가 걸려 있었다. 주위에 앉은 급우들은 호기심 어린 눈을 하고 노골적으로 한스를 바라보았다. 한스는 소스라치게 놀라고 말았다.

"수업이 끝나면 내 방으로 오세요." 분명 그 말을 들었다. 세상에, 대체 무슨 일이 일어났단 말인가?

수업이 끝나자 교수가 한스에게 눈짓하더니 두 눈을 커다랗게 뜨고 뚫어져라 쳐다보는 급우들 사이로 한스를 데리고 나갔다.

"이제 말해보세요. 도대체 무슨 일입니까? 잠든 게 아니라고 했죠?"

"그렇습니다."

"그럼 왜 내가 불렀을 때 일어나지 않았습니까?"

"저도 모르겠습니다."

"내가 한 말을 듣지 못했나요? 혹시 귀가 좋지 않습니까?"

"아닙니다, 교수님 말씀을 들었습니다."

"그랬는데도 안 일어섰다는 말이군요. 눈빛도 이상했고 말입니다. 대체 무슨 생각을 하고 있었습니까?"

"아무 생각도 하지 않았습니다. 곧 일어서려던 참이었습니다."

"그런데 왜 일어서지 않은 거죠? 역시 어디 아픈 겁니까?"

"그렇지 않습니다. 저도 무슨 일이 일어난 건지 잘 모르겠습니다."

"두통이 있나요?"

"아닙니다."

"알겠습니다. 가보세요."

한스는 식사 시간 전에 다시 침실로 불려갔다. 교장 선생과 마을 의사가 한스를 기다리고 있었다. 그는 진찰을 받고 의사의 질문에 대답했다. 아무런 병세도 드러나지 않았다. 의사는 온화하게 웃으며 대수롭지 않다는 듯 말했다.

"가벼운 신경쇠약입니다, 교장 선생님." 그가 작게 웃었다. "잠시 몸이 약해졌기 때문이지요. 가벼운 현기증이나 마찬가지랍니다. 매일 산책을 시키세요. 두통이 있다면 물약을 조금 처방하도록 하지요."

그날부터 한스는 매일 식사 후 한 시간 동안 산책을 해야 했다. 산책이 못마땅할 이유는 없었다. 단지 교장 선생이 하일너와 함께 산책하는 걸 단호하게 금지한 것이 불만일 뿐이었다. 하일너는 크게 화를 내며 욕을 퍼부었지만 분을 삭일 수밖에 없었다. 한스는 늘 혼자 산책에 나섰고 곧 자신만의 즐거움을 찾았다. 봄이 시작되고 있었다. 둥글게 굽은 아름다운 언덕에 막 돋아난 초록빛 물결이 작게 출렁였다. 나무는 갈색 그물과 날카로운 윤곽으로 이루어진 겨울을 벗어던지고 어린 잎사귀와 어울려 놀았다. 주변 경관이 끝없이 이어지는 생생한 초록빛 파도로 바뀌었다.

라틴어 학교에 다닐 때는 봄을 이렇게 바라본 적이 없었다. 그때는 자연의 요소 하나하나를 더 생생하게 느끼고 더 호기심 어린 눈으로 바라보았다. 돌아오는 철새들을 종류별로 관찰했다. 나무 이파리가 푸르게 변하는 순서를 기억했다. 5월이 되면 낚시를 시작했다. 이제는 새의 종류를 구분하거나 새싹을 보고 나무의 종류를 판단하지도 않았다. 그저 자연의 모든 움직임을, 어디에서나 돋아나는 싹의 색깔을 보고 어린잎 냄새를 맡으며 부드럽게 불어오는 바람을 느꼈다. 놀라움을 끌어안고 들판을 걸어다닐 뿐이었다. 한스는 이내 피곤해져서 당장이라도 들판에 누워 자고 싶었다. 그는 계속해서 실제로 자신을 둘러싼 현실과는 다른 것들을 보고 있었다. 그것의 정체가 무엇인지도 모르고 곰곰이 생각해보지도 않았다. 그것은 밝고 부드럽고 특이한 꿈이었으며 마치 그림이나 여태까지 본 적 없는 신비로운 나무들이 그의 주변을 둘러싼 가로수길 같았다. 하지만 한스에게 무슨 일이 일어나지는 않았다. 그저 바라보기 위해 존재하는 순수한 그림이었으며 한스는 그림을 바라보는 것만으로 경험할 수 있었다. 다른 공간에, 그리고 다른 사람들에게 자신을 빼앗긴 기분이 들었다. 낯선 땅을 걷는 느낌이었다. 그 땅은 부드럽고 편안했다. 가볍고 꿈같은 풍미가 가득한 향료가 섞인 낯선 공기를 들이마시는 기분이 들기도 했다. 이런 그림 위에 어떤 손이 자신의 몸을 가볍게 어루만지는 듯한 어둡고 따스한 자극이 느껴지기도 했다.

한스는 책과 공부에 집중하기 위해 온 노력을 쏟아부어야 했다. 전혀 관심 없는 내용은 그림자처럼 손에서 미끄러졌고 수업 시간에 필요한 히브리어 단어를 외우려면 수업 시작 30분 전부터 예습을 해야 했다. 하지만 책을 읽으면 갑자기 모든 사물이 구체적인 모습을 하고 눈앞에 나타나는 일이 잦아졌다. 심지어 그 사물들은 실제 사물보다 더 생동감 넘치고 진짜처럼 보였다. 한스는 절망감 속에서 자신의 기억력이 더 이상 아무것도 기억하려 하지 않으며 날이

갈수록 마비되고 부정확해진다는 사실을 깨달았다. 반면 오래된 기억이 너무나도 생생하게 떠오를 때면 놀라움과 두려움에 빠지기도 했다. 수업 시간이나 독서 시간이면 아버지, 안나 할머니, 라틴어 학교 선생님과 급우들 가운데 누군가가 떠올랐다. 그들은 한스 앞에 나타나 주의력을 모조리 빼앗았다. 슈투트가르트에 묵은 일도 떠올랐다. 한스는 주 시험과 방학에 겪은 일을 계속해서 다시 경험했다. 가끔 낚싯대를 들고 강가에 앉아 햇살을 머금은 강물에서 피어오른 안개를 들이마실 때도 있었다. 이런 일들이 떠오를 때면 머나먼 과거의 꿈처럼 느껴졌다.

습도가 높고 따뜻한 저녁, 한스는 하일너와 함께 침실에서 왔다 갔다 하며 고향과 아버지, 낚시와 라틴어 학교 이야기를 했다. 하일너는 무척 조용했다. 그는 한스가 떠들도록 놔두고 고개를 끄덕이거나 생각에 잠긴 채 하루 종일 가지고 노는 작은 자를 허공에 휘둘렀다. 곧 한스도 입을 다물었다. 밤이 깊어졌고 두 사람은 창틀에 걸터앉았다.

"한스." 마침내 하일너가 입을 열었다. 흥분에 겨워 목소리가 불안정한 상태였다.

"왜?"

"아무것도 아냐."

"왜, 어서 말해봐!"

"아니, 그냥 생각했어. 네가 말을 많이 하기에…."

"그게 왜?"

"말해봐, 한스. 너 여자아이 쫓아다닌 적 있어?"

잠시 정적이 내려앉았다. 지금까지 두 사람은 그런 이야기를 나눈 적이 없었다. 한스는 조금 겁이 났지만 이 수수께끼 같은 영역이 동화 속의 정원처럼 그를 끌어당겼다. 한스는 얼굴이 빨개지는 것을 느꼈다. 손가락이 떨렸다.

"딱 한 번." 한스가 속삭이듯 내뱉었다. "난 그저 멍청한 어린애였을 뿐이야."

다시 침묵이 흘렀다.

"그러는 하일너 너는?"

하일너는 한숨을 쉬었다.

"그만두자! 역시 이런 이야기는 하지 말았어야 해. 아무런 가치가 없는 얘기라고."

"그렇지 않아."

"…난 좋아하는 여자가 있어."

"너한테? 정말?"

"고향에. 이웃에 사는 아이야. 올겨울에 내가 그 아

이에게 키스했어."

"키스?"

"그래. 날이 어두웠어. 그날 저녁 우린 얼음판에 서 있었어. 그녀가 스케이트화 벗는 걸 내가 도와주었지. 그러다 내가 키스했어."

"그 아이가 아무 말도 안 했어?"

"아무 말도 안 했어. 그대로 달려가버렸어."

"그리고?"

"그리고? 아무 일도 없었어."

하일너는 다시 한숨을 쉬었다. 한스는 그가 금지된 정원에 나타난 영웅처럼 보였다.

취침을 알리는 종이 울렸다. 한스는 램프를 끄고 자리에 누웠지만 사방이 조용해지고 나서도 한 시간 가량 깨어 있었다. 그리고 하일너가 좋아하는 여자에게 했다는 키스를 떠올렸다.

다음 날 한스는 하일너에게 그 이야기를 더 묻고 싶었지만 부끄러워서 그만두었다. 하일너는 한스가 더 이상 물어보지 않자 자기가 먼저 이야기를 꺼내지 않았다.

한스의 학교생활은 점점 더 나빠졌다. 선생들은 불쾌한 표정으로 한스를 노려보기 일쑤였고 교장 선생

은 화가 나서 늘 얼굴을 찌푸렸다. 급우들은 이미 오
래전부터 기벤라트가 성적이 많이 떨어졌으며, 따라
서 그가 최우등생이 되려는 목표를 포기했다는 사실
을 알아차렸다. 오직 하일너만 아무것도 눈치채지 못
했다. 그에게 학교란 그다지 중요한 존재가 아니기
때문이었다. 한스 자신도 자기에게 무슨 일이 일어나
는지, 자기가 어떻게 변해가는지 신경 쓰지 않았다.

그 와중에 하일너는 신문 편집에도 싫증을 내고 친
구에게 다시 돌아왔다. 하일너가 한스의 산책에 동행
하는 것은 여전히 금지되어 있었지만 그냥 무시하고
한스를 따라가서 햇살 아래 누워 꿈을 꾸고 시를 읽
거나 교장 선생을 비웃었다. 그럴 때마다 한스는 하
일너가 사랑 이야기의 베일을 벗기지는 않을까 기대
했지만 하일너는 더 이상 그 이야기를 꺼내지 않았
다. 시간이 지날수록 한스가 먼저 물어보기 어려워졌
다. 급우들은 아직도 두 사람을 멀리했다. 하일너가
《바늘두더지》에 급우들을 겨냥하여 저급한 농담을 늘
어놓았기 때문에 어느 누구도 그를 믿지 않았다.

신문은 어느새 폐간되었다. 생각보다 오래 발간된
셈이었다. 원래 이 신문은 겨울과 봄 사이 지루한 몇
주를 채우려고 만든 거였다. 드디어 아름다운 계절이

시작되었다. 식물 채집, 산책, 야외 활동이 늘어났다. 점심시간마다 수도원 광장이 체조하는 아이들, 씨름꾼들, 달리기 시합을 하는 아이들, 공 차는 아이들의 고함과 생동감으로 가득 찼다.

그러던 어느 날 대형 사고가 일어났다. 사건의 장본인은 모두의 눈엣가시인 헤르만 하일너였다.

교장 선생은 편애하는 몇몇 학생을 통해 하일너가 자신의 금지령을 비웃으며 거의 매일같이 기벤라트의 산책에 동행했다는 사실을 알게 되었다. 이번에는 한스가 아니라 자신의 오랜 주적인 하일너를 교장실로 불렀다. 그가 반말을 하자 하일너는 곧바로 반말을 쓰지 말아달라고 말했다. 교장 선생은 반항적인 하일너를 호되게 꾸짖었다. 하일너가 자신은 기벤라트의 친구이며 그 누구도 두 사람의 교류를 금지할 권리가 없다고 잘라 말했다. 거친 논쟁이 이어진 끝에 하일너는 몇 시간 동안 구금당한 뒤 기벤라트의 산책에 따라가는 것을 단호히 금지당했다.

다음 날 한스는 다시 혼자서 공식적인 산책에 나섰다. 2시경에 학교로 돌아와서 다른 급우들과 함께 강의실에 들어갔다. 수업이 시작되었을 때 하일너가 없다는 사실을 눈치챘다. 힌두가 사라졌을 때와 똑같은

상황이었지만 이번에는 어느 누구도 지각이라 생각
하지 않았다. 3시가 되자 모든 학생이 세 명의 교사
와 함께 실종자 수색에 나섰다. 이들은 여러 조로 나
누어 숲속을 돌아다니며 하일너의 이름을 불렀다. 대
부분의 학생과 심지어 두 명의 교사까지도 하일너의
자살을 떠올렸다.

5시에는 주변 경찰서에 전보가 전해졌다. 저녁에
는 하일너의 아버지에게 속달 우편이 발송되었다. 늦
은 시간까지 아무런 단서가 발견되지 않았고 밤이 깊
도록 모든 침실에서 수군거리는 소리가 들렸다. 어떤
학생들은 하일너가 호수에 뛰어들었을 것이라고 말
했고 대부분이 그 말에 동의했다. 다른 학생들은 하
일너가 그냥 집으로 돌아간 것일 뿐이라고 추측했다.
하지만 사라진 하일너가 수중에 돈이 한 푼도 없었다
는 사실이 드러났다.

모든 사람이 한스가 이 사건에 대해 뭔가 알 거라
고 생각했다. 하지만 한스는 알지 못했다. 이번 사건
으로 가장 크게 놀라고 슬픔에 빠진 사람이 바로 한
스 자신이었다. 한스는 침실에서 다른 학생들이 속닥
이고 서로 묻고 추측하고 이야기를 꾸며내고 비웃는
소리를 엿들으며 친구에 대한 걱정과 두려움에 몸부

림쳤다. 하일녀가 다시 돌아오지 않을지도 모른다는 예감이 가슴을 괴로움으로 가득 채웠다. 그렇게 뜬눈으로 밤을 지새우다 지쳐서 어렴풋이 잠에 빠졌다.

같은 시각 하일녀는 수 킬로미터 떨어진 작은 숲속에 누워 있었다. 너무 추워서 잠을 잘 수도 없었지만 깊은 곳에서 힘차게 용솟음치는 자유를 만끽했다. 좁은 새장에서 빠져나온 새처럼 팔다리를 쭉 뻗었다. 점심 무렵부터 지금까지 내내 걷고 달리다가 크니틀링겐에서 빵 하나를 샀다. 지금은 그 빵을 조금씩 뜯어 먹으며 봄을 가득 머금은 나뭇가지 사이로 어두운 밤하늘을 바라보고 있었다. 별들과 빠르게 항해하는 구름이 보였다. 목적지가 어디든 상관없었다. 하일녀는 지긋지긋한 수도원에서 도망쳐 교장 선생에게 그의 의지가 명령이나 금지령보다 강하다는 사실을 보여준 셈이었다.

다음 날은 하루 종일 수색 작업을 벌였지만 헛수고였다. 하일녀는 마을 가까운 들판에 쌓아놓은 짚더미에서 두 번째 밤을 보냈다. 아침에 숲속으로 돌아갔고 저녁이 되어 다시 마을을 찾아왔다가 마을 경관의 손에 붙잡히고 말았다. 경관은 퍽 다정한 목소리로 농담을 해가며 하일녀를 마을회관으로 데려갔다. 하일녀는 마을회관에서 익살을 떨고 애교를 부리며 마을 이장의 마음을 샀고, 이장은 하일녀를 집으로 데려가서 하룻밤 재워주었다. 잠자리에 들기 전에 햄과 달걀을 배부르게 얻어먹기도 했다. 다음 날 미리 도착한 아버지가 하일녀를 데리러 갔다.

탈영병이 붙잡히자 수도원에 큰 소동이 일었다. 하지만 하일녀는 천재의 짧은 여행을 후회하지 않는다는 듯 고개를 꼿꼿이 들고 다녔다. 모두가 용서를 빌라고 조언했지만 하일녀는 단호하게 거절했다. 교수 회의에서 열린 비밀 재판에서도 당돌하고 오만한 태도를 유지했다. 교사들은 하일녀를 학교에 남겨두려고 했지만 하일녀의 태도는 걷잡을 수 없었다. 그는 치욕스러운 퇴학 처분을 받고 그날 저녁 아버지와 함께 다시는 돌아오지 못할 여행길에 올랐다. 친구 기벤라트와는 단지 악수로 작별 인사를 할 수 있었다.

교장 선생은 반항과 타락이 부른 이 기막힌 사건에 대해 멋지고 거창한 연설을 했다. 그보다 훨씬 부드럽고 객관적이며 완곡하게 쓰인 보고서가 슈투트가르트의 상급 관청으로 보내졌다. 학생들에게는 쫓겨난 괴짜와 편지 교환을 하지 말라는 금지령이 내려졌고 한스 기벤라트는 그저 미소 지을 뿐이었다. 학생들은 몇 주 동안이나 하일너와 그의 탈주를 두고 떠들었다. 하지만 하일너와 더욱 멀어지고 시간이 지나면서 학생들의 판단이 바뀌었다. 처음에는 도망자를 두려워하던 학생들도 나중에는 그가 하늘로 날아가 버린 독수리 같다며 부러워했다.

헬라스 방에는 주인 없는 책상이 두 개나 놓여 있었다. 나중에 사라진 학생은 먼저 사라진 학생만큼 빨리 잊히지 않았다. 오직 교장만이 하일너가 빨리 잊히고 조용해지기를 바랐다. 하지만 하일너는 수도원의 평화를 깨뜨릴 만한 일을 하지 않았다. 친구 한스가 기다리고 또 기다렸지만 편지 한 통 도착하지 않았다. 하일너는 학교를 떠났고 자취를 감추었다. 그의 탈주극은 이미 옛날이야기가 되고 끝내는 전설이 되었다. 그 열정적인 소년은 훗날, 천재다운 장난과 탈선을 거듭한 끝에 삶의 고뇌와 엄격한 규율을 익히고 영웅은 아니더라도 솔직하고 늠름한 인물이 되었으리라.

혼자 남은 한스는 하일너의 탈주극을 미리 알았던 게 아니냐는 의심을 받았으며 교사들의 친절 또한 완전히 사라져버렸다. 어떤 선생은 수업 시간에 한스가 제대로 답변하지 못하자 대놓고 비아냥거리기도 했다. "기라벤트 군은 어째서 그 잘난 친구 하일너와 함께 가지 않았습니까?"

　교장 선생은 한스를 방관했다. 바리새인이 세금징수관을 바라보듯 경멸과 동정이 가득한 눈으로 한스를 바라볼 뿐이었다. 한스는 더 이상 급우들과 함께 어울리지 못했다. 이제 그는 나병 환자가 되었다.

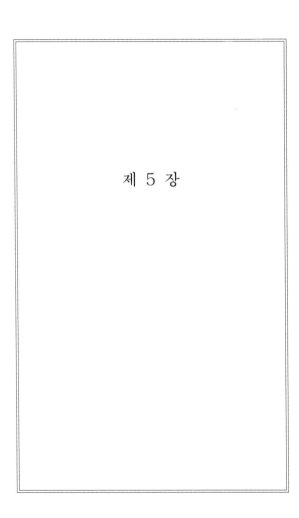

제 5 장

*

햄스터가 미리 저장해둔 먹이로 살아가듯 한스도 예전에 배운 지식으로 삶의 유예 기간을 견뎌냈다. 곧 배를 곯는 나날이 시작되었다. 짧은 시간 힘없이 새로운 시도를 해봤지만 희망이 보이지 않는 상황에서 웃을 수밖에 없었다. 결국 헛된 노력을 그만두었다. 호메로스와 모세오경, 대수학과 크세노폰을 모두 던져버리고 차분한 마음으로 교사들 사이에서 자신의 좋은 평판이 점점 나빠지는 모습을 바라보았다. 상위권이던 성적은 중위권으로, 급기야는 최하위권

으로 떨어지고 말았다. 다시금 잦아진 두통이 없을
때면 헤르만 하일너를 떠올렸다. 아니면 커다란 눈
을 뜨고 가벼운 꿈을 꾸거나 몇 시간이고 반쯤 생각
에 잠겨 허공을 바라보곤 했다. 교사들의 비난이 늘
어갈수록 한스는 온순하고 비굴한 미소로 응답했다.
친절하고 젊은 복습 교사 비드리히 한 사람만 힘없이
웃는 한스를 보고 마음 아파하며 탈선한 소년을 따뜻
하게 돌봐주었다. 나머지 교사들은 한스에게 역정을
내며 수업이 끝난 후에도 교실에 남아 자습하는 벌을
내리거나 한스의 잠든 공명심을 일깨우기 위해 빈정
대는 말을 던지곤 했다.

"지금 잠을 잔 게 아니라면 이 문장을 읽어주겠습
니까?"

누구보다 분노한 사람은 교장 선생이었다. 허영심
이 강한 교장은 자신의 시선이 지닌 강한 힘을 자랑
스럽게 생각했는데, 기벤라트가 그 위엄 있고 압도적
인 시선에도 겸허한 웃음을 지을 뿐 다른 반응을 보
이지 않자 불안해진 것이다.

"그처럼 멍청하게 웃지 말게. 자네는 오히려 울부
짖어야 하는 거 아닌가?"

한스에게는 아버지의 편지가 더 깊은 인상을 남겼

다. 아버지는 교장이 보낸 편지를 받고 화들짝 놀라서 행동을 조심하라는 편지를 써 보냈다. 아버지가 한스에게 보낸 편지는 성실한 사람이 구사할 수 있는 모든 격려와 도덕적인 분노를 언어로 엮은 것 같았다. 의도한 일은 아니겠지만 편지에서 눈물 번진 호소가 흘러나와 아들의 마음을 아프게 했다.

어린 소년의 지도자라는 의무감에 사무친 어른들, 즉 교장 선생부터 기벤라트 씨, 교수, 복습 교사는 한스의 내면에 자신들의 소망을 가로막는 악한 요소가 자리 잡고 있다는 사실을 깨달았다. 그들은 이 완고함과 태만을 억지로라도 올바른 길로 이끌어야겠다고 생각했다. 동정심이 넘치는 복습 교사 한 명을 제외하고는 어느 누구도 비쩍 마른 소년의 맥없는 미소 뒤로 스러진 영혼이 불안과 절망에 빠져 두리번거리고 있다는 사실을 깨닫지 못했다. 단 한 사람도 학교가, 아버지와 몇몇 교사의 야만적인 명예욕이 불완전하고 연약한 아이의 이제 막 피어나는 영혼을 아무런 배려 없이 무참히 짓밟아버렸다는 사실을 생각조차 하지 못했다. 어째서 한스는 가장 감수성이 예민하고 위태로운 소년 시절에 매일 밤늦게까지 공부해야만 했는가? 어째서 그는 토끼를 빼앗기고 라틴어 학교의 급우들과 멀어져야만 했는가? 어째서 낚시와 산책을 금지당해야 했는가? 어째서 그에게 천박한 명예욕의 공허하고 통상적인 이상이 심겨졌는가? 어째서 주 시험이 끝나고도 제대로 된 휴식을 주지 않았는가?

이리저리 쫓기다 지친 망아지는 이제 길 위에 쓰러져 아무런 쓸모가 없는 존재가 되어버렸다.

여름이 시작될 무렵 마을 의사가 다시 한번 한스를 진찰하고는 성장기의 흔한 신경쇠약이라고 진단했다. 그는 한스에게 방학 동안 충분히 쉬고 배부르게 먹고 숲을 산책하면 금방 나을 거라고 말했다.

하지만 그런 일은 일어나지 않았다. 여름방학이 시작되기 3주 전 오후 수업에서 한스는 교수에게 심한 꾸지람을 들었다. 교수가 아직 화를 내며 욕을 퍼부을 동안 한스는 의자에 주저앉아 몸을 심하게 떨기 시작하더니 급기야 경련하듯 울음을 터뜨렸다. 수업이 중단되었고 한스는 반나절이나 침대에 누워 있어야 했다.

다음 날 수학 시간에 한스는 칠판 앞으로 불려나가 기하 도형을 그리고 증명하라는 교사의 말을 들었다.

그는 앞으로 나갔지만 칠판 앞에 서자 현기증이 일었다. 분필과 자를 들고 아무렇게나 도형을 그리다가 필기도구를 전부 떨어뜨리고 말았다. 그것을 주우려고 몸을 굽힌 순간 바닥에 무릎을 꿇었고 다시 일어서지 못했다.

마을 의사는 자기 환자가 말도 안 되는 일을 겪었다는 사실에 분노했다. 한스가 즉시 요양 휴가를 떠나야 한다고 주장하면서 신경외과 의사를 찾아가야 할 것 같다고 덧붙였다.

"이 아이는 헌팅턴무도병에 걸릴지도 모르겠습니다." 의사는 교장에게 귓속말을 했다. 교장 선생은 고개를 끄덕이다가 무자비할 정도로 화가 난 표정을 아버지같이 자상하고 부드러운 표정으로 바꾸는 편이 낫겠다고 판단했다.

교장과 의사는 한스의 아버지에게 쓴 편지를 한스의 주머니에 잘 넣어서 집으로 돌려보냈다. 교장의 분노는 무거운 걱정으로 변했다. 얼마 전 하일너 사건으로 소란스러워진 교육청이 이 새로운 불행을 어떻게 받아들일 것이란 말인가. 하지만 놀랍게도 교장은 사건에 대해 응당 해야 할 말을 하지 않고 한스가 길을 떠나기 전 며칠 동안 퍽 다정하게 굴었다. 교장은 한스가 요양 휴가 후 학교로 돌아오지 않을 거라고 확신했다. 건강이 나아진다고 해도 이미 성적이 뒤처진 학생이 몇 개월은 물론이고 몇 주 동안 못 한 공부를 따라잡을 가능성은 전혀 없었다. 어쨌든 교장은 한스를 격려하기 위해 진심 어린 작별 인사를 건넸다. 하지만 그날 이후 교장은 헬라스 방에 들어설 때마다 빈 책상 세 개를 바라보며 재능 있는 소년이 둘이나 사라진 책임의 일부가 자신에게 있지는 않은지 고민에 빠졌다. 하지만 그는 용감하고 도덕적으로 강인한 사람이라 쓸모없고 불명료한 의심을 당장 지워버렸다.

작은 여행 가방을 챙겨 떠나는 소년의 뒤로 수도원이 교회와 문, 맞배지붕과 탑 사이에 모습을 감춰버렸다. 숲과 언덕도 마찬가지였다. 그 자리에 바덴 국경 지대의 비옥한 과수원이 나타났다. 다음에는 포르츠하임이 나타나고 그 뒤로 검푸른 전나무산과 슈바르츠발트가 펼쳐졌다. 셀 수 없이 많은 계곡에는 맑은 물이 흐르고 무더운 여름 태양은 숲을 더욱 푸르게, 그늘을 더 짙고 시원하게 해주었다. 소년은 점점 고향과 가까워지는 풍경을 바라보며 즐거워졌다. 하지만 고향 마을이 더 가까워지자 아버지가 떠올랐고, 아버지가 마중 나올 생각을 하자 두려움이 여행의 소소한 기쁨을 뿌리 뽑고 말았다. 슈투트가르트로 시험 치러 갔던 일, 입학식을 위해 마울브론으로 갔던 일이 떠오르며 당시의 기쁨과 긴장이 되살아났다. 그 모든 것이 도대체 무엇을 위한 일이었단 말인가? 교장과 마찬가지로 한스 또한 학교로 돌아가지 않으리란 사실을 알고 있었다. 신학교니 학문이니 명예를 향한 희망은 전부 끝났다.

하지만 그래서 슬픈 건 아니었다. 한스는 아버지를 실망시키고 기대를 저버렸다는 생각에 마음이 아팠다. 지금은 푹 쉬고 실컷 자고 지칠 때까지 울고 꿈속에 잠기는 것 말고는 바라는 게 없었다. 이 모든 고통을 겪었으니 이제 조용히 쉬고 싶었다. 그러나 아버지와 함께 있는 집에서는 그 바람이 이루어지지 않을 거라는 생각에 두려워졌다. 기차에서 내릴 시간이 다가오자 머리가 아파 왔다. 어린 시절 열정적으로 뛰어놀던 언덕과 숲이 보이는, 자신이 가장 좋아하는 풍경 사이를 지날 때도 창밖을 내다보지 않았다. 그래서 하마터면 친숙한 고향 역에서 내리지 못하고 그냥 지나칠 뻔했다.

한스는 우산과 여행 가방을 들고 아버지 앞에 서 있었다. 아들의 실패와 잘못된 행동에 실망하여 격분한 아버지는 교장의 편지를 받고서 당황하고 전율했다. 그는 한스가 아주 볼품없는 몰골일 거라고 상상했는데, 실제로 마주한 아들은 비쩍 마르고 약해지긴 했으나 제 발로 걸을 만큼 건강해 보여서 조금 안심했다. 하지만 두려운 일은 따로 있었다. 바로 의사와 교장이 언급한 신경병이었다. 여태까지 그의 가족 중 어느 누구도 신경병을 앓은 사람은 없었다. 그런 병에 대한 이야기가 나올 때마다 이해할 수 없다며 조소하거나 경멸하듯 동정하거나 정신병원에 관한 이야기를 꺼내곤 했다. 그런데 이제 그의 아들 한스가 정신병에 걸려 돌아온 것이다.

집으로 돌아온 첫날 한스는 꾸중을 듣지 않아 기뻤다. 그러나 곧 아버지가 조심스럽고 관대한 태도를 보이기 위하여 온 힘을 다해 자신을 억누르고 있다는 사실을 알아차렸다. 이따금 아버지가 시험하는 눈빛으로 호기심을 감추지 않은 채 자신을 바라보고 있다는 걸 눈치채기도 했다. 아버지는 퍽 누그러졌으나 분노를 완전히 감추지 못한 목소리로 말을 걸었다. 한스를 관찰하고 있다는 사실을 드러내지 않으려는 거였다. 한스는 점점 더 겁을 먹었고 자신의 상태에 대한 막연한 불안감 때문에 더욱 괴로웠다.

날씨가 좋을 때면 몇 시간이고 숲속에 누워 있었다. 기분이 매우 좋았다. 가끔 어린 시절의 즐거운 기억이 미약한 불빛이 되어 상처 입은 영혼을 달래며 스쳐지나갔다. 꽃이나 딱정벌레를 내려다보는 기쁨, 새들이 지저귀는 소리, 야생동물의 흔적을 좇는 즐거움…. 하지만 그 순간은 눈 깜짝할 새 지나갔다. 보통은 게으른 몸을 이끼 위에 뉘고서 무겁고 몽롱한 머리로 뭔가를 생각하려 애썼지만 아무것도 떠오르지 않았다. 그러다가 꿈들이 다가와 한스를 다른 세상으로 데려가곤 했다. 이제는 거의 매 순간 두통이 일었다. 수도원과 라틴어 학교 시절을 돌이켜보면 수많은 책과 교재, 의무가 분노한 악령처럼 그를 덮쳐 왔다. 한스의 고통스러운 머릿속에서 리비우스와 카이사르, 크세노폰 그리고 수학 문제가 뒤죽박죽 엉켜서 기괴한 춤을 추었다.

한번은 이런 꿈을 꾸었다. 헤르만 하일너가 죽은 채로 들것에 누워 있었다. 한스가 다가가려고 하자 교장과 다른 교사들이 그를 뒤로 밀쳤다. 한스가 굴하지 않고 다가가려 할 때마다 어른들이 한스를 세게 때렸다. 그 자리에는 신학교 교사들뿐만 아니라 라틴어 학교 교장과 슈투트가르트의 시험관들이 화난 표정으로 모여 있었다. 갑자기 장면이 바뀌어 들것에는 물에 빠진 힌두가 누워 있었다. 그의 촌스러운 아버지가 높다란 비단 모자를 쓰고 구부정한 다리에 애처로운 표정으로 아들 곁에 서 있었다.

다른 꿈도 꾸었다. 한스는 도망친 하일너를 쫓아 숲속을 달리고 있었다. 하일너와의 거리는 좁혀지지 않았고 하일너는 나뭇가지 사이로 사라져서 더 멀리 도망갔다. 그리고 한스가 하일너의 이름을 부르려고 할 때마다 모습을 감추었다. 어느 순간 하일너가 멈춰서서 한스를 가까이 다가오게 하고 말했다. "야, 나는 여자친구가 있어." 그러곤 큰 소리로 웃더니 수풀 너머로 사라져버렸다.

한스는 아름답고 마른 남자가 배에서 내리는 광경을 보았다. 흔들림 없고 숭고한 눈과 매끈하고 평온한 손을 가진 남자였다. 한스는 그에게 달려갔다. 하지만 곧 모든 것이 사라졌다. 한스는 그것이 도대체 무슨 뜻인지 곰곰이 생각했다. 그리고 복음서의 구절을 생각해냈다. "사람들이 곧장 예수를 알아보고 그리로 달려오니." 이제 한스는 그 구절에 나온

'περιέδραμον'의 변화형이 무엇인지 고민해야 했다. 그 단어의 현재형, 부정형, 완료형, 미래형이 무엇인지, 단수와 양수, 복수일 때는 어떻게 변화하는지 생각해야 했다. 정답이 떠오르지 않을 때마다 불안해져 식은땀이 흘렀다. 얼마 후 꿈에서 깨자 머릿속이 온통 상처투성이가 된 기분이었다. 얼굴에는 자신도 모르는 사이에 체념과 죄의식이 깃든 나른한 미소를 띠고 있었다. 교장 선생의 목소리가 들렸다. "대체 그 멍청한 미소는 뭡니까? 아직 웃을 기운이 남아 있는 겁니까?"

간혹 상황이 나아지긴 했지만 한스의 건강은 전혀 차도를 보이지 않고 나빠져만 갔다. 한스의 어머니를 돌보고 그녀의 죽음을 전했던 주치의는 통풍을 앓는 아버지를 진찰하기 위해 기벤라트가를 찾곤 했다. 그는 한스의 상태를 보고 침울한 표정으로 진단을 차일피일 미루었다.

그제야 한스는 자신이 라틴어 학교의 마지막 2년 동안 친구를 한 명도 사귀지 못했다는 사실을 깨달았다. 같이 학교를 다닌 급우 중 일부는 다른 도시로 가고, 일부는 견습공이 되어 바쁘게 돌아다니는데 한스는 그들과 친해지지 못했다. 한스는 어느 누구에게도 의지할 수 없었고, 어느 누구도 한스를 신경 쓰지 않았다. 나이 든 교장 선생이 두 번 찾아와 친절한 말을 건네고 마을 목사는 길에서 만날 때마다 다정한 표정으로 고개를 끄덕였지만 그들에게 한스는 더 이상 중요한 존재가 아니었다. 모든 것을 가득 채워넣을 수 있는 그릇도 아니고 수많은 씨앗을 뿌릴 수 있는 밭도 아니었다. 이제 더 이상 한스에게 시간과 노력을 쏟아부을 가치가 없었다.

마을 목사가 조금이라도 한스에게 신경 썼다면 좋았으리라. 하지만 그가 무슨 일을 할 수 있었겠는가? 그가 한스에게 줄 수 있는 것은 학문 혹은 학문을 추구하려는 태도인데, 그것은 이미 숨김없이 알려주었으며 다른 능력은 갖추지 않았다. 그는 보통의 목사가 아니었다. 보통의 목사라면 사람들이 정당한 근거를 들어 라틴어를 지적해도 수용하고, 모두가 알고 있는 출처인 성경에서 설교 주제를 찾고, 어려움에 처한 사람들에게 기꺼이 다가가 다정한 눈으로 친절한 말을 건넸을 것이다. 기벤라트 씨 또한 한스에게 친구나 위로자가 되어주지 못했다. 그저 한스에 대한 실망감을 감추려고 애쓸 뿐이었다.

이렇듯 모두에게 버림받고 사랑을 잃은 한스는 작

은 정원에 앉아 햇볕을 쬐거나 숲속에 누워 꿈을 꾸거나 고통스러운 생각에 젖어들었다. 독서도 도움이 되지 않았다. 책을 펴자마자 머리와 눈이 아파 왔다. 어떤 책을 펼치든 수도원의 망령이 되살아났고 이 망령은 두려움에 떠는 한스를 숨 막히는 꿈의 한구석으로 데려가 이글이글 타오르는 눈빛으로 꼼짝 못 하게 만들었다.

  궁지에 몰린 고독하고 병든 소년에게 또 다른 망령이 위로자로 변장한 채 가까이 다가와 믿음을 심어주고 곧 떼려야 뗄 수 없는 존재가 되었다. 바로 죽음에 대한 생각이었다. 총기를 구하거나 숲속 어딘가에 밧줄을 매는 일은 쉬웠다. 이런 상상은 매일같이 한스의 산책길을 따라다녔다. 한스는 인적이 드문 조용한 장소를 찾아 돌아다니다 편안하게 죽을 만한 곳을 찾아냈다. 그곳을 죽음을 맞이할 자리로 정해두었다. 한스는 시간이 날 때마다 그곳을 찾았고, 가만히 앉아서 사람들이 죽어 있는 자신을 발견해낼 어느 날을 상상하며 이상한 즐거움을 느끼기도 했다. 밧줄을 맬 나뭇가지도 미리 정해두었고, 나뭇가지가 얼마나 튼튼한지도 시험했다. 한스의 앞길을 가로막는 것은 없었다. 그는 틈틈이 오랜 시간 고민하며 아버지 앞으로 짧은 편지 한 통과 헤르만 하일너 앞으로 긴 편지한 통을 썼다. 사람들은 이 편지를 한스의 주검 옆에서 발견할 것이다.

마음을 단단히 먹고 모든 준비를 끝마치자 편안한 기분이 들었다. 숙명의 나뭇가지 아래에 앉아 있으면 한스를 짓누르는 압박감이 사라지고 기쁨과 쾌감이 찾아왔다. 아버지 또한 한스의 상태가 나아졌다고 생각했다. 한스는 냉소적인 즐거움을 느끼며 그 모습을 바라보았다. 아버지의 안도가 곧 죽음을 맞이할 거라는 자신의 계획에서 비롯된 감정이었기 때문이다.

한스는 왜 진작 그 아름다운 나뭇가지에 목을 매달지 않았나 싶었다. 그의 생각은 이미 정해졌고 그의 죽음 또한 결정된 일이었다. 한스는 얼마 동안 마음의 평안을 얻었으며 먼 여행을 떠날 사람들이 으레 그러듯이 마지막으로 남은 나날 동안 따스한 햇살과 고독한 꿈을 만끽했다. 언제라도 떠날 수 있었다. 모든 준비가 끝났다. 한스는 일부러 조금 더 고향에 머물기로 결심한 시간 동안 그의 위험한 결정을 눈치채지 못한 사람들을 마주칠 때마다 씁쓸한 즐거움을 느꼈다. 특히 주치의를 만날 때마다 생각했다. '어떻게

되나 곧 보시죠!'

운명은 한스가 칠흑같이 어두운 계획을 즐기도록 놔두었다. 그리고 한스가 매일같이 죽음의 성배에서 환희와 생기의 물방울을 마시는 모습을 지켜보았다. 불구가 된 어린 영혼은 그다지 큰 문제가 아니었다. 그의 운명은 어쨌든 주어진 사명을 끝마쳐야 했고, 달콤하고 씁쓸한 인생의 맛을 보기 전까지는 정해진 궤도에서 벗어날 수 없었다.

헤어나올 수 없는 고통이 점차 줄어들더니 체념과 고통이 사라지고 온 정신이 나른해졌다. 한스는 흘러만 가는 시간과 하루를 아무 생각 없이 바라보거나 푸른 하늘을 올려다보았다. 그는 마치 몽유병자나 어린아이처럼 보였다. 어느 기운 없고 우울한 날 한스는 작은 정원의 전나무 아래에 앉아 잘 알지도 못하는 오래된 시구를 읊었다. 라틴어 학교에서 배운 시구였다.

아아, 나는 몹시 피곤하네.

아아, 나는 몹시 지쳤네.

지갑에는 돈 한 푼 없고

주머니에도 마찬가지라네.

그는 이 오래된 시구를 아무 생각 없이 스무 번이나 반복해서 암송했다. 아버지가 창문가에서 그 소리를 듣고 소스라치게 놀랐다. 물론 기벤라트 씨처럼 감수성이 메마른 사람이 이 공허하고 단조로운 노래를 완벽하게 이해하기란 어려운 일이었다. 그는 한숨을 내쉬며 아들의 행동이 불치의 심신 쇠약을 나타내는 증거라고 판단했다. 그때부터 아버지는 더욱 불안한 마음으로 아들을 관찰했으며 아들은 그 사실을 알아차리고 한층 더 괴로워했다. 아직은 밧줄을 들고 가서 튼튼한 나뭇가지에 매달 때가 아니었다.

그러는 사이 무더운 계절이 시작되었다. 주 시험과 여름방학부터 벌써 1년이 지났다. 한스는 때때로 과거의 일을 떠올렸으나 별다른 감동이 일지 않았다. 감정이 상당히 둔해졌기 때문이다. 다시 낚시를 하고 싶었지만 감히 아버지에게 허락을 구하지 못했다. 한스는 물가에 서 있을 때마다 괴로움에 몸부림쳤다. 꽤 오랜 시간 아무도 없는 강가에 서서 열망에 찬 눈으로 소리 없이 움직이는 시커먼 물고기의 움직임을 좇기도 했다. 저녁이면 수영을 하기 위해 강 상류까지 걸어갔는데, 그때마다 검사관 게슬러의 작은 집 앞을 지나야 했다. 그러다 우연히 3년 전에 짝사

210

랑한 엠마 게슬러가 고향으로 돌아왔다는 소식을 들었다. 한스는 호기심 어린 눈으로 그녀를 여러 번 쳐다보았는데 그녀는 예전과 전혀 달랐다. 몸집도 가늘고 부드러운 소녀였는데 지금은 다 자라버렸다. 무뚝뚝한 행동과 아이답지 않게 유행을 따른 머리 모양이 그녀를 완전히 망가뜨렸다. 기다란 옷도 어울리지 않았다. 여성스럽게 보이려는 노력이 오히려 우스꽝스러웠다. 한스는 그녀가 가소롭다고 생각하면서도 과거를 떠올리면 안타까울 뿐이었다. 예전엔 그녀를 볼 때마다 달콤하고 따스하며 아련한 감정에 젖었던 것이다. 사실 그때는 모든 게 지금과 달랐다. 모든 것이 훨씬 더 아름답고 훨씬 더 명랑하고 훨씬 더 활기찼다.

한스는 이미 오래전부터 라틴어, 역사, 그리스어, 시험, 신학교 그리고 두통 외에는 아는 게 없었다. 하지만 그때는 동화책도 있었고 도둑들의 이야기가 쓰인 책도 있었고 작은 정원에서 직접 만든 절구 물레방아도 있었다. 저녁이면 나슐트가의 현관에서 리제의 이야기를 들었다. 가리발디라고 불린 이웃집의 그로스요한 할아버지를 강도살인범이라 생각하며 그가 나오는 꿈을 꾸기도 했다. 1년 동안 한 달에 한 번은

211

재미난 일이 생겼다. 건초 만들기, 토끼풀 베기, 첫 낚시, 가재 잡기, 홉 수확, 자두 따기, 감자 굽기, 곡식 타작…. 그 사이사이 즐거운 일요일과 휴일이 있었다. 그때는 신비로운 마법이 한스를 지배했다. 집, 좁은 길, 계단, 곡식 창고 바닥, 울타리, 모든 사람과 동물이 무척이나 사랑스럽고 친숙하며 동시에 불가사의한 힘으로 한스를 유혹했다. 홉을 수확할 때면, 사람들을 돕기 위해 부르는 다 큰 아가씨들의 노랫소리가 들려왔다. 한스는 그 노랫말이 지나치게 우스꽝스럽다고 생각했지만 몇몇 구절은 너무나 슬퍼서 듣는 것만으로도 숨이 막힐 지경이었다.

그리고 한스가 눈치채지 못하는 사이 모든 것이 아래로 가라앉았더니 곧 전부 사라져버렸다. 먼저 리제의 이야기를 듣던 밤이 사라졌다. 다음에는 일요일 오전에 하던 낚시가 사라지고 그다음에는 동화책 읽기가 사라졌다. 그렇게 하나둘씩 사라지더니 끝내는 홉 수확과 정원의 물레방아도 사라졌다. 아, 그 모든 것이 어디로 가버렸단 말인가?

그리고 이제 조숙한 소년은 병든 나날 속에서 비현실적인 두 번째 유년기를 보내고 있었다. 교사들이 앗아간 어린 시절의 즐거움은 갑작스레 터져나온 그리움과 함께 아름답고 희미한 시절로 돌아갔다. 그리고 마법에 걸린 듯 기억의 숲속을 돌아다녔다. 추억은 매우 강하고 선명해서 병적으로 느껴질 정도였다. 한스는 그 일을 직접 경험한 과거와 마찬가지로 모든 것을 따뜻하고 열정적인 마음으로 받아들였으며, 기만과 박해로 얼룩진 어린 시절이 막힌 샘물 뚫리듯 가슴속에서 솟아올랐다.

나무줄기가 잘리면 뿌리 가까이에서 새순이 돋는다. 한창 피어날 시기에 병들고 변질된 영혼 또한 봄날 같은 과거로, 영감이 가득한 어린 시절로 돌아간다. 그곳에서는 새로운 희망을 발견하고 끊어진 생명의 끈을 다시 이을 수 있는 것처럼. 뿌리에서 돋아난 새싹은 수액이 올라 무럭무럭 자라지만 겉으로 보이는 생명일 뿐 새싹은 결코 다시 나무가 되지 못한다.

한스 기벤라트도 마찬가지다. 어린 시절 꿈의 발자취를 다시 따라가야 했다.

기벤라트가의 집은 오래된 돌다리 옆에 자리했으며 분위기가 서로 다른 두 골목길 사이에서 모퉁이를 만들었다. 이 집이 있는 거리는 마을에서 가장 길고 넓으며 품위 있었다. 이름은 게르버거리였다. 반대쪽 거리는 언덕을 따라 뻗은 짧고 좁고 초라한 길이었다. 이름은 매의 길이었다. 상당히 낡은 데다 문을 닫은 지도 꽤 오래된 여관의 간판에 그린 매 그림에서 따온 이름이었다.

게르버거리에 늘어선 집에는 저마다 착하고 건실한 토박이 시민이 산다. 모두 집과 묏자리, 정원을 가지고 있다. 정원은 집 뒤편 경사가 가파른 언덕에 자리한다. 정원의 울타리는 1870년대에 지은 철길과 맞닿았고 철길에는 금빛 금작화가 흐드러지게 피어 있었다. 게르버거리와 고상한 분위기가 닮은 곳은 마을 광장이었다. 광장에서는 교회, 관청, 법원, 시청 그리고 교구청이 매우 기품 있고 도회적인 우아함을 풍겼다. 게르버거리는 관공서는 하나도 없지만 고풍스럽거나 현대적인 가정집 현관문과 아담하고 예스러운 목조 건물, 말끔하고 밝은 맞배지붕이 줄지어서 있었다. 집들이 길 한쪽에만 늘어서 있어 친근하고 안락한 느낌을 주었다. 건너편 성벽 아래로는 강물이 흐르기 때문에 밝은 분위기가 감돌았다.

게르버거리가 길고 넓고 밝고 광활하고 고상하다면 매의 길은 정반대였다. 다 쓰러져가는 어두운 집들이 늘어서 있었다. 담벼락의 회칠은 얼룩지고 부서졌으며 지붕은 앞으로 기울어졌다. 군데군데 균열이 일어나고 부서진 문과 창문에는 널빤지를 덧대었으며 굴뚝과 지붕의 빗물받이도 망가진 상태였다. 집들은 공간과 빛을 더 많이 차지하기 위해 다투었다. 길은 좁고 구불구불했으며 늘 어둠으로 가득했다. 비가 오는 날이나 해가 진 뒤에는 축축하고 짙은 암흑이 내려앉았다. 창문마다 걸린 장대와 줄에는 늘 빨래가 가득 널려 있었다.

이 좁고 궁색한 길에는 수많은 가족이 옹기종기 모여 살았다. 세 들어 사는 사람이나 하룻밤 묵어가는 여행객은 말할 것도 없었다. 무너져가는 집의 작은 구석까지도 사람들로 가득했고 가난과 범죄, 질병이 그들과 함께 상주했다. 경찰과 병원 관계자들은 도시의 나머지 사람들보다 얼마 되지 않는 매의 길 주민들을 상대하기에 바빴다. 마을에 티푸스가 발병하면 매의 길이 문제였고, 살인 사건이 발생해도 매의 길이 문제였다. 강도 사건이 발생하면 가장 먼저 매의 길을 수사했다. 방랑하는 행상인들이 매의 길에 있는 숙박업소에 묵었기 때문이다. 그중에는 우스꽝스러운 방물 장수 호테호테와 가위를 가는 아담 히텔도 있었는데, 사람들은 아담 히텔이 온갖 범죄를 저지르며 다닌다고 믿었다.

라틴어 학교에 들어간 처음 한두 해 동안 한스는 매의 길에 자주 놀러 갔다. 선명한 금발에 다 낡은 옷을 입은 소년들과 어울려 악명 높은 로테 프로뮐러가 들려주는 살인 이야기를 듣곤 했다. 여관 주인과 결혼했다가 이혼한 로테 프로뮐러는 5년 동안 교도소에서 복역하기도 했다. 젊을 때는 소문난 미인이었으며 공장 노동자 중 상당수가 그녀의 애인이었다. 당연히 싸움이 벌어지거나 칼부림이 일어나기도 했다. 지금은 혼자 사는데 저녁에 공장이 문을 닫으면 커피를 끓이면서 이야기를 들려주었다. 그녀가 사는 집은 문이 활짝 열려 있었고 이웃집 여인이나 젊은 노동자뿐만 아니라 어린아이까지 몰려와 무아경에 빠진 채 오싹한 기분을 느끼며 이야기를 들었다. 거뭇한 돌화로에서 주전자 물이 끓고, 그 옆에는 기름초의 불빛과 파란 석탄불이 어우러져 어두운 방 안을 밝히며 깜박였다. 벽과 천장에는 이야기를 듣기 위해 모여든 사람들의 그림자가 마치 유령처럼 어른거렸다.

여덟 살 한스는 그 집에서 핑켄바인 형제와 친해졌다. 아버지가 엄격하게 금지했지만 이들과 1년 넘게 어울렸다. 형제의 이름은 돌프와 에밀이며 마을에서 가장 교활한 부랑아였다. 과일을 훔치고 작은 산짐승

을 사냥하는 등 어리석은 장난질의 대가였다. 형제는
새알, 연탄, 까마귀 새끼, 찌르레기 그리고 토끼를 내
다 팔거나 금지된 밤낚시를 즐겼으며 마을의 모든 정
원을 제집처럼 드나들었다. 울타리가 뾰족하든 담벼
락에 유리 조각을 박아놓았든 아랑곳하지 않고 쉽게
뛰어넘었다.

　한스의 가장 친한 친구는 매의 길에 사는 헤르만
레히텐하일이었다. 그는 고아이며 병약하지만 조숙
하고 매우 특이한 아이였다. 다리 한쪽이 유난히 짧
아 늘 지팡이를 짚고 다니는데 골목길에서 뛰어노는
아이들 틈에도 끼지 못했다. 몸은 비쩍 마르고 창백
한 얼굴에는 고난의 흔적이 역력했다. 어린아이답지
않게 입이 굳어 있었고 턱은 뾰족했다. 손재주가 매
우 뛰어난 데다 낚시에 대한 열정이 상당했다. 한스
도 곧 그 사실을 알았다. 그때 레히텐하일은 아직 낚
시허가증을 따지 않았지만 두 소년은 아무도 모르는
장소에 가서 몰래 낚시를 즐겼다. 사냥이 즐거움이라
면 밀렵은 최고의 쾌락이었던 것이다. 절름발이 레
히텐하일은 한스에게 낚싯대를 제대로 자르는 방법,
말총 끈을 꼬는 방법, 낚싯줄을 물들이는 방법, 실
을 올가미로 만드는 방법, 낚싯바늘을 가는 방법 등

을 가르쳤다. 날씨를 예측하는 법, 강물 흐름을 읽는 법, 쌀겨를 물에 푸는 방법, 올바른 미끼를 고르는 방법, 미끼를 낚싯바늘에 꿰는 방법도 알려주었다. 물고기 종류 구분법, 물고기 소리를 엿듣는 방법, 낚싯줄을 적당한 깊이로 담그는 방법도 마찬가지였다. 그는 아무 말도 하지 않고 직접 시범을 보이며 손을 쥐는 법이나 낚싯대를 당겨야 할, 혹은 늘어뜨려야 할 절묘한 시기를 감지하는 방법을 전해주었다. 그 방법을 몰랐다면 제대로 낚시를 즐길 수 없었을 것이다. 그는 낚시 가게에서 파는 훌륭한 낚싯대나 코르크 마개, 투명한 낚싯줄 등 모든 낚시 도구를 열렬히 비웃었다. 직접 만든 낚시 도구가 없다면 고기를 잡을 수 없다고 한스를 세뇌했다.

어느 날 한스는 핑켄바인 형제와 싸우고 사이가 멀어졌다. 조용한 절름발이 레히텐하일은 싸우지도 않았는데 한스 곁을 떠났다. 2월 어느 날 그는 옷을 벗어 걸어둔 의자에 지팡이를 올려두고 누더기 같은 침대에 드러누웠다. 갑자기 열이 나기 시작하더니 곧 숨을 거두고 먼 길을 떠나버렸다. 매의 길에 사는 사람들은 금세 그를 잊었다. 오직 한스만 오랜 시간 레히텐하일과의 좋은 추억을 간직하고 있었다.

그 외에도 매의 길에는 특이한 사람이 많았다. 주정뱅이 우편배달부 뢰텔러는 결국 술 때문에 해고당했다. 그는 2주에 한 번꼴로 만취하여 길에 쓰러져 있거나 한밤중에 큰 소란을 피웠다. 하지만 평상시에는 어린아이처럼 순진한 미소를 띠는 착한 인물이었다. 그는 한스에게 타원형 담배 상자의 냄새를 맡게 했다. 한스가 낚시로 잡은 물고기를 선물하면 그는 물고기를 버터에 구워 한스와 함께 먹었다. 그는 유리 눈알이 달린 말똥가리 박제 모형과 오래된 오르골 시계를 가지고 있었다. 시계에서는 음색이 가늘고 고운 예스러운 춤곡이 흘러나왔다. 그리고 늙은 기계공 포르슈를 모르는 사람은 없었다. 그는 맨발로 돌아다니면서도 커프스 단추는 꼭 달았다. 매우 엄격한 교사 아버지 때문에 성경의 절반을 외웠으며 도덕적 격언이나 금언도 상당수 기억하는 사람이었다. 하지만 이런 지식이나 희끗희끗한 머리카락도 그가 여자를 쫓아다니며 술이나 마시는 난봉꾼이 되는 걸 막지 못했다. 그는 조금 취했다 싶으면 기벤라트가의 모퉁이 돌에 앉아 지나가는 사람들 이름을 부르며 격언을 늘어놓기도 했다.

"한스 기벤라트 주니어, 나의 귀한 아들아, 내가 하

는 말을 잘 들어라! 벤 시라*가 뭐라고 말했는가? 타인에게 못된 충고를 하지 않고 나쁜 마음을 품지 않는 사람에게 복이 있나니! 아름다운 나무에 달린 푸른 잎사귀와 같다. 어떤 잎은 떨어지고 어떤 잎은 다시 자란다. 사람도 마찬가지다. 어떤 이는 죽고 어떤 이는 다시 태어난다. 자, 이제 집에 가렴, 이 노련한 낚시꾼 녀석아."

늙은 포르슈는 경건한 잠언뿐만 아니라 어둡고 황당무계한 전설이나 유령 이야기를 많이 알고 있었다. 유령이 출몰하는 장소도 알았지만 자기 이야기에 확신을 갖지 못할 때가 있었다. 보통은 회의와 허풍이 섞인 어투로 자신의 이야기와 청중을 비웃는 태도를 보였지만, 때로는 이야기 중에 겁먹은 것처럼 목소리를 점점 낮추기도 했다. 결국은 낮지만 강렬하고 기분 나쁜 속삭임으로 이야기를 끝맺었다.

이 가난하고 좁은 길에 얼마나 많은 비밀과 비범한 존재와 어두컴컴한 자극이 숨어 있는지! 이 길에는 열쇠공 브렌들레도 있었다. 그의 작업장은 그가 문을 닫으면 엉망진창으로 변해버렸다. 그는 반나절 동안이나 창가에 앉아 활기찬 거리를 우울한 표정으로 바

---

* 예루살렘의 유대인, 구약 「집회서」의 저자.

라보았다. 이따금 다 해진 옷을 걸치고 씻지 않아 꼬질꼬질한 아이들이 이웃집에서 나오면 짓궂게도 아이들의 귀와 머리카락을 잡아채 온몸에 시퍼런 멍이 들 때까지 마구 꼬집었다. 어느 날 그는 자기 집 계단에서 아연 줄로 목을 맨 채 발견되었다. 그 모습이 너무나 끔찍해서 어느 누구도 그에게 다가가지 못했다. 늙은 기계공 포르슈가 나타나 계단 뒤로 접근하여 함석가위로 줄을 잘라버렸다. 혀를 길게 내어문 시신이 계단을 굴러 겁에 질린 구경꾼들 사이로 떨어졌다.

밝고 넓은 게르버거리에서 어둡고 습한 매의 길로 들어설 때마다 숨 막히는 공기와 즐거움에 찬, 그러나 어딘지 모르게 오싹한 긴장감이 한스를 짓눌렀다. 호기심과 공포, 양심의 가책과 모험에 대한 기쁨이 뒤섞인 감정이었다. 매의 길은 동화나 불가사의한 일, 파렴치하고 끔찍한 일이 언제든 발생할 수 있는 유일한 장소였다. 마법과 유령의 존재가 실제인 듯 여겨지는 곳이기도 했다. 이곳에서 사람들은 로이틀링겐의 통속 소설을 읽을 때와 비슷한 고통과 달콤한 전율을 느낀다. 이런 책을 갖고 있다가 들키면 교사들에게 빼앗겼다. 이 책에는 존넨비르틀레나 쉰더한네스, 메서카를레, 포스트미헬스 같은 암흑의 영웅,

중범죄자, 모험가들의 범죄 행각과 형벌이 자세히 적혀 있었다.

매의 길 외에도 어두운 사건이나 일상적이지 않은 공간을 듣고 체험할 수 있는 장소가 있었다. 바로 근처에 있는 넓은 가죽 공장의 거대하고 오래된 건물이었다. 어두컴컴한 바닥에는 커다란 가죽이 놓여 있고 지하실에는 숨겨진 동굴과 금지된 길이 있었다. 저녁이면 리제가 아이들을 모아놓고 이야기를 들려주던 곳도 여기였다. 이곳은 매의 길보다 훨씬 고요하고 친숙하며 인간적이었다. 하지만 매의 길만큼이나 신비로웠다. 가죽 공장 견습생들이 동굴이나 지하실, 안뜰, 시멘트 바닥에서 일하는 모습은 매우 기묘하고 독특했다. 하품하듯 입을 쩍 벌린 커다란 방들은 조용하고 신비로운 분위기를 풍겼다. 거칠고 무뚝뚝한 공장 주인은 마치 식인종처럼 보여서 모두가 두려워하고 꺼리는 존재였다. 리제는 이 이상야릇한 공간에서 마치 요정처럼 돌아다녔다. 모든 아이와 새, 고양이와 강아지의 수호자이자 어머니였다. 그녀는 매우 친절하며 아름다운 동화와 시구를 잔뜩 외우고 있었다.

이미 오래전부터 낯설어진 세계에서 소년의 생각과 꿈들이 움직이고 있었다. 한스는 깊은 환멸과 절망 속에서 아직 희망이 가득하던 과거의 좋은 시간들로 돌아갔다. 그때는 눈앞에 놓인 세상을 마법의 숲처럼 바라보았다. 아무도 알지 못하는 숲 깊은 곳에는 무시무시한 위험과 마법에 걸린 보물, 에메랄드 빛 성곽이 숨겨져 있었다. 한스는 아주 살짝 숲에 발을 들여놓았다. 하지만 놀라움을 느끼기도 전에 피곤해졌다. 그는 다시금 수수께끼로 가득한 어두운 입구 앞에 서 있었지만 이제는 호기심에 찬 외부인일 뿐이었다.

한스는 몇 번이나 매의 길을 다시 찾았다. 예전과 똑같은 희미한 어둠과 이상한 냄새, 모퉁이, 빛이 들지 않는 계단이 보였다. 문 앞마다 백발의 노인과 노파들이 앉아 있었다. 지저분한 금발 머리 아이들이 소리를 지르며 뛰어다녔다. 기계공 포르슈는 더 나이가 들어 한스를 알아보지 못했다. 한스가 멋쩍게 인사를 건넸지만 그는 비웃으며 욕을 뱉을 뿐이었다. 가리발디라 불리던 그로스요한 할아버지는 세상을 떠났고 로테 프로뮐러도 마찬가지였다. 우편배달부 뢰텔러는 아직 그곳에 살았다. 그는 아이들이 오르골 시계를 망가뜨렸다고 불평하더니 한스에게 담배 냄새를 맡아보라고 권하며 구걸했다. 그러고는 핑켄바인 형제의 이야기를 들려주었다. 하나는 담배 공장에 다니며 벌써 어른처럼 술을 퍼마시고, 다른 하나는 교회 헌당식 날 칼부림을 하고 도망친 지 1년이 넘었다고 했다. 한스는 이 모든 이야기가 비참하고 구차한 인상을 풍긴다고 생각했다.

한번은 저녁때 가죽 공장 앞을 지나갔다. 문으로 통하는 길을 지나 습기 찬 안뜰을 넘어가면 한스의 어린 시절이 숨겨진 커다랗고 오래된 건물이 나온다. 그가 잃어버린 모든 기쁨이 그곳에 서려 있었다.

굽은 계단과 돌을 깔아놓은 문을 지나 어두운 계단을 내려갔다. 가죽이 널린 바닥을 더듬어보았다. 코끝을 찌르는 가죽 냄새와 함께 추억의 구름이 솟아올랐다. 한스는 모조리 들이마셨다. 그리고 계단 아래쪽으로 내려가 뒤뜰로 나갔다. 그곳에는 무두질하는 구덩이와 좁은 지붕으로 덮이고 발판이 높게 달린 건조대가 있었다. 바로 그 담벼락 앞에 리제가 앉아서 바구니에 담긴 감자 껍질을 벗기고 있었다. 몇몇 어린아이가 리제의 이야기에 귀를 기울이며 그녀를 둘러싸고 있었다.

한스는 어두운 문간에 서서 이야기를 엿들었다. 평화로운 기운이 제방으로 둘러싸인 뜰을 가득 메웠다.

담벼락 너머로 흐르는 강물이 조용히 지나가는 소리와 리제가 감자 껍질을 벗기는 소리 그리고 이야기를 들려주는 그녀의 목소리 외에는 아무 소리도 나지 않았다. 아이들은 미동도 없이 가만히 쪼그리고 앉아 있었다. 리제는 어린아이를 업고 강을 건너다 세례를 받았다는 성 크리스토포루스 이야기를 하고 있었다.

　한스는 잠시 이야기를 듣다가 조용히 뒤돌아서 어두운 현관문을 빠져나와 집으로 돌아갔다. 이제 자신은 다시 어린아이가 되어 저녁마다 가죽 공장 뜰에서 리제의 곁에 앉을 수 없다는 사실을 깨달았다. 그는 두 번 다시 가죽 공장이나 매의 길에 가지 않았다.

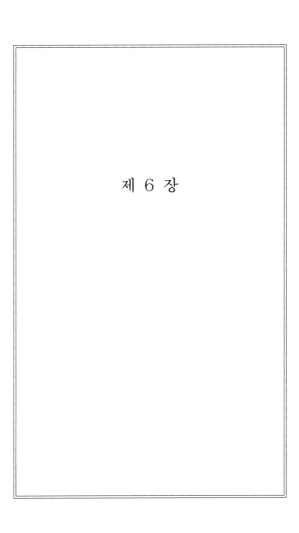

제 6 장

*

　벌써 완연한 가을이었다. 거무스름하던 전나무 숲
은 곳곳에 햇불처럼 노랗고 빨간 물이 들었고 좁은
골짜기에는 무거운 안개가 내려앉았으며 아침이면
차가운 강물에서 수증기가 피어올랐다.

　창백한 얼굴의 전 신학교 학생은 매일같이 자유롭
게 돌아다녔다. 이웃들과 어울릴 수도 있었지만 내키
지도 않고 피곤해서 사람들을 피해 다녔다. 의사는
물약을 처방하고 간유, 달걀, 냉수욕을 권했다.

　그 어느 것도 한스에게 도움이 되지 않았지만 놀라

운 일은 아니었다. 건강한 삶은 내용이나 목적이 있어야 하건만 젊은 기벤라트는 그 모든 것을 잃어버렸다. 아버지는 한스를 서기나 수공업자로 만들어야 겠다고 결심했다. 하지만 한스의 건강이 좋지 않았기 때문에 조금이나마 기력을 회복하는 일이 우선이었다. 어쨌든 한스의 미래를 진지하게 고민해볼 때가 된 것이다.

처음에 다가온 혼란스러운 인상들이 진정되자 한스는 더 이상 자살을 생각하지 않았다. 한스는 흥분과 변덕스러운 불안에서 빠져나와 한결같은 우울함으로 들어갔다. 아무런 저항도 하지 않은 채 부드러운 늪 속으로 천천히 가라앉는 것처럼.

이제 그는 가을 들녘을 돌아다니며 계절의 영향력앞에 쓰러졌다. 저물어가는 가을, 소리 없이 떨어지는 낙엽, 갈색으로 변해가는 들판, 짙은 새벽안개, 풍성하게 익었다가 지쳐 떨어지는 식물들이 한스를 다른 병자들과 마찬가지로 무거운 절망과 우울한 생각으로 이끌었다. 한스는 이 모든 것과 함께 사라져 없어지고, 영면하고, 죽고 싶었다. 하지만 그의 젊음이이런 희망에 반대하며 삶에 집착했기 때문에 무척이나 괴로웠다.

한스는 나무들이 노래졌다가 갈색이 되고, 곧이어 벌거숭이가 되는 모습을 지켜보았다. 숲에서 피어오르는 우윳빛 안개와 과일 수확 이후 생기를 잃어버린 정원, 이제 더 이상 화려한 꽃을 피우지 않는 과꽃을, 수영이나 낚시 철이 지나고 마른 나뭇잎으로 뒤덮인 강물, 썰렁한 강가, 추위를 견디며 일하는 가죽 공장 직원들을 바라보았다. 며칠 전부터는 엄청난 양의 과일 찌꺼기가 강물 위로 떠내려갔다. 착즙 공장이나 물레방앗간에서는 과일즙 짜기에 한창이었다. 온 마을의 작은 골목길까지 서서히 발효되기 시작한 과일 향이 감돌았다.

아랫마을 물레방앗간에서는 구두공 플라이크까지 작은 착즙기를 빌려와서 한스를 불러다 과일즙을 짜자고 말했다.

물레방앗간 앞마당에는 크고 작은 착즙기, 수레, 과일이 그득한 바구니와 광주리, 물통, 대야, 양동이, 나무통, 산더미처럼 쌓인 과일 찌꺼기, 나무 지렛대, 손수레, 텅 빈 짐썰매 등이 놓여 있었다. 착즙기는 계속해서 움직이며 삐걱거리기도 하고 찌걱거리기도 하는 등 신음하며 울었다. 거의 모든 물건이 초록색으로 칠해졌는데, 초록색 사과 껍질, 밝은 옥빛 강물,

맨발로 뛰노는 아이들, 가을 하늘의 맑은 태양과 어우러져 기쁨과 삶의 환희, 풍요로움을 발산하며 사람들을 유혹했다. 사과가 으스러지며 부서지는 소리는 아린 맛이 났지만 식욕을 돋웠다. 그 소리를 들었다면 누구든 사과를 집어 얼른 한입 베어물 수밖에 없었다. 갓 짜낸 과일즙이 관을 타고 흘러나왔다. 적황색 액체는 태양 아래서 미소 지었다. 이 광경을 보았다면 누구든 과일즙을 달라고 하여 얼른 한 모금 마시고는 촉촉해진 눈망울로 달콤함과 안락함의 물결이 온몸에 퍼지는 기분에 젖을 수밖에 없었다.

달콤한 과즙에서 나온 즐겁고 활기차며 맛있는 향기가 공기를 타고 저 멀리까지 퍼졌다. 이 향기야말로 1년 중 가장 뛰어났다. 풍요와 수확의 정수이자 가까이 다가온 겨울에 앞서 사람들을 즐겁게 해주는 존재였다. 사람들은 이 향기를 맡고 감사하는 마음으로 한 해의 놀라운 일들을 떠올렸다. 평화로운 5월의 비, 주룩주룩 쏟아진 여름비, 시원한 가을의 아침 이슬, 따스한 봄날의 햇볕, 이글이글 불타오르던 여름의 태양, 하얗게 혹은 분홍빛으로 빛나는 꽃들, 잘 익어 적갈색 반짝임을 뿜내는 수확 직전의 과일나무, 1년의 시간이 흐르며 함께 찾아온 모든 아름다움과 즐거움까지.

　모든 이에게 빛나는 나날이었다. 부자도 허풍쟁이도 자신의 처지는 내려놓고 직접 나와서 동그라니 알이 꽉 찬 사과를 손에 들고 무게를 가늠하거나, 열 개가 넘는 과일 포대를 세어보거나, 작은 은잔으로 과일즙을 맛보거나, 자기가 짠 과일즙은 물이 한 방울도 섞이지 않았다고 큰 소리로 자랑하곤 했다. 가난한 사람들은 과일 포대 한 자루만 가지고 나와 유리잔이나 사발로 과일즙을 맛보았다. 물을 타기도 했지만 그렇다고 그들의 자부심이나 기쁨이 덜해지는 않았다. 사정이 있어 과일즙을 짜지 못하는 사람들은 친척이나 이웃집으로 달려가 착즙기를 찾아다니며 과일즙을 한잔 얻어 마시거나 사과를 집어 주머니에 넣기도 했다. 그리고 마치 전문가처럼 말하며 어떻게든 한자리를 차지하려고 애썼다. 하지만 어린아이들은 부유하든 가난하든 상관없이 작은 컵을 들고 이리저리 돌아다녔다. 손에는 저마다 한입 베어문 사과와 빵 한 조각이 들려 있었다. 예부터 과즙 짜는 날 틈틈이 빵을 먹어두면 배탈이 나지 않는다는 근거 없는 이야기가 전해지기 때문이었다.

　수많은 사람이 저마다 외치는 소리가 뒤섞였다. 아

이들이 떠드는 소리는 말할 것도 없었다. 바삐 오가는 목소리에 흥분과 기쁨이 가득했다.

"이리 와라, 한스야! 이리 와! 한잔 마셔봐라!"

"고맙습니다. 하지만 전 벌써 배가 불러요."

"자네 50킬로그램에 얼마 줬나?"

"4마르크. 최고급품이지. 한잔 마셔봐."

그러는 사이 사소한 문제가 일어나기도 했다. 사과 한 포대가 터져서 사과가 전부 바닥으로 굴러나온 것이다.

"이런 젠장! 내 사과! 이봐요, 좀 도와주시오!"

모두 나서서 사과를 줍는 중에 몇몇 장난꾸러기는 사과를 훔쳐가려고 했다.

"이 녀석들! 주머니에 넣지 마라! 마음대로 먹는 건 좋지만 주머니에는 넣지 마라! 야, 이놈! 어서 내려놔!"

"어이, 옆집 양반! 잔말 말고 이거나 마셔보게."

"꿀맛이구먼! 정말 꿀처럼 달아! 올해는 얼마나 만들었나?"

"두 통밖에 안 되지만 맛이 정말 좋아."

"한여름에 과일즙을 짜지 않아서 정말 다행이야. 그랬으면 벌써 다 마셔버렸을 거라고."

올해도 까다로운 노인들이 빠지지 않고 끼어들었다. 이들은 이미 오래전부터 과일즙 짜는 일은 그만두었지만 모든 과정을 잘 알았다. 과일을 공짜로 얻던 시절의 이야기를 늘어놓았다. 모든 것이 지금보다 저렴하고 품질도 좋고 과일즙에 설탕을 넣을 필요조차 없는 데다 나무에 열매가 맺히는 모양새부터 달랐다는 것이다.

"지금에 비하면 그때가 진짜 수확이지. 내가 키운 나무는 한 그루에서만 사과를 250킬로그램이나 땄다니까."

이 깐깐한 노인들은 시절이 훨씬 안 좋아졌다고 하면서도 올해도 과일즙을 얻어 마시고 아직 이가 멀쩡한 노인들은 사과를 열심히 씹어 먹었다. 한 노인은 커다란 배를 몇 개나 입에 욱여넣더니 결국 배탈이 났다.

그 노인이 투덜거렸다. "한창때는 말이야, 이런 배쯤은 열 개는 먹었다고." 그는 커다란 배를 열 개나 먹어도 배탈 나지 않던 시절을 떠올리며 한숨을 푹 내쉬었다.

이런 혼잡한 분위기에서 플라이크 씨는 자신의 착즙기 옆에 서서 나이 많은 견습공의 도움을 받고 있었다. 그는 바덴에서 사과를 조달했기 때문에 언제나 최상급 과즙을 내놓았다. 속으로 매우 만족스러워하며 '맛보기꾼'을 절대 거절하지 않았다. 그의 아이들은 훨씬 더 신이 나서 떠들썩하게 뛰어노는 무리에 끼어 활개 치고 있었다.

하지만 누구보다도 즐거운 사람은 그의 어린 견습공이었다. 물론 겉으로 드러나지는 않았다. 그는 좁은 실내를 벗어나 야외에서 열심히 일할 수 있다는 게 무척이나 기뻤다. 어린 견습공은 산골짜기의 가난한 농가 출신이었다. 그에게 달콤한 과일즙은 더없이 맛있는 음료였다. 그의 건강하고 순박한 얼굴이 사티로스* 가면 같은 미소를 띠고 있었다. 견습생의 손은 어느 일요일보다도 깨끗했다.

마당에 도착한 한스 기벤라트는 불안한 듯 아무 말도 하지 않았다. 한스는 자기가 원해서 온 게 아니었다. 그런데 나쥴트가의 리제가 맨 처음 짠 과일즙을 내밀었다. 한스는 과일즙을 받아 마셨다. 한 모금을 넘기자마자 달콤하고 강렬한 과일즙 맛과 함께 어린 시절 가을에 겪은 즐거운 추억이 되살아났다. 그리고 다시 한번 사람들과 어울려 즐기고 싶다는 소심한 바

* 그리스 신화에 나오는 반인반수로 장난이 심하고 주색을 밝힌다.

람이 싹터 올랐다. 낯익은 사람들이 그에게 말을 걸고 과일즙을 권했다. 한스가 플라이크 아저씨의 착즙기 근처에 도착했을 때는 이미 주변의 즐거운 분위기와 과일즙 몇 잔에 사로잡혀 달라진 후였다. 한스는 구두공을 보고 매우 명랑하게 인사하고는 과일즙에 대해 몇 마디 농담을 건네기도 했다. 구두 장인은 놀란 마음을 감추며 한스를 반갑게 맞이했다.

30분 정도 지나자 파란 치마를 입은 소녀가 다가왔다. 그녀는 플라이크와 어린 견습공에게 웃으며 인사하고 과즙 짜는 일을 돕기 시작했다.

"아, 그렇지." 구두공이 소녀를 소개했다. "이 아이는 하일브론에서 온 내 조카딸이란다. 하일브론에서도 가을이 되면 과일즙을 짜지. 거기는 포도가 많이 나거든."

그녀는 열여덟, 열아홉쯤 되어 보였다. 저지대 출신답게 활동적이며 발랄했다. 키는 크지 않지만 전체적으로 균형 있고 풍만한 몸매였다. 쾌활하고 지적이며 동그란 얼굴에 검고 따뜻하게 빛나는 눈과 키스하고 싶어지는 예쁜 입술이 자리했다. 그녀는 어디를 봐도 건강하고 밝은 하일브론 아가씨처럼 보일 뿐 경건한 구두 장인의 친척으로 보이지는 않았다. 그녀는 이 세상에 속한 사람이었다. 그녀의 눈은 밤마다 성경이나 고스너*의「보물상자」를 읽는 사람의 눈이 아니었다.

한스는 갑자기 걱정스러운 표정을 지으며 엠마가 곧 자리를 뜨길 간절하게 바랐다. 하지만 그녀는 웃으며 재잘거리고, 누가 어떤 농담을 해도 재치 있게 대답했다. 한스는 부끄러워져 입을 다물고 말았다. 서로 존중하는 말투로 대해야 하는 젊은 아가씨와 사귀기란 놀랄 만큼 두려운 일이었다. 게다가 이 아가씨는 상당히 활기차고 사근사근하며 한스가 옆에 있다는 사실이나 그의 수줍음을 전혀 신경 쓰지 않았다. 한스는 쓸모없는 존재가 된 듯 기분이 조금 상해서 수레바퀴에 치인 달팽이처럼 더듬이를 잔뜩 움츠리고 껍데기 안으로 들어가버렸다. 아무 말도 하지 않고 지루함에 빠진 사람이 된 척했지만 실패하고 말았다. 그는 방금 누군가 죽기라도 한 듯한 표정을 짓고 있었다.

아무도 그런 일에 신경 쓸 겨를이 없었다. 엠마도 마찬가지였다. 한스가 듣기로 엠마는 2주 전부터 플라이크 아저씨의 집에 있었고 벌써 온 마을 사람들을

*요하네스 고스너. 프로테스탄트 신학자.

알고 지냈다. 부자든 가난뱅이든 가리지 않고 찾아가 말을 걸고 새로 짜낸 과일즙을 마시며 농담을 나누고 웃기도 했다. 그리고 다시 돌아와서는 열심히 일을 돕다가 아이들을 품에 안고 사과를 먹이기도 했다. 그녀는 주변에 밝은 웃음과 즐거움을 퍼뜨리는 사람이었다. 아이들이 지나가면 말을 걸었다. "사과 먹을 래?" 그리고 발갛게 잘 익은 사과를 등 뒤로 숨기고 는 "오른손, 왼손?"이라고 물었다. 아이들은 절대 정답을 맞히지 못했고 토라진 아이들이 투덜대기 시작하자 그녀는 사과를 내밀었다. 하지만 그 사과는 작고 덜 익은 거였다. 그녀도 한스의 이야기를 들은 것 같았다. 그녀는 한스에게 다가와 늘 두통으로 고생한다는 사람이 당신이냐고 물었다. 그러나 한스가 채 대답하기도 전에 옆에 있던 사람들과 다른 이야기를 나누기 시작했다.

한스가 살그머니 집으로 돌아가려고 마음먹었을 때 플라이크 아저씨가 다가와 그의 손에 지렛대를 쥐어주었다.

"자, 조금만 더 도와다오. 엠마가 거들어줄 거다. 난 작업장에 가봐야 해."

구두 장인이 자리를 떠나고 견습공이 플라이크 씨

의 아내와 과일즙을 날랐다. 한스는 엠마와 단둘이 착즙기 앞에 서 있었다. 그는 이를 악물고 마치 원수를 마주한 것처럼 열심히 손을 놀렸다.

그런데 갑자기 지렛대가 무거워졌고 한스는 깜짝 놀랐다. 고개를 들어 주변을 살피자 엠마가 큰 소리로 웃기 시작했다. 그녀가 장난으로 지렛대를 막아버린 것이다. 한스는 화가 나서 지렛대를 다시 당겼지만 엠마가 다시 한번 지렛대를 막았다.

한스는 아무 말도 하지 않았다. 엠마의 몸이 가로막은 지렛대를 미는 동안 왠지 부끄러운 기분이 들었다. 결국 동작을 멈추고 말았다. 달콤한 불안이 엄습했다. 젊은 아가씨가 당돌하게 그의 얼굴을 쳐다보며 웃자 한스는 그녀가 변해버린 게 아닌가 생각했다. 다정하지만 낯선 느낌이었다. 한스는 어쩔 수 없이 서툴지만 친근해 보이는 미소를 지었다.

그리고 지렛대는 완전히 움직임을 멈추었다.

엠마가 입을 열었다. "너무 열심히 하지 말죠." 그러곤 자기가 마시다가 남긴, 반쯤 남은 과일즙을 건넸다.

한스에게는 다른 과일즙보다 더 강렬하고 달콤하게 느껴졌다. 과일즙을 다 마시고는 더 마시고 싶다는 듯이 빈 잔을 들여다보다 어째서 심장이 이렇듯 격렬하게 뛰는지, 어째서 숨결이 이렇듯 거칠어졌는지 의아하게 생각했다.

두 사람은 그 뒤로 조금 더 일을 계속했다. 한스는 자신이 무슨 짓을 하는지도 모른 채 그녀의 치마가 자기를 스치고 그녀의 손이 자기 손에 닿도록 하려고 애썼다. 하지만 그런 일이 일어날 때마다 두려움이 가득한 환희 때문에 심장이 멎어버릴 것 같았다. 달콤함에 온몸에서 힘이 빠졌다. 무릎이 살짝 떨리고 머릿속에서는 핑핑 소리가 들렸다. 현기증이 일었다.

한스는 자기가 무슨 말을 하는지도 모르고 말을 내뱉었다. 그녀가 말하면 대답하고, 그녀가 웃으면 웃고, 그녀가 엉뚱한 장난을 치면 손가락을 뻗어 겁을 주기도 했다. 그리고 그녀가 건넨 과일즙을 두 잔이나 더 마셨다. 동시에 수많은 기억이 그를 스쳐지나갔다. 저녁이면 남자들과 함께 문간에 서 있는 하녀들, 이야기책에 나오는 몇 구절, 예전에 헤르만 하일너가 해준 키스, 급우들 사이에서 오가는 '아가씨들' 또는 '여자친구가 생기면 어떨까' 하는 말들. 한스는 산길을 오르는 야윈 말처럼 숨을 몰아쉬었다.

모든 것이 바뀌었다. 이리저리 바쁘게 움직이는 사

람들이 미소 띤 다채로운 구름으로 변해갔다. 목소리, 욕하는 소리, 웃음소리는 한데 뭉쳐 흘러내려갔고 강물과 오래된 다리는 마치 물감으로 그린 듯 멀어 보였다.

엠마의 모습도 바뀌었다. 그녀의 얼굴이 더 이상 보이지 않았다. 오직 기쁨이 가득한 검은 눈과 붉은 입, 그 안의 하얗고 뾰족한 이가 보일 뿐이었다. 그녀의 형체가 녹아없어지고 하나하나의 부분만 남았다. 검은 양말 위에 신은 단화, 목덜미에서 길을 잃은 곱슬머리, 파란 천으로 감춘 햇볕에 그을린 둥근 목, 팽팽하게 당긴 옷의 어깨 부분, 그 아래로 파도치듯 움직이는 숨결, 붉어진 귀.

잠시 후 엠마가 통 안에 잔을 빠뜨렸다. 그녀가 몸을 굽혀 잔을 주우려는 찰나 통 가장자리에 눌린 그녀의 무릎이 한스의 손목에 닿았다. 한스도 천천히 몸을 굽혔다. 그의 얼굴이 그녀의 머리카락에 닿을 뻔했다. 그녀의 머리카락에서 은은한 향기가 풍겼다. 그 아래 곱슬머리 그림자에 가려 따스하게 빛나는 갈색 목덜미가 파란 옷깃 속으로 숨었다. 단단하게 채운 고리 사이로 목덜미가 살짝 보였다.

엠마가 다시 몸을 일으키자 그녀의 무릎이 그의 팔

을 타고 미끄러지며 그녀의 머리카락이 그의 뺨에 닿았다. 몸을 숙이느라 그녀의 얼굴이 새빨개졌다. 한스는 온몸에 격렬한 전율이 일었다. 얼굴이 창백해졌다. 한스는 순식간에 극심한 피로를 느끼고 착즙기의 조이개를 꽉 붙잡았다. 심장이 경련하듯 크게 뛰고 팔 힘이 다 빠지고 어깨가 아파 왔다.

그 후로 한스는 입을 다문 채 소녀의 눈길을 피했다. 하지만 그녀가 다른 곳을 쳐다볼 때는 아직 알지 못하는 기쁨과 양심의 가책이 뒤섞인 기분으로 그녀를 빤히 바라보았다. 그 순간 그의 내면에서 무언가가 끊어졌고 아득한 푸른 해안이 딸린 새롭고 이국적인 섬이 영혼 앞에 나타나 그를 유혹했다. 그는 아직 그것이 무엇인지 알지 못한 채 그저 어렴풋이 예감할 뿐이었다. 그의 내면에 자리한 불안과 달콤한 고통이 무엇을 의미하는지, 괴로움과 쾌감 중 어떤 감정이 더 큰지.

쾌감은 젊은 사랑의 힘이 승리했다는 뜻이다. 또 활기 넘치는 삶의 첫 예감을 의미하기도 했다. 괴로움은 아침의 평화가 깨지고 그의 영혼이 어린 시절의 섬을 뒤로하고 떠나 다시는 그 시절로 돌아가지 못한다는 뜻이다. 난파를 겨우 모면한 한스의 작은 돛단

배는 이제 새로운 폭풍의 힘에 휘말렸다. 가까이 수면이 얕은 곳에는 위험한 암초가 기다리고 있었다. 여태까지 잘 헤쳐온 젊은이도 이제는 타인의 도움 없이 자신의 힘만으로 이곳을 벗어날 구원의 길을 찾아야 했다.

그때 마침 어린 견습공이 다시 돌아와 과즙 짜는 일을 교대해주었다. 한스는 잠시 동안 거기에 머물렀다. 그는 엠마와 닿거나 엠마가 친근하게 말을 걸어주길 기대했다. 엠마는 다른 착즙기 사이를 돌아다니며 이야기를 나누고 있었다. 15분 정도 지나 견습공 앞에서 난처한 모양새가 되자 한스는 작별 인사도 하지 않은 채 집으로 돌아왔다.

희한하게도 모든 것이 더 아름답고 흥분되는 존재로 변해 있었다. 과일 찌꺼기를 먹고 통통하게 살 오른 참새들이 제각기 지저귀며 하늘을 날아다녔고 하늘은 여태껏 이토록 높고 아름답고 그리움이 가득한 듯 푸른 적이 없었다. 강물이 이처럼 맑고 청록색으로 빛나는 거울처럼 미소 지은 적이 없었다. 강둑에 물살이 부딪쳐 이처럼 하얗고 시원한 거품을 만들어낸 적도 없었다. 모든 것이 장식된 그림처럼 새로 칠해져 깔끔하고 선명한 유리판에 끼워졌다. 모든 것이 성대한 축제의 시작을 기다리는 것 같았다. 한스의 가슴속에서도 갑갑할 만큼 강하고 불안한 파도가 물결치고 이상하리만치 무모한 감정이 생겨났다. 이것은 그저 꿈일 뿐이며 절대 현실이 되지 않을 거라는 조심스럽고 두려움에 휩싸인 의구심과 함께 신기하게도 강렬한 희망이 피어올랐다. 이 분열된 감정은 점점 부풀어올라 물이 약하게 솟아나는 샘이 되었다. 무척이나 강렬한 감정이 한스의 내면에서 해방되어 자유로운 공기를 마시고자 했다. 오열이나, 어쩌면 노래, 외침, 아니면 요란한 웃음소리였을 것이다. 집에 도착하고 나서야 이 흥분이 조금은 가라앉았다. 집에서는 모든 것이 평상시와 똑같았다.

"어디에 다녀오니?" 기벤라트 씨가 물었다.

"플라이크 아저씨네 방앗간이요."

"그 사람은 과일즙을 얼마나 짰든?"

"두 통 정도요."

한스는 집에서 과일즙을 짤 때 플라이크 씨의 아이들을 부르라고 아버지한테 부탁했다.

"그래야지." 아버지가 중얼거렸다. "다음 주에 과일즙을 짜야겠다. 그때 그 집 아이들을 데려와라."

저녁 먹을 때까지 아직 한 시간이 남아 있었다. 한

스는 정원으로 나갔다. 전나무 두 그루를 제외하고는 초록빛이 거의 남지 않았다. 그는 개암나무 가지를 꺾어 공중에 휘두르며 시들어버린 이파리를 떨어냈다. 태양은 벌써 산 뒤로 넘어가고 머리카락처럼 가느다란 전나무 우듬지가 솟은 검은 산세가 청록색으로 물든 촉촉하고 맑은 하늘을 갈라놓았다. 기다란 잿빛 구름이 황갈색으로 빛나며 천천히 헤엄쳤다. 구름은 고향으로 돌아가는 배처럼 즐겁게 희미한 금빛 공기를 가르며 골짜기 아래로 사라졌다.

한스는 유난히 농익은 색으로 아름다움을 뿜내는 저녁노을에 사로잡혀 천천히 정원을 거닐었다. 때때로 멈춰서서 눈을 감고 엠마의 모습을 떠올렸다. 착즙기를 사이에 두고 마주 선 그녀의 모습, 그녀가 마시던 잔을 건네 한스도 과일즙을 마시게 한 일, 그녀가 통 위로 몸을 굽혔다 일어섰을 때 얼굴이 새빨개진 모습. 그녀의 머리카락과 파란색 옷으로 감싼 몸매, 목, 검은 머리카락의 그림자에 숨은 목덜미, 그 모든 것이 한스를 환희와 전율로 가득 차게 만들었다. 하지만 한스는 그녀의 얼굴을 떠올리지 못했다.

해는 다 저물었지만 날씨는 서늘하지 않았다. 짙어지는 노을은 비밀로 가득 찬 안개의 장막처럼 보였다. 한스는 그 비밀이 무엇인지 알 수 없었다. 한스는 하일브론에서 온 소녀를 사랑하게 되었다는 사실을 깨달았다. 하지만 그의 핏줄에서 깨어난 남자다움이 낯설었으며 흥분되지만 피곤했다.

저녁 식탁에서 한스는 이렇게나 변해버린 자신이 예전과 똑같은 환경에 둘러싸여 앉아 있는 상황이 매우 이상하다고 생각했다. 아버지, 나이 든 하녀, 식탁 그리고 가구와 방 안이 갑자기 너무나도 오래된 것처럼 느껴졌다. 그는 지금 막 긴 여행에서 돌아온 듯 놀라움과 낯섦, 그리움이 뒤섞인 감정으로 방 안을 둘러보았다. 자신의 죽음을 책임질 나뭇가지에 몰두할 때만 하더라도 작별을 고하는 사람으로서 모든 다른 이와 물건을 가엾게 여겼는데, 지금은 귀환한 사람처럼 놀라움과 미소, 무언가를 되찾은 기분을 느꼈다.

식사를 마치고 자리에서 일어나려 하자 아버지가 대뜸 입을 열었다.

"한스야, 기계공이 되고 싶니, 아니면 서기가 되고 싶니?"

"네?" 한스는 깜짝 놀라 되물었다.

"다음 주말쯤에 기계공 슐러 씨한테 가보든지, 아니면 그다음 주에 시청에다 견습생 신청을 하면 어떻겠니? 잘 생각해봐라! 내일 다시 이야기하자."

한스는 자리에서 일어서 밖으로 나갔다. 갑작스러운 질문에 상당히 혼란스럽고 어지러웠다. 일상의 활동과 생기 넘치는 삶이 예기치 않게 모습을 드러냈다. 그는 벌써 몇 달 동안이나 그런 것들로부터 멀어져 있었다. 일상은 유혹하는, 그리고 협박하는 얼굴로 한스를 데려가려고 했다. 한스는 기계공이든 서기든 되고 싶은 마음이 없었다. 몸으로 해야 하는 일이 두려웠기 때문이다. 같은 교실에서 공부하던 아우구스트가 떠올랐다. 그는 지금 기계공으로 일한다. 아우구스트에게 물어보면 정보를 얻을 수 있을 것 같았다.

그 일에 대해 다시 생각해보는 동안 더 우울해지고 창백해졌다. 한스에게 그 일은 서두를 것도, 중요한 것도 아니었다. 다른 일이 한스를 더 초조하게 만들었다. 집 안을 종종거리며 돌아다니다 갑자기 모자를 낚아채고는 집을 나서서 천천히 골목길로 향했다. 오늘이 가기 전에 엠마를 꼭 한 번 더 봐야겠다는 생각이 들었다.

밖은 이미 어두웠다. 가까운 술집에서 고성과 목쉰 노랫소리가 들려왔다. 집집마다 창문에 불을 밝혀 어두운 공간 여기저기에 희미한 붉은 빛을 밝혔다. 젊은 아가씨들이 손을 잡고 긴 행렬을 만들어 웃고 떠들면서 즐거운 듯이 골목길을 따라 내려갔다. 희미하게 흔들리는 불빛 속에서 고요히 잠든 골목길을 데우며 따스하게 흐르는 젊음과 기쁨의 파도 같았다. 한스는 오래도록 그들의 뒷모습을 바라보았다. 심장이 목구멍까지 올라와서 뛰어대는 기분이었다. 커튼을 내린 창문 안쪽에서 바이올린을 연주하는 소리가 들리고 우물에서는 채소를 씻는 여자가 보였다. 다리에서는 연인 두 쌍이 산책하고 있었다. 한 남자는 여자친구의 손을 잡고 앞뒤로 살짝 흔들며 여송연을 피웠다. 다른 한 쌍은 정답게 껴안은 채 천천히 걸었다. 남자는 여자의 허리를 감싸고 여자는 남자의 가슴에 어깨와 머리를 폭 파묻은 모양새였다. 한스는 여태까지 연인들의 그런 모습을 수도 없이 봐왔지만 단 한 번도 신경 쓴 적이 없었다. 그런데 이제는 비밀스러운 의미를 갖게 되었다. 막연하지만 욕망이 이는 달콤한 의미였다. 한스는 그들을 가만히 쳐다보다가 가까이 다가온 깨달음을 향해 상상의 나래를 폈다. 가슴이 답답한 불안과 내면이 흔들리는 기분을 느끼며 자신이 커다란 비밀에 가까이 다가갔다는 사실을 깨달았다. 하지만 그 비밀이 아름다운 것인지 무서운 것인지는 알 수 없었다. 둘 중 어떤 것이든 한스는 떨리는 마음으로 고대하고 있었다.

한스는 플라이크 아저씨 집 앞에서 걸음을 멈췄다. 그러나 집 안으로 들어갈 용기가 나지 않았다. 그 안에 들어가서 어떤 행동을 하고 어떤 이야기를 해야 한단 말인가? 열한 살, 열두 살 때 이 집에 얼마나 자주 왔는지 떠올렸다. 플라이크 아저씨는 한스에게 성경 이야기를 들려주었고 한스가 지옥이나 악마, 유령에 대해 호기심 어린 질문을 던져도 전혀 굴하지 않았다. 그것은 어딘지 모르게 불쾌한 기억이었고 양심의 가책을 느끼기도 했다. 한스는 무엇을 하고 싶었는지, 자신이 진정으로 원한 게 무엇인지 단 한 번도 깨닫지 못했다. 하지만 지금은 무언가 비밀스러운 것 그리고 금지된 것 앞에 서 있는 기분이 들었다. 이렇게 늦은 시간에 구두공 아저씨 집 앞까지 와서 안으로 들어가지 않는 건 아저씨에게 무례한 일이라고 생각했다. 누군가 한스가 거기 서 있는 모습을 본다면, 혹은 지금이라도 누가 문밖으로 나온다면 자신을 꾸짖기보다 비웃을 터였다. 한스는 그것이 가장 두려웠다.

한스는 조용히 집 뒤로 돌아가서 정원 울타리 너머

로 불 밝힌 거실을 들여다보았다. 구두 장인의 모습은 보이지 않았다. 그의 아내는 바느질이나 뜨개질을 하는 듯 보였으며 그들의 장남은 아직 잠자리에 들지 않고 책상에 앉아 책을 읽었다. 엠마는 이리저리 돌아다니며 청소하느라 바빠 보였다. 한스는 엠마의 모습을 언뜻언뜻 볼 수 있을 뿐이었다. 고요한 밤이었다. 골목길 저 멀리서 들리는 발소리와 정원 건너편에서 흐르는 강물 소리까지 들릴 정도였다. 어둠은 더 짙어졌으며 밤공기는 더욱 차가워졌다.

거실 창문 옆으로 복도에 딸린 창문이 있었다. 그곳은 불을 밝히지 않았다. 꽤 오랜 시간이 지나서 그 작은 창문에 흐릿한 윤곽이 비치더니 창문 밖으로 고개를 내밀고 어둠 속을 두리번거렸다. 한스는 그 형상이 엠마라는 사실을 알아차렸다. 불안한 기대 때문에 심장 박동이 조용히 가라앉았다. 그녀는 창문가에 서서 오래도록 말없이 이곳저곳을 바라보았다. 한스는 엠마가 자신을 보거나 알아챘는지 알 길이 없었다. 한스는 그녀가 자신을 알아볼지도 모른다는 막연한 두려움과 기대에 떨며 미동도 없이 엠마가 있는 쪽을 바라보고 서 있었다.

흐릿한 형태가 창문에서 사라지더니 곧 정원으로

이어진 작은 문이 열리고 엠마가 집 밖으로 나왔다. 한스는 놀라서 도망갈까 생각했지만 그럴 용기가 없어 울타리에 기대 서 있었다. 그리고 소녀가 어두운 정원을 천천히 가로질러 이쪽으로 다가오는 모습을 바라보았다. 엠마가 발걸음을 하나씩 옮길 때마다 한스는 그 자리에서 도망치고 싶었지만 정체를 알 수 없는 강한 힘이 그를 붙잡았다.

이제 엠마는 한스 바로 앞에 서 있었다. 반걸음도 채 떨어지지 않았다. 낮은 울타리만이 두 사람 사이에 서 있을 뿐이었다. 엠마가 신기하다는 듯 한스를 살펴보았다. 아무도 말을 꺼내지 않은 채 한참 동안 서 있었다.

엠마가 먼저 입을 열어 조용히 물었다.

"너 여기서 뭐 해?"

"아무것도." 한스가 대답했다. 엠마가 '너'라고 부르자 무언가가 피부를 쓸어내리는 기분이 들었다.

엠마가 울타리 너머로 손을 내밀었다. 한스는 부끄럽지만 그녀의 손을 살짝 잡고 힘을 주어 쥐어보았다. 엠마가 손을 빼지 않을 것처럼 보이자 용기를 내어 소녀의 따뜻한 손을 부드럽고 조심스럽게 쓰다듬었다. 그녀가 자신이 하는 대로 내버려두자 이번에는 그녀의 손을 자기 뺨에 가져다댔다. 날카로운 흥분, 이상야릇한 체온, 황홀한 나른함이 밀물처럼 온몸을 사로잡았다. 주위를 둘러싼 공기는 미지근한 열기와 끈적임을 품고 있었다. 골목길과 정원은 더 이상 눈에 보이지 않았다. 오직 가까이 있는 밝은 얼굴과 흐트러진 검은 머리카락이 보일 뿐이었다.

소녀의 나지막한 물음이 머나먼 밤하늘에서부터 울리는 것 같았다.

"나한테 키스해줄래?"

그녀의 밝은 얼굴이 더 가까이 다가왔고, 그녀가 울타리 위로 몸을 숙이자 덤불의 가느다란 가지들이 밖으로 비죽 튀어나왔다. 은은한 향기를 풍기는 머리카락이 한스의 이마에 스쳤다. 하얗고 너른 눈꺼풀과 검은 속눈썹으로 덮인 그녀의 눈이 감긴 채 바로 눈앞에 있었다. 한스의 수줍은 입술이 소녀의 입에 닿았을 때 온몸에 강한 전율이 일었다. 한스가 몸을 떨며 금방 입술을 떼려고 하자 엠마가 손으로 그의 머리를 붙잡고 얼굴을 더 가까이 들이밀며 입술이 떨어지지 않게 했다. 한스는 엠마의 뜨거운 입술을 느꼈다. 그녀의 입술이 한스의 생명을 다 마셔버리기라도 할 것처럼 그의 입술을 강하게 빨아들였다. 깊은 곳으로 힘없이 떨어지는 기분이 들었다. 낯선 입술이 자기의 입술에서 채 떨어지기도 전에 떨리는 욕망이 지칠 대로 지친 고통으로 변했다. 엠마가 그를 놓아주었을 때 한스는 비틀거리며 안간힘을 다해 손가락으로 울타리를 꽉 붙잡았다.

"너 내일 저녁에 또 와." 엠마는 그렇게 말하고 급히 집 안으로 사라졌다. 그녀와 함께 한 시간은 5분도 채 안 되었지만 한스는 상당히 오랜 시간이 흐른 느낌이었다. 한스는 엠마의 뒷모습을 멍하니 쳐다보았다. 손은 여전히 울타리를 붙잡고 있었다. 한 걸음도 내딛지 못할 만큼 힘이 빠져버렸다. 꿈을 꾸는 기분으로 머릿속 혈관이 쿵쾅거리며 울리는 소리가 들렸다. 심장에서 고통스러운 파도가 불규칙하게 흘러나와 숨이 막힐 지경이었다.

갑자기 방문이 열리더니 구두공 아저씨가 들어왔다. 여태까지 작업실에 있었던 모양이다. 한스는 누군가 자신을 볼까 봐 두려워 얼른 그곳을 벗어나기로 했다. 마지못해 천천히 불안정한 발걸음을 옮겼다. 마치 술에 취한 사람처럼. 걸음걸음마다 무릎이 풀려버릴 것만 같은 기분이 들었다. 어두운 거리에서는 잠에 빠진 지붕과 슬픔에 잠긴 붉은 창문이 색바랜 무대 배경처럼 한스 앞으로 흘러갔다. 다리, 강, 뜰과 정원도 마찬가지였다. 게르버거리의 분수가 시끄러운 소리를 내며 물을 첨벙거리고 있었다.

한스는 꿈에 사로잡힌 채 문을 열어 어두컴컴한 복도를 지나고 계단을 올라서 다른 문을, 또 다른 문을 여닫았다. 그리고 방 안에 있는 책상 앞에 앉았다. 꽤 오랜 시간이 지난 후에야 퍼뜩 정신이 들어 집으로 돌아와 자기 방에 들어왔다는 사실을 깨달았다. 옷을 벗어야겠다고 마음먹기까지 또 한참 시간이 걸렸다. 한스는 옷을 아무렇게나 벗어던지고 창가에 앉아 있다가 가을밤의 추위에 갑자기 오한이 들어 이불 속으로 들어갔다.

한스는 금방 잠에 들 거라고 생각했다. 하지만 가만히 누워 있다가 몸이 조금 따뜻해지자 가슴이 다시 세차게 뛰기 시작했다. 피가 부글부글 끓어올랐다. 눈을 감자 소녀의 입술이 아직도 자신의 입술에 닿아 그의 영혼을 빨아내고 그 자리에 고통스러운 열기를 불어넣는 기분이 들었다.

한스는 늦게 잠들었고 누군가에게 추격당하는 도망자처럼 꿈에서 꿈으로 돌아다녔다. 그는 무서울 정도로 깊은 어둠 속에 서서 이리저리 주위를 더듬으며 엠마의 팔을 붙잡았다. 엠마 또한 한스를 껴안았고 두 사람은 함께 따뜻하고 깊은 강물 속으로 서서히 떨어졌다. 갑자기 눈앞에 구두공이 서 있었다. 그가 왜 찾아오지 않느냐고 묻자 한스는 웃을 수밖에 없었다. 플라이크 아저씨가 아니라 마울브론의 기도실 창가에 앉아 농담하던 헤르만 하일너라는 사실을 알아차렸기 때문이다. 하지만 곧 장면이 바뀌고 한스는 착즙기 옆에 서 있었다. 엠마는 지렛대가 움직이지 않도록 방해하고 한스는 있는 힘을 다해 지렛대를 움직이려고 했다. 그녀가 몸을 숙이더니 그의 입술을 찾았다. 주변은 매우 조용하고 어두웠다. 한스는 다시 따뜻하고 어두운 곳으로 깊숙이 가라앉았다. 그는 현기증과 엄청난 두려움에 어쩔 줄을 몰랐다. 곧 교장 선생이 연설하는 소리가 들려왔다. 그것이 한스 자신에 대한 이야기인지는 알 수 없었다.

한스는 늦은 아침까지 잠을 잤다. 햇빛이 찬란한 날이었다. 한스는 한참 동안 정원을 거닐며 잠에서 깨어나 맑은 정신을 되찾으려고 애썼다. 하지만 그를 에워싼 졸음의 안개는 좀처럼 떨어져나가지 않았다. 한스는 가장 마지막에 피어 정원에 홀로 남은 보라색

과꽃이 마치 8월인 양 햇빛 아래 아름답게 웃으며 자리 잡은 모습을 바라보았다. 따스하고 부드러운 햇살은 메마른 가지와 벌거숭이가 된 덩굴 주위로 아양을 떠는 듯 살포시 내려앉았다. 이른 봄날 같은 순간이었다. 하지만 한스는 그런 모습을 그저 바라볼 뿐이었다. 아무것도 느끼지 않았다. 한스에게는 아무런 상관도 없는 일처럼 여겨졌다. 갑자기 예전 기억이 강렬하고 선명하게 되살아나 그를 붙잡았다. 이 정원에서 토끼가 뛰어놀고 물레방아가 돌아가고 자신만의 작은 대장간이 움직이던 시절의 기억이었다.

그는 3년 전 9월 어느 날을 떠올렸다. 스당 기념일*을 하루 앞둔 저녁이었다. 아우구스트가 담쟁이덩굴을 가지고 한스의 집에 놀러 왔다. 두 소년은 깃대가 반짝반짝 빛날 정도로 열심히 닦고 나서 다음 날 있을 즐거운 일에 대해 이야기를 나누며 담쟁이덩굴을 금빛 깃봉에 매달았다. 그 외에는 아무런 일도 하지 않았고 아무런 일도 일어나지 않았지만 두 사람은 축제일을 기다리며 기쁨에 젖었다. 깃발은 햇살을 받아 빛났고 안나 할머니는 자두케이크를 구웠다. 밤이 되

* 프로이센과 프랑스의 전쟁에서 프로이센이 대승을 거둔 1870년 9월 2일을 기념하는 날.

면 높은 바위에서 스당의 불이 타오를 예정이었다.

한스는 왜 하필이면 오늘 그날 밤 일이 떠올랐는지, 어째서 그날의 기억이 이토록 아름답게 뇌리에 박혔는지, 그리고 어째서 그 기억이 자신을 이토록 비참하고 슬프게 만드는지 알지 못했다. 어린 시절, 소년 시절의 추억이 이렇게 옷을 차려입고 즐거운 미소를 지으며 나타난 이유가 작별을 고하고 다시는 돌아오지 않을 커다란 행복의 가시를 남겨두기 위함이라는 걸 알지 못했다. 그저 이 추억이 엠마에 대한 생각이나 어젯밤의 기억과 어울리지 않는다는 사실을, 그 시절의 행복과 일치하지 않는 뭔가가 그의 내면에서 솟아났다는 사실을 느낄 뿐이었다. 금빛으로 반짝이는 깃봉이 보이고, 친구 아우구스트의 웃음소리가 들리고, 갓 구운 케이크 냄새가 나는 것 같았다. 이 모든 것이 그토록 명랑하고 행복했는데 이제는 너무 멀고 낯선 과거가 되어버렸다. 한스는 거친 가문비나무 기둥에 기대어 희망을 잃은 듯 울음을 터뜨렸다. 눈물은 한스에게 잠시나마 위안과 구원의 손길을 내밀었다.

점심 무렵 한스는 아우구스트를 찾아갔다. 그는 현재 일급 견습생이며 예전보다 살도 찌고 키도 커서

듬직해 보였다. 한스는 기계공이 될까 생각 중이라고 말했다.

"쉬운 일이 아니야." 아우구스트가 산전수전 다 겪은 표정으로 대답했다. "쉬운 일이 아니라고. 게다가 넌 그렇게 약해빠졌잖아. 처음 1년은 망치로 쇠만 두들겨야 해. 망치는 숟가락이 아니라고. 쇳덩이를 들고 날라야 하는 데다 저녁때는 청소도 해야 해. 줄질도 힘들어. 일에 능숙해지기 전까지는 오래된 줄밖에 얻을 수 없는데, 그건 잘 들지도 않아. 원숭이 엉덩이처럼 민둥하거든."

한스는 완전히 기가 꺾여서 소심하게 물었다. "그럼 나는 그만두는 게 좋을까?"

"그러라는 말은 아니야! 그렇게 겁먹지 말라고! 난 그냥 여기가 무도회장은 아니라는 걸 말하고 싶었을 뿐이야. 어쨌든 기계공은 멋진 직업이야. 머리도 좋아야 하고 말이야. 안 그러면 그냥 대장장이가 될 뿐이라고. 이걸 봐!"

아우구스트는 반질반질한 쇠로 만든 작고 정교한 기계 부품을 몇 개 가져와 한스에게 보여주었다.

"0.5밀리미터라도 오차가 나서는 안 되는 것들이야. 다 손으로 만들었다고. 나사도 마찬가지야. 눈을 크게 부릅떠야 한다니까. 이걸 갈고닦아서 더 단단하게 만들면 완성이야."

"정말 멋지다. 그런데 내가 궁금한 건…."

아우구스트가 웃었다. "겁나니? 그래, 초보 견습생은 힘들지. 어쩔 수 없는 일이야. 하지만 내가 있잖아. 내가 도와줄게. 다음 주 금요일부터 시작하면 어때? 마침 2년 수습 생활이 끝나는 날이야. 그러면 토요일에 처음으로 주급을 받는데, 일요일에 축하 파티를 열 거야. 맥주랑 케이크도 사고 모두 부를 거야. 너도 와. 그래야 이쪽 사정도 알 테니까. 한번 해보자! 어쨌든 우리도 예전에 아주 친한 사이였잖아."

한스는 식사를 하면서 아버지에게 기계공이 되고 싶다고 말했다. 그리고 일주일 후부터 일을 시작해도 되는지 물었다.

"그래, 좋다." 아버지가 허락했다. 그리고 오후에 한스를 슐러 아저씨의 작업장으로 데려가 견습생으로 등록해주었다.

날이 저물기 시작하자 한스는 이 모든 일을 전부 잊어버렸다. 그리고 오늘 저녁 엠마가 자신을 기다릴 거라는 사실만 생각했다. 벌써 숨이 가빠졌고 시간이 어떤 때는 느리게 흐르고 어떤 때는 빠르게 흐르는 것처럼 느껴졌다. 한스는 급류를 타고 내려가는 뱃사공처럼 엠마와의 만남까지 흘러갔다. 저녁 식사에 신경 쓸 겨를이 없었다. 그는 우유 한 잔을 마시자마자 밖으로 나갔다.

모든 것이 어제와 똑같았다. 어둡고 졸음에 빠진 길, 붉은 창문, 가로등의 희미한 불빛, 느릿하게 산책 중인 연인들.

구두공의 정원 울타리에 도착하자 한스는 커다란 불안감에 빠졌다. 어떤 소리가 들릴 때마다 몸을 움츠렸다. 어둠 속에서 몰래 남의 집 소리를 엿듣는 자기 모습이 도둑처럼 느껴졌다. 1분도 채 기다리지 않았는데 엠마가 한스 앞에 나타났다. 엠마는 양손으로 한스의 머리카락을 쓰다듬더니 문을 열어주었다. 한스는 조심스럽게 안으로 들어갔다. 엠마는 한스를 데리고 조용히 덤불로 둘러싸인 길을 지나 뒷문을 통해 어두운 복도로 들어갔다.

두 사람은 지하실로 내려가는 계단의 가장 윗부분에 나란히 앉았다. 암흑 속에서 서로의 얼굴을 보기까지 오랜 시간이 걸렸다. 소녀는 기분이 좋은 듯 쉴 새 없이 속닥였다. 그녀는 이미 몇 번이나 키스한 경험이 있는 데다 연애 사정도 잘 아는 편이었다. 부끄

럼이 많고 소심한 소년은 그녀에게 딱 맞는 상대였다. 그녀는 그의 작은 얼굴을 양손에 감싸쥐고 이마, 눈, 이어서 뺨에 입을 맞췄다. 입술 차례가 되자 다시 길게 빨아들이는 키스를 했고 소년은 현기증이 나서 힘이 다 빠진 몸을 그녀에게 기댔다. 엠마는 소리 없이 웃으며 한스의 귀를 잡아당겼다.

엠마가 계속해서 재잘거렸고 한스는 자기가 무슨 이야기를 듣는지도 모른 채 귀를 기울였다. 그녀는 한스의 팔, 머리카락, 목덜미와 손을 어루만지고 자신의 뺨을 한스의 뺨에 댔다가 자기 머리를 한스의 어깨에 올려놓았다. 한스는 그녀가 하는 대로 가만히 있었다. 달콤한 전율과 깊고 행복한 불안이 차올랐다. 때때로 열병 환자처럼 몸이 떨리기도 했다.

"무슨 이런 남자친구가 다 있어?" 그녀가 웃었다. "왜 이렇게 자신감이 없니?"

엠마는 한스의 손을 끌어 자신의 목덜미와 머리카락을 만지게 하더니 가슴에 갖다댔다. 한스는 부드러운 곡선과 달콤하고 낯선 진동을 느꼈다. 눈을 감고 끝없는 심연으로 가라앉았다.

"그만! 이제 그만 해!" 그녀가 다시 키스하려고 하자 한스가 막으면서 외쳤다. 그녀가 웃었다.

엠마는 한스를 가까이 끌어당겨 품에 안았다. 한스는 그녀의 몸이 닿는 것을 느끼고는 머릿속이 새하얘져 아무 말도 하지 못했다.

"날 좋아하니?" 그녀가 물었다.

한스는 그렇다고 대답하려 했지만 그저 끄덕일 수밖에 없었다. 계속해서 고개를 주억거렸다.

엠마가 다시 한스의 손을 잡더니 장난치듯 자신의 웃옷 속으로 집어넣었다. 한스는 낯선 생명체의 뜨거운 맥박과 숨결을 아주 가까이에서 느끼고 심장이 멎을 것 같았다. 이토록 숨쉬기가 힘들다면 죽을지도 모른다. 그는 손을 빼고 신음하듯 말했다. "난 이제 집에 가야 해."

몸을 일으키려는 순간 다리가 휘청거려 하마터면 지하실 계단을 굴러떨어질 뻔했다.

"왜 그러니?" 엠마가 놀라서 물었다.

"모르겠어. 너무 피곤했나 봐."

한스는 엠마가 정원 울타리까지 가는 길에 자신을 부축하며 몸을 밀착한 것도 느끼지 못했고, 그녀가 잘 자라는 인사를 하는 소리도, 등 뒤로 문 닫히는 소리도 듣지 못했다. 골목길을 걸어 집으로 왔지만 어떻게 걸어왔는지 기억나지 않았다. 거대한 폭풍우가 자신을 휩쓸거나 거센 물살이 흔들거리며 자신을 떠내려가게 만든 기분이었다.

희미하게 보이는 집들을 좌우로 쳐다보았다. 그 위로 산등성이와 전나무 우듬지, 검은 밤하늘, 조용히 멈춰선 커다란 별들이 보였다. 바람 부는 게 느껴졌다. 강물이 다리 기둥에 부딪치는 소리가 들렸다. 수면에는 정원, 희미한 집, 어두운 밤하늘, 가로등 그리고 별이 비치고 있었다.

한스는 다리 위에서 잠시 앉아 있어야 했다. 너무 피곤해서 도저히 집까지 갈 수 없었다. 그는 다리 난간에 앉아 강물이 기둥에 부딪치는 소리, 강둑에 파도가 닿는 소리, 물레방아가 돌아가는 소리를 들었다. 두 손은 차가웠고 가슴과 목구멍은 꽉 막혀 있다가 갑자기 혈류를 내보냈다. 눈앞이 흐릿해졌다. 피가 다시 심장으로 흘러가자 현기증이 일었다.

한스는 집으로 돌아와 자기 방으로 올라갔다. 그리고 눕자마자 금방 잠이 들었다. 꿈속에서 한스는 심연에서 심연으로 섬뜩한 공간을 돌아다녔다. 꿈을 꾸다가 괴로움에 지친 나머지 자정쯤에 눈을 뜨고는 아침까지 자는 것도 깬 것도 아닌 몽롱한 상태로 누워 있었다. 목마른 그리움에 가득 찼고 자제력을 잃은

264

힘에 이리저리 내동댕이쳐졌다. 이른 아침 그의 고통
과 아픔이 끝없는 눈물로 터져나왔다. 한스는 눈물로
젖은 베개를 베고 다시 잠이 들었다.

제 7 장

*

　기벤라트 씨는 자부심에 가득 찬 표정으로 착즙기 옆에서 시끄럽고 분주하게 일하고 있었다. 한스가 도 와주었다. 구두공 아저씨네 아이들 중 둘이 과즙 짜 는 일을 도우러 왔다. 아이들은 작은 시음용 잔 하나 와 커다란 빵 조각을 들고 함께 돌아다녔다. 하지만 엠마는 같이 오지 않았다.

　한스는 아버지가 술통을 들고 30분쯤 자리를 비우 자 비로소 아이들에게 물었다.

　"엠마는 어디 있어? 같이 오고 싶지 않다고 했니?"

아이들이 입에 든 빵을 다 삼키고 입을 열기까지는 조금 시간이 걸렸다.

"엠마 누나는 갔어." 아이들이 대답하며 고개를 끄덕거렸다.

"갔다니?"

"누나네 집."

"완전히 돌아간 거야? 기차 타고?"

아이들이 고개를 열심히 아래위로 흔들었다.

"도대체 언제?"

"오늘 아침에."

아이들이 다시 사과를 달라고 손을 내밀었다. 한스는 착즙기를 돌리며 과일즙이 담긴 통을 멍하니 바라보았다. 그제야 모든 것이 이해되기 시작했다.

아버지가 다시 돌아왔다. 모두 즐겁게 웃으며 열심히 작업했다. 아이들은 고맙다는 인사를 하고 집으로 달려갔다. 저녁이 되자 다들 집으로 돌아갔다.

한스는 저녁을 먹고 방에 앉아 있었다. 10시가 되고 11시가 되었다. 램프를 켜지 않았다. 그리고 깊고 긴 잠이 들었다.

다음 날 평상시보다 늦게 눈을 떴으며 매우 불행하고 무엇인가를 잃어버린 기분에 사로잡혔다. 그리고 엠마가 다시 떠올랐다. 그녀는 말도 없이, 작별 인사도 없이 떠나버렸다. 한스가 찾아간 지난밤에 엠마는 자신이 언제 여행길에 오를 것인지 분명히 알았을 터다. 한스는 엠마의 미소와 키스, 능숙한 행동을 떠올렸다. 그녀는 한스를 진지하게 생각하지 않았다.

분노에 찬 고통과 전혀 진정되지 않고 끓어오르는 사랑의 힘이 침울한 괴로움으로 바뀌었다. 한스는 집을 나와 정원으로, 거리로, 숲으로 갔다가 다시 집으로 돌아왔다.

한스는 사랑의 비밀을 너무 빨리 경험하고 말았다. 그에게 사랑은 아주 조금 달콤하고 너무나 많이 씁쓸한 것이었다. 허무한 한탄과 간절한 추억, 우울한 사색으로 가득 찬 나날, 심장 박동과 가슴 조이는 불안에 잠들지 못하는 밤들, 공포에 짓눌린 꿈들이었다. 꿈속에서는 이해하지 못할 만큼 피가 끓어올라 무시무시하고 끔찍한 그림이 되었다. 몸을 휘감아 죽음에 이르게 만드는 팔이 되기도 하고, 눈이 불타는 상상의 존재가 되기도 하고, 현기증이 날 정도로 깊은 나락이 되기도 하고, 활활 타오르는 불빛이 서린 눈이 되기도 했다. 꿈에서 깨면 홀로 서늘한 가을밤의 쓸쓸함에 감싸여 있었다. 엠마를 향한 그리움에 사무쳐 눈물로 젖은 베개에 얼굴을 파묻었다.

한스가 기계제작소에 가야 하는 금요일이 다가왔다. 아버지가 파란색 작업복과 모혼방 파란 모자를 사주었다. 한스는 그 옷을 입어보았다. 기계공의 작업복을 입은 모습이 우스꽝스러워 보였다. 학교나 교장 선생의 집 또는 수학 선생의 집 앞을 지날 때, 플라이크 아저씨의 작업장이나 마을 목사의 집을 지나갈 때 비참한 기분이 들 것 같았다. 열심히 공부하느라 맛봐야 했던 땀과 눈물, 포기해야 했던 소소한 즐거움, 자부심, 공명심, 희망으로 가득 찬 꿈들, 이 모든 것이 훗날 초보 견습공이 되어 작업장에 가기 위한 노력이었단 말인가! 급우들은 물론 모든 사람이 비웃을 것이다.

하일너가 이 사실을 알면 무슨 말을 할까?

한스는 점점 파란색 작업복에 익숙해졌다. 이제는 그 파란 옷의 봉인을 해제할 금요일이 기다려지기까지 했다. 그곳에서는 적어도 새로운 경험을 해볼 수 있으리라.

그러나 이런 생각들은 검은 구름 속에서 잠시 빛나는 번개처럼 사라져버렸다. 한스는 엠마가 떠난 사실을 도무지 잊을 수가 없었다. 그의 피는 엠마와 함께 한 날들의 흥분을 잊기는커녕 극복하지도 못했다. 그의 피는 소리치며 솟구쳐 그리움에서 해방되기를 원하고 수수께끼가 풀리기를 원했다. 그가 혼자 해답을 찾기란 너무 어려운 일이었다. 그렇게 우울하고 고통스러운 시간이 천천히 흘렀다.

가을은 그 어느 때보다도 아름다웠다. 포근한 햇살이 가득했고 은빛 새벽, 찬란하게 웃음 짓는 한낮, 맑은 저녁을 즐길 수 있었다. 멀리 보이는 산들은 융단 같은 푸른색을 띠고 밤나무들은 황금빛으로 반짝였다. 담장과 울타리 위로는 야생 포도 이파리가 자줏빛을 뽐냈다.

한스는 안절부절못하며 자신에게서 도망치려고 했다. 하루 종일 시내와 들판을 헤매며 사람들을 피해 다녔다. 다른 이들에게 상사병을 들킬 것 같았기 때문이다. 저녁이면 골목길로 가서 다른 집 하녀들을 쳐다보기도 하고 비참한 기분과 양심의 가책을 느끼며 연인들을 몰래 쫓아다니기도 했다. 삶의 모든 욕망과 마법이 엠마와 함께 가까이 다가왔다가 얄밉게도 다시 사라졌다. 그는 이제 더 이상 그녀 곁에서 느낀 고통과 불안을 떠올리지 않았다. 지금 다시 그녀를 만난다면 수줍어하지 않고 그녀를 모든 비밀에서 구해내 마법에 걸린 사랑의 정원으로 들어가고 싶었다. 지금은 그 정원의 문이 굳게 닫힌 상태였다. 그의 환상은 후텁지근하고 위험한 덤불 속으로 휩쓸려 들어갔고 낙담한 채 이곳저곳을 헤매고 있었다. 끈덕진 자학에 빠진 한스는 좁은 마법 세계 바깥에 넓고 아름다우며 밝고 친절한 세상이 놓여 있다는 사실을 애써 외면하려고 했다.

한스는 처음에는 불안하게 기다렸지만 정작 금요일이 되자 기뻤다. 아침 일찍부터 파란색 작업복을 입고 모자를 쓰고 약간은 우물쭈물하며 게르버거리를 따라 작업장으로 갔다.

한스를 아는 몇몇 사람이 호기심 어린 눈으로 쳐다보았다. 그중 한 명이 물었다. "대체 무슨 일이야? 너 대장장이가 된 거니?"

작업장은 벌써 바쁘게 돌아가고 있었다. 기계 장인은 쇠를 담금질했다. 빨갛게 달군 쇠를 모루에 올려놓자 숙련공이 무거운 망치를 내리쳤다. 장인이 틀을 정련하며 모양을 만들었다. 그는 집게를 능숙하게 움직이며 손망치로 중간중간 모루를 두들겨 박자를 맞추었다. 밝고 경쾌한 소리가 열린 문을 통해 아침을 맞이한 마을로 울려퍼졌다.

기름과 줄밥으로 새카맣게 물든 기다란 작업대 옆
에 조금 나이 든 숙련공과 아우구스트가 서 있었다.
다들 자신의 나사고정대에서 일하느라 바빴다. 천장
에서는 가죽 벨트가 빠르게 돌아가고 있었다. 이 가
죽 벨트는 선반, 숫돌, 풀무와 천공기를 돌리는 용도
였고 수력으로 움직였다. 아우구스트가 작업장으로
들어선 한스에게 고개를 끄덕여 인사를 건네며 장인
이 일을 마치고 짬을 낼 때까지 문 쪽에서 기다리라
고 말했다.

　한스는 줄과 가만히 있는 선반, 윙윙 소리를 내며
움직이는 가죽 벨트, 벨트 롤러를 바라보았다. 기계
장인은 일을 마치고 한스에게 다가와 커다랗고 단단
한, 그리고 따뜻한 손을 내밀었다.

　"여기에 네 모자를 걸어라." 그가 벽에 박힌 못 중
빈 자리를 가리키며 말했다.

　"이제 나를 따라오렴. 여기가 네 자리고 이게 네 나
사고정대다."

　그는 한스를 가장 안쪽에 있는 나사고정대로 데리
고 갔다. 그리고 나사고정대를 어떻게 사용하는지,
작업 도구와 작업대를 어떻게 정돈하는지 전부 가르
쳐주었다.

"네 아버지한테 듣자 하니 힘이 별로 세지 않다던데, 보기에도 그래 보이는구나. 처음에는 망치질을 하지 마라. 네가 힘이 좀 더 세질 때까지는 말이다."

그는 작업대 밑에서 주철 톱니바퀴를 끄집어냈다.

"자, 이것부터 시작해라. 이제 막 주물 기계에서 나온 거라 거칠고 굽은 부분이나 뾰족한 부분이 있거든. 그걸 다듬어야 한다. 그렇게 하지 않으면 나중에 정밀한 기계를 못 쓰게 된단다."

장인은 톱니바퀴를 나사고정대에 끼우고 낡은 줄을 가져와 시범을 보였다.

"자, 이대로 계속해라. 하지만 줄은 그것만 써야 해! 점심때까지 열심히 한 다음에 나에게 보여주도록 해라. 일할 때는 내가 시킨 것 외에는 아무것도 신경 쓰지 마라. 견습생은 생각할 필요가 없어."

한스는 줄질을 하기 시작했다.

"그만!" 장인이 외쳤다. "그렇게 하는 게 아니지. 왼손을 줄 위에 올려놓고. 혹시 너 왼손잡이냐?"

"아닙니다."

"그래, 그럼 이렇게 하면 된다."

그는 다시 문에서 가장 가까운 곳에 놓인 자신의 나사고정대로 돌아갔다. 한스는 자신이 잘할 수 있을

지 두고 보기로 했다.

한스는 처음 몇 번 줄질을 해보고 깜짝 놀랐다. 톱 니바퀴가 생각보다 물러서 너무나도 가볍게 줄이 미 끄러진 것이다. 하지만 자세히 보니 벗겨진 부분은 주철의 맨 바깥이었다. 한스가 밀어야 하는 단단한 쇠는 그 아래에 있었다. 한스는 정신을 집중하고 열 심히 작업을 이어갔다. 장난기 넘치던 소년 시절 이 후 자신의 손에서 무엇인가 실체가 있고 유용한 물건 이 만들어지는 기쁨을 느낀 건 처음이었다.

"천천히!" 장인이 이쪽을 보고 소리쳤다. "줄질을 할 땐 박자를 맞춰야 된다! 하나, 둘, 하나, 둘. 그 위 를 잘 누르도록 해라! 안 그러면 줄이 망가지니까."

나이가 많아 보이는 견습공이 선반에서 작업을 하 고 있었다. 한스는 참지 못하고 슬쩍 그를 쳐다보았 다. 견습공은 강철 샛기둥을 원반에 끼우고 가죽 벨 트를 걸었다. 샛기둥은 불꽃을 튀기며 윙윙 소리가 나도록 빠르게 회전했다. 그러는 사이 견습공은 머리 카락처럼 얇게 빛나는 쇠 부스러기를 치워냈다.

작업장 이곳저곳에 도구와 쇳덩이, 강철, 놋쇠, 반 쯤 끝난 일감, 번쩍이는 바퀴, 끌, 드릴, 연마기와 송 곳 등이 놓여 있었다. 화덕 옆에는 망치, 다듬망치,

모루 덮개, 집게와 인두가, 벽에는 줄과 드릴 기계가 나란히 걸려 있었다. 선반에는 기름 닦는 걸레와 작은 빗자루, 사포줄, 쇠톱 등이 놓여 있고 기름통과 산소통, 못 상자, 나사 상자가 여기저기 서 있었다. 언제나 쓰이는 숫돌도 빼놓을 수 없었다.

한스는 벌써 완전히 새카매진 손을 만족스럽게 내려다보았다. 작업복도 곧 낡은 옷이 되길 바랐다. 다른 직원들은 모두 검댕이 묻고 군데군데 기운 옷을 입은 터라 자신의 새 작업복이 매우 우스워 보였던 것이다.

이른 아침 시간이 지나자 외부 손님들이 찾아와 작업장이 시끌벅적해지기 시작했다. 근처 편직 공장 일꾼들이 찾아와 작은 기계 부품을 갈거나 수리를 맡겼다. 어떤 농부는 수리를 맡긴 세탁기 압착 롤러가 다 되었는지 물었는데, 아직 작업이 끝나지 않았다는 말을 듣더니 거친 욕을 퍼부었다. 그다음에는 품위 있는 공장 주인이 찾아와 기계 장인과 옆방에서 이야기를 나누었다.

여러 사람이 찾아오는 와중에도 견습공들은 열심히 일했다. 바퀴와 가죽 벨트도 규칙적으로 움직였다. 한스는 인생에서 처음으로 노동의 찬가를 직접 들고 이해했다. 적어도 초보자에게는 손에 잡힐 듯 감동적인 매력으로 다가왔다. 보잘것없는 자신의 존재와 인생이 웅장한 선율에 어울리는 기분이 들었다.

9시가 되자 15분의 휴식 시간이 주어졌다. 다들 빵 한 조각과 과일즙 한 잔을 받았다. 그제야 아우구스트가 다가와 한스에게 인사했다. 그는 한스의 용기를 북돋워주고 다가오는 일요일에 첫 급여를 받아 동료들과 실컷 즐길 생각에 들떠 떠들기 시작했다. 한스는 자신이 줄로 가는 톱니바퀴가 어디에 쓰이는 부품인지 물어보았다. 아우구스트는 탑시계에 들어갈 부품이라고 대답했다. 아우구스트는 한스에게 그 부품이 나중에 어떻게 돌아가고 작동하는지 보여주려고 했지만 숙련공들이 다시 줄질을 시작했기 때문에 모두가 재빨리 작업대로 돌아가야 했다.

10시에서 11시 사이가 되자 한스는 피곤해졌다. 무릎과 오른쪽 팔이 조금 아팠다. 발을 번갈아 딛고 팔다리를 쭉 뻗어보았지만 별 도움이 되지 않았다. 그래서 줄을 잠시 내려두고 나사고정대에 몸을 기대었다. 아무도 한스에게 신경 쓰지 않았다. 그렇게 가만히 서서 가죽 벨트 돌아가는 소리를 듣고 있으니 살짝 마취된 듯 몽롱해져서 1분 정도 눈을 감았다.

기계 장인이 그의 뒤에 섰다.

"뭐 하냐? 벌써 지친 거냐?"

"네, 조금요." 한스가 솔직하게 대답했다.

숙련공들이 웃었다.

"곧 괜찮아질 거다." 장인이 평온하게 말했다. "자, 이제 납땜하는 걸 보여주마. 이리 와라!"

한스는 호기심 가득한 표정으로 납땜 과정을 지켜보았다. 인두를 불에 달구고 납땜 부위에 땜질액을 발랐다. 뜨거운 인두가 하얀 금속에 닿으면서 작게 치익 하는 소리가 났다.

"걸레를 가져와서 이걸 잘 닦아라. 땜질액은 금속을 부식시키거든. 그러니 가만히 두면 안 된다."

한스는 다시 자신의 나사고정대 앞에 서서 줄로 톱니바퀴를 갈았다. 팔이 아팠고 줄을 계속 누른 왼손은 벌겋게 달아올라 통증이 느껴졌다.

정오가 되자 숙련공들이 줄을 내려놓고 손을 씻으러 갔다. 한스는 자신의 작업물을 장인에게 가져갔다. 그는 톱니바퀴를 대충 훑어보았다.

"이 정도면 잘했다. 그대로 써도 되겠군. 네 자리 밑에 톱니바퀴가 하나 더 있으니 오후에는 그걸 작업하도록 해라."

한스도 손을 씻고 밖으로 나갔다. 식사 시간은 한 시간이었다.

예전에 같은 학교에서 공부한 상점 견습생 둘이 길에서 한스를 따라오며 비웃었다.

"주 시험에 합격한 기계공!" 한 명이 소리쳤다.

한스는 더 빨리 걸었다. 한스는 자신이 지금 상황에 만족하는지 아닌지 정확히 알지 못했다. 작업장은 마음에 들었다. 하지만 너무나 피곤했다.

집에 거의 다다라서 이제 자리에 앉아 점심을 먹을 수 있겠다고 기뻐하는 순간 갑자기 엠마가 떠올랐다. 한스는 그녀를 오전 내내 까맣게 잊고 있었다. 이제 어제와 그저께의 슬픔이 언제나처럼 무겁게 한스를 괴롭혔다. 그는 조용히 자기 방으로 올라가 침대에 몸을 던지고 깊은 고통에 신음했다. 울음을 터뜨리고 싶었지만 눈이 메말랐다. 그는 또다시 아무런 희망도 없이 스스로를 좀먹는 그리움에 휩싸인 자신을 보고 있었다. 빠져나갈 구멍이 보이지 않을 만큼 어두웠다. 무시무시한 질병이 그를 갉아먹는 것 같았다. 머리가 아파 왔다. 그 속에서 폭풍이 휘몰아치는 듯했다. 흐느낌을 참느라 목도 아팠다.

점심 식탁 또한 곤욕이었다. 아버지의 질문에 대답

해야 했고 작업장에서 있었던 일을 설명해야 했고 아버지의 농담을 받아넘겨야 했다. 아버지는 기분이 좋아 보였다. 한스는 식사를 마치자마자 정원으로 나와 햇볕을 쬐며 15분 정도 멍하니 서 있었다. 이제 다시 작업장에 가야 할 시간이 되었다.

오전 작업만 했을 뿐인데 손에 벌건 물집이 잡혔다. 오후에는 물집이 꽤 아프기 시작하더니 저녁이 되자 아무것도 손에 쥘 수 없었다. 너무 고통스럽기 때문이었다. 일을 마치고 퇴근하기 전에는 아우구스트가 가르쳐주는 대로 작업장을 정리해야 했다.

토요일은 상황이 더 좋지 않았다. 손이 불타오르듯이 아팠고 물집도 부풀어올랐다. 기계 장인은 심기에 거슬리는 일이라도 있었는지 사소한 일에도 욕을 퍼부었다. 아우구스트는 며칠 지나면 물집이 가라앉을 거라고 위로했다. 그러고 나면 손이 단단해져 아무런 고통도 느끼지 못한다고 말해주었다. 하지만 한스는 더없이 우울한 기분으로 하루 종일 시계만 훔쳐보며 무기력하게 톱니바퀴를 갈 뿐이었다.

뒷정리를 하는데 아우구스트가 다가와 다음 날 동료 몇 명과 비라흐에 가서 신나게 놀 거니까 한스도 반드시 같이 가야 한다고 귓속말로 전하며, 2시에 한스를 데리러 오겠다고 덧붙였다. 한스는 몸이 좋지 않고 피곤해서 일요일 내내 집에 있고 싶었지만 어쩔 수 없이 그러겠노라 대답했다. 집에 돌아오자 안나 할머니가 상처 난 손에 바를 연고를 꺼내주었다. 한스는 8시에 잠자리에 들어 아침 늦게까지 푹 잤다. 아버지와 교회에 가려면 서둘러야 했다.

점심 식탁에서 한스는 아우구스트 이야기를 꺼내며 그와 함께 다른 도시로 놀러 가고 싶다고 말했다. 아버지는 아무 말 없이 50페니히나 되는 용돈을 주면서 저녁 먹기 전에 반드시 돌아오라고 말했다.

반짝이는 햇살 사이로 골목길을 천천히 걷다 보니 몇 개월 만에 처음으로 일요일이 주는 기쁨을 느낄 수 있었다. 거리는 축제 분위기였고 태양은 그 어느 때보다 밝았으며 모든 것이 즐겁고 아름다웠다. 평일에 거뭇한 손과 피곤한 몸을 끌고 돌아다닐 때와는 사뭇 달랐다. 한스는 이제 정육점 주인이나 무두장이, 빵집 주인과 대장간 주인들이 집 앞 벤치에 앉아 제왕 같은 표정으로 햇볕을 쬐는 이유를 이해할 수 있었다. 더 이상 그들을 불행한 속물이라고 생각하지 않았다. 그는 줄지어 산책을 즐기는 일꾼, 숙련공, 견습공을 바라보았다. 어떤 이들은 음식점으로 들어갔다. 저마다 모자를 삐뚜름하게 쓰고 흰 깃이 달린 셔츠와 정성껏 다린 나들이옷을 입었다. 꼭 그런 것은 아니지만, 대부분의 경우 수공업자는 자기들끼리 어울렸다. 목수는 목수끼리, 미장이는 미장이끼리 어울리며 직업에 대한 자부심을 뽐냈다. 그중에서도 철물공 조합이 가장 품위 있었다. 특히 기계공의 위상이 높았다. 모든 것이 어딘지 모르게 편안했다. 가끔 소박하고 우스꽝스러웠지만 그 이면에는 수공업자의 아름다움과 자랑스러움이 숨어 있었다. 이것은 지금까지 이어져 근면하고 건실한 인상을 준다. 가장 궁상스러운 양복점 견습생조차 희미한 긍지의 빛 한 가닥을 내뿜었다. 공장 노동자나 상인들은 지니지 않은 태도였다.

슐러 씨 집 앞에 젊은 기계공들이 느긋하게, 하지만 거들먹거리며 서 있었다. 그들은 행인들에게 고개를 끄덕여 인사하기도 하고 서로 이야기를 나누기도 했다. 그 광경을 보면 이들이 신의가 매우 두터운 집단을 형성하리라는 사실을 쉽게 파악할 수 있었다. 타인의 도움은 필요 없었다. 일요일의 여흥을 즐길 때도 마찬가지였다.

한스도 그런 감정을 느꼈으며 이 집단에 들어갈 수 있어 벅차올랐다. 한편으로는 일요일 여흥이 두렵기도 했다. 그가 알기로 기계공은 인생의 향락을 아주 거칠고 호사스럽게 즐기는 무리였다. 어쩌면 춤을 출지도 모른다. 한스는 춤을 출 줄 몰랐다. 하지만 최대한 어른스럽게 행동할 작정이었다. 만일의 경우 숙취도 각오했다. 한스는 맥주를 많이 마시지 못했다. 담배도 마찬가지였지만, 창피를 당하지 않으려고 열심히 노력한 끝에 여송연 한 대를 끝까지 피울 정도는 되었다.

아우구스트가 한스를 발견하고 반갑게 인사하며 나이 많은 숙련공이 오지 않아서 대신 다른 작업장의 동료가 왔다고 설명했다. 일행이 넷이라 마을을 뒤집어놓기에 충분하다는 것이다. 오늘 쓰는 돈은 전부 자기가 낼 테니 누구든 원하는 만큼 맥주를 마셔도 된다고 덧붙였다. 그리고 한스에게 여송연 한 대를 권했다. 네 사람은 유유자적하게 어슬렁거리며 마을을 빠져나갔다. 보리수가 늘어선 광장부터는 발걸음을 조금 빨리하기 시작했다. 늦기 전에 비라흐에 도착하기 위해서였다.

강물은 거울처럼 푸르게, 때때로 금빛과 하얀빛으

285

로 반짝이고 잎을 다 떨군 채 길가에 늘어선 단풍나무와 아카시아 사이로 10월의 태양이 따스하고 부드럽게 내리쬐었다. 드높은 하늘은 구름 한 점 없이 맑은 파란색이었다. 조용하고 친숙한 가을날이었다. 지난여름의 아름다움이 아무런 슬픔 없이 즐겁기만 한 추억이 되어 온화한 공기를 가득 채웠다.

아이들은 계절을 잊고 꽃을 찾아야 한다며 이리저리 돌아다니고, 나이 든 남자와 여자들은 명상에 잠긴 눈으로 창밖을 내다보거나 집 앞 벤치에 앉아 하늘을 올려다본다. 이렇게 맑고 푸른 하늘에는 한 해의 기억뿐만 아니라 여태까지 지나온 삶의 모든 추억이 눈에 보일 듯 떠오르기 때문이다. 반면 젊은 사람들은 기분 좋게 아름다운 날을 찬양한다. 저마다 타고난 재능과 기질에 따라 고주망태가 되도록 술을 마시거나 배가 터지도록 음식을 먹고, 노래를 부르거나 춤을 추고, 술판을 벌이거나 싸움판을 벌인다. 어디를 가든 과일 케이크 굽는 냄새가 나고 지하실에서는 갓 짜낸 사과즙이나 와인이 익어간다. 음식점 앞과 보리수 광장에는 바이올린이나 하모니카 소리가 울려퍼지며 아직 남은 한 해의 아름다운 나날을 축하하고 사람들은 이에 맞춰 춤을 추거나 노래를 부르거나 사랑을 속삭인다.

젊은 기계공들은 빠르게 걸었다. 한스는 짐짓 태평한 척 여송연을 피웠다. 그러자 몸 상태가 오히려 좋아져서 스스로 생각해도 신기했다. 한 숙련공이 자신이 여태까지 걸어온 인생 여정을 늘어놓았다. 그가 계속해서 떠들어댔지만 아무도 불쾌하게 생각하지 않았다. 중요한 것은 누구든 직업이 있고 먹고살 만하다면, 자신의 행적을 목격한 사람이 그 자리에 없다면 자기 인생에 대해 매우 과장된 영웅담을 섞어 황당무계한 이야기를 늘어놓는다는 사실이었다. 젊은 수공업자의 인생을 담은 아름다운 시구는 모든 민중의 공유 재산이기 때문이다. 모든 사람의 체험에서 우러난 오래된 모험담이 새로운 아라베스크 무늬로 새로이 태어난다. 전문 직공과 부랑자는 저마다 불멸의 오일렌슈피겔*이나 불멸의 슈트라우빙거**의 한 단면을 내면에 지니고 있는 것이다.

"그래서 내가 프랑크푸르트에 있을 때 말이야, 이런 젠장, 그게 바로 인생이라고, 아직 아무한테도 말

*틸 오일렌슈피겔. 독일 우스개 이야기 책의 주인공으로 사람들을 곤경에 빠뜨리기나 웃기는 일을 잘한다.

**슈트라우빙거 형제. 19세기 초반 문학 작품의 주인공으로 매우 근면하고 성실한 수공업자의 표상이다.

한 적 없는데, 글쎄 그 원숭이처럼 멍청한 장사꾼이 내가 다니던 작업장 주인의 딸과 결혼하고 싶어 하더군. 아가씨는 그놈한테 퇴짜를 놨지. 나를 더 좋아했거든. 우린 넉 달 동안이나 연애를 했다고. 내가 주인하고 싸우지만 않았어도 지금쯤 그 집 사위가 되어 살겠지."

그는 이야기를 이어갔다. 더럽고 추악한 주인놈이 어떻게 자신을 때리려고 했는지, 얼마나 대담하게 손을 뻗었는지 늘어놓더니 자신은 아무런 말도 하지 않고 쇠를 두드리는 망치를 휘두르며 그 늙은이를 노려보았다고 말했다. 그러자 주인이 조용히 물러나 도망쳤다는 것이다. 자기 머리통이 끔찍하게 소중한 모양이었다고 덧붙였다. 그리고 그 비겁한 겁쟁이가 나중에 서면으로 해고를 통보했다는 이야기였다. 이번에는 오펜부르크에서 자신을 포함한 철물공 셋이 큰 싸움을 벌여 공장 노동자 일곱을 때려눕혔다고 자랑했다. 누군가 오펜부르크에 가서 키다리 쇼르슈에게 물어보면 알 수 있다는 것이다. 쇼르슈는 지금도 거기에 살고 있으며 그때 함께 있었다고 설명했다.

그는 냉정하고 거칠지만 내면에 흥분과 만족감이 담긴 목소리로 모든 이야기를 이어갔다. 다른 사람들 또한 기분 좋게 귀 기울여 이야기를 들었다. 나중에 지인들에게 이 이야기를 들려주리라 마음먹었다. 철물공이라면 누구나 주인의 딸과 사랑에 빠진 적이 있으며, 못된 주인에게 망치를 휘두른 적이 있고, 일곱 명이나 되는 공장 노동자를 혼쭐낸 적이 있기 때문이다. 이런 무용담은 때로는 바덴에서, 때로는 헤센에서, 때로는 스위스에서 생겨났다. 때로는 망치 대신 줄이나 뜨겁게 달군 쇠가 등장하기도 했다. 또 공장 노동자가 아니라 제빵사거나 양복점 주인을 상대로 싸움이 벌어지기도 했다. 어쨌든 오래되고 진부한 전설에 지나지 않는 이야기지만 사람들은 기꺼이 다시 듣는다. 오래되고 좋은 이야기가 철물공 조합의 명예를 드높이기 때문이다. 그렇다고 오늘날 떠돌이 직공들 사이에서 실제 경험의 천재나 이야기 창작의 천재가 사라진 것은 아니다. 이 두 부류는 근본적으로 똑같은 사람들이다.

누구보다도 아우구스트가 즐거워 보였다. 그는 쉴 새 없이 웃으며 맞장구를 치고 벌써 숙련공이 된 것처럼 즐거움에 젖은 거만한 표정을 지으며 아름답게 빛나는 하늘을 향해 담배 연기를 내뿜었다. 이야기를 늘어놓던 숙련공은 계속해서 말을 이었다. 그는 자신이 이곳에 있다는 사실 자체가 오만함을 버린 행동이라는 태도를 보였다. 그는 원래 일요일날 견습공들과 어울리지 않는다. 그런 코흘리개가 사주는 술을 얻어마시는 건 부끄러운 일이었다.

그들은 국도를 따라 강 하류로 걸어내려갔다. 곧 길 하나를 선택해야 하는 순간에 다다랐다. 한쪽은 완만한 언덕배기로 이어진 차도였고, 다른 한쪽은 차도의 반 정도 거리인 가파른 인도였다. 거리가 멀고 먼지가 많이 일었지만 다들 차도로 가는 길을 택했다. 인도는 평일에 걷는 길 혹은 산책하는 관료가 걷는 길이었다. 일반 시민은, 특히 일요일에는 국도를 사랑했다. 국도에는 아직 시의 정서가 남아 있었다. 가파른 인도를 오르는 사람은 농부나 도시 출신의 자연주의자들이었다. 그들은 일이나 운동을 위해 가파른 길을 올랐다. 하지만 시민들에게 그 길은 전혀 즐겁지 않았다. 반면 국도는 쾌적하게 돌아다니며 수다를 떨 수 있는 곳이었다. 장화와 나들이옷이 상하지 않도록 보호할 수 있고, 마차와 말을 볼 수 있고, 다른 사람들과 만나거나 따라잡을 수 있는 곳이었다. 또 잘 차려입은 아가씨나 노래하는 젊은이들을 만나고, 누군가 농담하면 함께 웃고, 길을 가다 멈춰서서 이야기를 나누고, 미혼 청년들이 아가씨를 뒤쫓을 수 있는 곳이었다. 게다가 저녁에는 말다툼한 동료들끼리 만나 이런저런 말과 행동으로 오해를 풀 수 있는 곳이었다. 멍청하고 어리석으며 젊은 수공업자만 즐겁고 편안하며 다양하고 재미있는 사건이 일어나는 이 길 대신 인도를 선택하리라. 소시민 중에 그렇게 하는 사람은 극소수였다.

아무튼 한스 일행은 찻길을 선택했다. 그들은 커다랗고 완만한 곡선을 그리며 산 위로 부드럽게 뻗은 길을 여유롭게 걸었다. 시간이 많고 땀 흘리기 싫어하는 사람들처럼. 계속 무용담을 늘어놓던 숙련공은 웃옷을 벗어 지팡이에 걸고 그것을 어깨에 짊어졌다. 이제는 이야기를 그만두고 휘파람을 불었다. 그는 매우 신이 나서 대담하게 휘파람을 불었다. 휘파람은 비라흐에 도착할 때까지 한 시간이나 이어졌다. 그가 한스에게 빈정거리는 농담을 건넸지만 한스는 못마땅하지 않았다. 아우구스트가 한스 대신 나서서 농담을 받아쳤기 때문이다. 그렇게 일행은 비라흐에 도착했다.

비라흐 마을은 붉은 기와지붕과 은회색 초가지붕

으로 뒤덮여 있었다. 마을 주위에 가을 빛깔을 매단 과일나무가 가득하고 뒤로는 어두운 숲이 펼쳐져 있었다.

한스 일행은 어느 음식점에 들어가야 할지 의견을 모으지 못했다. 주점 '닻'에는 가장 맛있는 맥주가, '백조'에는 가장 맛있는 케이크가, '뾰족한 모서리'에는 가장 아름다운 주인집 딸이 있었다. 마침내 아우구스트가 '닻'에 가자고 말을 꺼냈다. 그는 눈을 찡긋거리며 다른 곳에서 술을 몇 잔 마신다고 해서 '뾰족한 모서리'가 어디로 도망가지는 않으니 나중에 가면 된다고 동료들을 설득했다. 모두가 동의하며 마을로 들어갔다. 마구간과 제라늄 화분이 늘어선 농가의 나지막한 창가를 지나 '닻'으로 향했다. '닻'의 황금빛 간판이 두 그루의 어린 밤나무 너머로 햇살을 받으며 반짝이고 있었다. 그들은 술집 안으로 들어가려고 했지만 이미 발 디딜 틈이 없어서 아쉬운 대로 정원에 자리 잡아야 했다.

손님들은 '닻'이 아주 세련된 주점이라고 했다. 오래된 시골 술집과 달리 네모난 벽돌로 지은 현대식 건물에 창문도 많고 벤치 대신 의자가 놓여 있었다. 양철 금속판에 화려한 광고 그림을 그려넣었고 도회적인 옷을 입은 여종업원이 주문을 받았다. 주인은 셔츠 소매를 걷어 올리는 일이 없었다. 늘 유행에 걸 맞은 갈색 정장을 멋들어지게 차려입었다. 그는 원래 파산한 사람인데, 대규모 맥주 공장을 경영하는 채권 자가 이 가게를 임대해준 덕분에 형편이 나아졌다. 정원에는 아카시아 한 그루와 커다란 철사 격자가 있 었다. 야생 포도나무가 철사 격자 울타리를 반쯤 뒤 덮었다.

"건강을 위하여, 건배!" 숙련공이 외쳤다. 그는 다 른 세 명의 동료와 모두 잔을 맞부딪치고는 자신을 과시하려는 듯 단숨에 잔을 비워버렸다.

"이봐요, 아가씨! 벌써 잔이 비었잖아. 빨리 한 잔 더!" 그는 종업원에게 소리치고 테이블 너머로 잔을 내밀었다.

맥주 맛이 일품이었다. 차갑고 너무 쓰지 않았기 때문에 한스도 아주 만족스럽게 잔을 비웠다. 아우구 스트는 맥주전문가라도 된 양 혀로 입맛을 다시며 맥 주를 마셨다. 그리고 고장 난 난로처럼 담배를 피워 댔다. 한스는 그를 보며 적이 놀라고 말았다.

한스로서는 유쾌한 일요일을 인생과 유흥을 즐길 줄 아는 사람들과 함께 주점에 앉아 보내는 게 나쁘지 않았다. 함께 웃고 때때로 용기를 내어 자기도 재미있는 이야기를 해보니 기분이 좋았다. 술잔을 비우고서 식탁이 울릴 정도로 잔을 세게 내려놓은 뒤 "아가씨, 한 잔 더!"라고 외치자 진짜 남자가 된 기분이었다. 다른 테이블의 낯익은 사람에게 술을 권하거나 여송연 꽁초를 왼손에 끼우고 다른 사람들처럼 모자를 꺾어 삐뚜름하게 쓰니 신이 났다.

다른 작업장에서 왔다는 숙련공도 분위기에 적응했는지 이야기를 늘어놓기 시작했다. 그가 아는 울름의 철물공은 앉은자리에서 맥주를 스무 잔이나 마신다고 했다. 울름의 고급 맥주를 다 마시고 나면 입가를 훔치고 이렇게 소리친다는 것이다. "자, 이제 고급 와인을 가져와!" 그가 아는 칸슈타트의 난방기사는 소시지를 한꺼번에 열두 개나 먹어치워 내기에서 이겼다고 한다. 하지만 두 번째 내기에서는 지고 말았다. 자기를 과신한 나머지 작은 음식점의 메뉴판에 나온 음식을 전부 먹어치울 생각이었는데, 그것이 실수였다. 메뉴판 끝에 네 가지 치즈가 있었던 것이다. 그는 세 번째 치즈 접시를 비우고 항복했다. "더 먹을 바엔 차라리 죽겠소!"

이 이야기 또한 엄청난 호응을 얻었다. 이 지구상

의 어디를 가든 끈질기게 먹고 마시는 사람들이 있다
는 사실이 드러난 셈이다. 누구나 그런 영웅을 한 명
쯤 알았고 그 영웅의 업적을 이야기할 수 있었다. 어
떤 사람에게는 그 영웅이 '슈투트가르트에서 만난 남
자'였고, 또 어떤 사람에게는 그 영웅이 '루드비히스
부르크에서 만난 용기병'이었다. 어떤 영웅은 감자를
열일곱 개나 먹었고, 어떤 영웅은 샐러드를 곁들인
팬케이크를 열한 장이나 먹었다. 사람들은 이런 사건
을 매우 진지하고 객관적으로 늘어놓았다. 그리고 이
세상에는 다양하고 훌륭한 재능을 지닌 뛰어난 사람
들이 있다며 유쾌하게 웃었다. 그중에는 엄청난 기인
도 있었다. 이런 흥미롭고 현실적인 이야기는 단골손
님들의 입방아에 오르내리는 소중한 유산이었다. 젊
은이들은 어른들을 따라 술을 마시고, 정치 상황을
이야기하고, 담배를 피우고, 결혼하고, 죽음에 이르
듯이 그런 이야기마저도 흉내 냈다.

　한스는 맥주를 세 잔째 마셨을 때 케이크가 더 있
느냐고 물었다. 일행 중 누군가 종업원을 불렀고 케
이크가 더 없다는 대답이 돌아오자 모두가 흥분해서
화를 냈다. 아우구스트가 벌떡 일어서더니 여기에 케
이크가 더 없다면 다른 곳으로 가봐야겠다고 말했다.

다른 작업장에서 온 숙련공은 형편없는 주점이라며 욕을 퍼부었다. 프랑크푸르트에서 온 숙련공만이 이곳에 머물기를 원했다. 그는 이미 종업원과 은밀한 대화를 주고받았으며 그녀의 몸을 쓰다듬기도 했다. 한스도 그 광경을 보았는데, 맥주를 마셔서인지 이상하리만치 흥분되었다. 다들 술집 밖으로 나왔고 한스는 다행이라고 생각했다.

술값을 내고 거리로 나오자 한스는 아까 마신 세 잔의 술기운을 조금씩 느끼기 시작했다. 편안한 기분이었다. 반쯤 피곤하고 반쯤 패기만만한 상태가 되었다. 눈앞에 옅은 베일을 쓴 것 같았다. 모든 것이 꿈을 꾸듯 멀리 몽롱하게 보였다. 한스는 끊임없이 웃을 수밖에 없었다. 대담하게도 모자를 삐딱하게 쓰고 나니 유쾌한 날라리가 된 심정이었다. 프랑크푸르트에서 온 숙련공이 다시 큰 소리로 휘파람을 불었고 한스는 그 박자에 맞춰 발걸음을 옮겼다.

'뾰족한 모서리'는 아주 조용했다. 농부 몇몇이 새로 짠 포도주를 마시고 있었다. 생맥주가 없고 병맥주만 있어서 한스 일행은 저마다 맥주 한 병을 앞에 두었다. 다른 작업장에서 온 숙련공이 배포를 보여주려는 듯 커다란 사과파이를 주문해주었다. 한스는 갑자기 엄청난 허기를 느끼고 두세 조각을 연달아 먹어 치웠다. 그들은 오래된 갈색 주점의 어스름한 불빛 아래 벽에 단단하게 고정된 벤치에 안락하게 앉아 있었다. 고풍스런 술 선반과 커다란 난로는 흐릿한 어둠 속으로 사라졌다. 큼직한 나무 새장에서는 박새 두 마리가 날갯짓을 했다. 나무 창살 사이에 빨간 마가목 열매가 가득 달린 나뭇가지가 꽂혀 있었다. 새들의 먹이였다.

주인이 잠시 테이블로 다가와 새로운 손님들에게 인사를 건넸다. 한스 일행이 다시 이야기를 궤도에 올려놓기까지 어느 정도 시간이 걸렸다. 한스는 독한 병맥주를 몇 모금 홀짝였다. 자신이 이 한 병을 다 마실 수 있을지 호기심이 일었다.

프랑크푸르트에서 온 숙련공이 또다시 큰 소리로 허풍을 떨며 라인 지방의 포도밭 축제와 이리저리 방랑하며 여인숙을 전전하던 시절의 이야기를 늘어놓았다. 모두가 흥미진진한 표정으로 귀를 기울였고 한스 또한 웃음에서 헤어나올 수 없었다.

어느 순간 한스는 몸이 이상해진 것을 느꼈다. 방과 테이블, 술병, 술잔 그리고 동료들이 부드러운 갈색 구름 속으로 녹아들었다. 한스가 온 힘을 기울여 정신을 차릴 때만 윤곽이 드러났다. 때때로 이야기 소리와 웃음소리가 열정적으로 변할 때면 한스도 큰 소리로 웃음을 터뜨리고 아무 말이나 지껄인 뒤 금방 잊어버렸다. 다들 술잔을 부딪치면 한스도 따라서 건배했다. 한 시간이 지나자 놀랍게도 한스의 술병이 바닥을 보였다.

"잘 마시네." 아우구스트가 술을 권했다. "한 병 더 마실래?"

한스는 웃으며 고개를 끄덕였다. 그는 늘 폭음이란 위험한 짓이라고 생각했다. 프랑크푸르트에서 온 숙련공이 노래를 부르기 시작하자 다들 함께 불렀다. 한스도 목이 터져라 노래했다.

어느새 술집이 손님으로 가득 찼다. 주인집 딸이 종업원들을 도와주기 위해 나타났다. 그녀는 키가 크고 몸매도 좋았으며 건강하고 활기찬 얼굴에 두 눈은 깊은 갈색이었다.

그녀가 한스 앞에 새로운 술병을 놓았을 때 옆에 있던 숙련공이 자못 예의 바른 태도로 추파를 던졌지만 그녀는 관심이 없어 보였다. 그 숙련공을 무시하기 위해서였는지, 아니면 소년의 잘생긴 얼굴이 마음에 들어서였는지 알 수 없지만, 그녀는 한스에게 몸

을 돌리더니 재빨리 그의 머리카락을 쓰다듬었다. 그
러곤 술 선반 뒤로 돌아갔다.

벌써 세 병째 마시던 그 숙련공이 그녀를 따라가더
니 어떻게든 말을 붙여보려고 안간힘을 썼다. 하지만
아무 소용이 없었다. 키 큰 소녀는 무표정한 얼굴로
숙련공을 쳐다보고 아무 대답도 하지 않더니 곧 등을
돌려버렸다. 숙련공은 자리로 돌아와 빈 병을 테이블
에 쾅쾅 내려치며 흥분한 듯 소리 질렀다. "오늘 아주
취해보자고! 이봐, 건배!"

그러고는 여자에 관한 노골적인 이야기를 늘어놓
았다.

한스는 서로 뒤엉킨 희미한 목소리를 듣고 있었다.
두 번째 술병을 비워내고 나자 말하는 것뿐만 아니라
웃는 것도 힘들었다. 그는 박새가 있는 새장으로 다
가가 새를 약 올리려고 했다. 하지만 두 발짝을 디디
자 어지러워서 바닥에 쓰러질 뻔했다. 이쯤에서 조심
스럽게 자리로 돌아왔다.

그때부터 즐거움에 들뜬 기분이 점차 가라앉았다.
한스는 완전히 취했다는 사실을 깨달았다. 술 마시는
게 더 이상 즐겁지 않았다. 저 멀리서 온갖 종류의 불
행히 그를 기다리고 있었다. 귓갓길, 아버지와의 거

친 말싸움 그리고 내일 아침 일찍 작업장으로 출근하는 일. 서서히 머리가 아파 왔다.

다른 동료들도 취기가 올랐다. 잠깐 정신이 맑아졌을 때 아우구스트가 술값을 내려고 했다. 술값은 1탈러*를 내고도 거스름돈이 얼마 되지 않았다. 일행은 거리로 나와 떠들고 웃어대며 걸었다. 저녁노을이 밝게 빛나고 있었다. 한스는 도저히 몸을 가눌 수 없어 아우구스트에게 기댄 채 비척거렸다. 아우구스트가 그를 부축했다.

다른 작업장에서 온 숙련공은 감정에 북받쳤는지 '내일 나는 여기서 떠나야 하네'라는 노래를 불렀다. 두 눈에 눈물이 고여 있었다.

일행은 집으로 돌아가려 했으나 '백조' 앞을 지날 때 그 숙련공이 술집에 들어가자고 말했다. 하지만 한스는 동료들의 손에서 빠져나왔다.

"난 집에 가야 돼요."

"어차피 혼자 걷지도 못하잖아." 그 숙련공이 웃으며 말했다.

"걸을 수 있고말고요. 난 집에 가야 돼요."

* 옛날에 사용하던 은화. 약 3마르크.

"그럼 슈납스*라도 한잔 마셔, 꼬맹이! 그래야 두 다리에 힘이 생기고 속이 편해지지. 내 말을 믿으라 니까."

한스는 손 안에 작은 잔이 쥐어지는 것을 느꼈다. 손이 떨려 대부분은 쏟아지고 난 뒤였다. 그는 남은 술을 들이켰다. 목구멍이 불에 타는 기분이 들었다. 갑자기 심한 구역질이 났다. 한스는 혼자 비틀거리며 계단을 올라와 제대로 정신을 차리지도 못한 채 마을 로 나왔다. 집들과 울타리 그리고 정원들이 전부 기 울어지고 뒤죽박죽으로 엉켜 한스 앞으로 지나갔다.

한스는 사과나무 아래서 축축한 잔디밭에 드러누 웠다. 하지만 모든 역겨운 감정과 불안한 공포, 계속 되는 걱정 때문에 잠들 수가 없었다. 자신이 더러워 지고 모욕당한 것 같았다. 어떻게 집으로 돌아가야 하나? 아버지한테는 뭐라고 말해야 하나? 내일은 무 엇을 해야 하나? 한스는 삶의 의욕을 잃고 불행한 기 분이 들었다. 이제 영원히 쉬고, 잠들고, 자신을 부끄 럽게 생각해야 할 때였다. 머리와 눈이 아팠다. 일어 서서 걸어갈 힘이 하나도 없었다.

조금 전에 느낀 일말의 즐거움이 갑자기 때늦은 파

**독일의 전통 증류주. 매우 독한 술이다.

301

도처럼 밀려왔다. 한스는 얼굴을 찡그리고 노래를 부르기 시작했다.

오, 사랑하는 아우구스틴,

아우구스틴, 아우구스틴이여,

오, 사랑하는 아우구스틴,

모든 게 끝나버렸다네.

노래를 끝마치기도 전에 가슴 깊은 곳이 아려 왔다. 희미한 상념과 기억들, 부끄러움과 자책감이 우울한 밀물처럼 차올랐다. 한스는 크게 탄식하며 잔디밭에 쓰러져 흐느꼈다.

한 시간이 지나자 주변이 완전히 어두워졌다. 한스는 몸을 일으켜 위태로운 걸음으로 힘겹게 언덕을 내려갔다.

기벤라트 씨는 아들이 저녁 시간이 되었는데도 돌아오지 않자 거칠게 욕을 내뱉었다. 9시가 되어도 한스가 돌아오지 않자 오랫동안 사용하지 않은 두꺼운 회초리를 꺼내 들었다. 그놈이 이제 머리가 컸다고 회초리를 맞지 않으리라 생각하는 모양이지? 집에 들어오기만 해봐라. 아주 눈물이 쏙 빠지게 혼내

주지!

10시가 되자 기벤라트 씨는 집 대문을 걸어잠갔다. 아드님이 밤나들이를 다니시겠다니 별수 있나. 어디 한번 실컷 원하는 곳에서 자고 오라지.

하지만 기벤라트 씨는 도무지 잠을 이룰 수 없었다. 계속해서 분노가 차올랐지만 아들의 손이 문손잡이를 돌리고 초인종을 울리기를 이제나저제나 기다렸다. 가만히 그 장면을 상상해 보았다. 이리저리 쏘다니는 놈은 한번 뜨거운 맛을 봐야 해! 이 나쁜 자식이 인사불성으로 취한 게 틀림없어. 하지만 곧 단박에 술에서 깨어날 거다. 이 버릇없고 약아빠진 말라깽이 녀석! 아주 곤죽이 되도록 두들겨 패줘야지.

하지만 결국 졸음이 아버지와 그의 분노를 제압하고 말았다.

같은 시간 아버지 마음속에서 혼쭐이 난 한스는 차갑게 식은 채 더 이상 움직이지 않는 존재가 되어 어두운 강물을 따라 천천히 흘러내려가고 있었다. 혐오와 수치심 그리고 슬픔은 사라졌다. 어둠을 등에 지고 떠내려가는 한스의 가냘픈 몸 위로 차갑고 파르스름한 가을밤이 내려앉았다. 시커먼 강물이 그의 손과 머리카락, 창백한 입술을 희롱했다. 아무도 그를 보지 못했다. 동이 트기 전 사냥에 나선 경계심 많은 수달만이 그를 흘깃 쳐다보고는 조용히 옆을 스쳐갈 뿐이었다. 한스가 어떻게 물에 빠졌는지 그 누구도 알지 못했다. 어쩌면 길을 잃고 가파른 언덕에서 발을 헛디뎠는지도 모른다. 어쩌면 물을 마시려고 하다가 중심을 잃었는지도 모른다. 어쩌면 아름다운 강물에 이끌려 그 위로 몸을 숙였다가 깊은 안식과 평화가 가득한 밤과 하얀 달빛을 보았는지도 모른다. 그 순간 피로와 두려움이 그를 죽음의 그림자로 조용히 이끌었는지도 모른다.

다음 날 한낮이 되어서야 한스를 발견한 사람들이 그의 시신을 집으로 데려왔다. 아연실색한 아버지는 회초리를 치우고 밤새 쌓아둔 분노를 모두 잊어버렸다. 그는 눈물을 보이지 않았고 다른 감정도 드러내지 않았다. 하지만 그날 밤도 잠을 이루지 못했다. 이따금 문틈으로 말이 없는 아들을 바라보았다. 깨끗한 침대에 누워 있는 아들의 이마는 여전히 고왔으며 창백한 얼굴은 영민해 보였다. 특별한 존재라도 되는 양, 여느 사람들과는 다른 운명을 타고난 권리인 듯이. 이마와 양손의 피부는 긁힌 상처 때문에 옅은 보랏빛을 띠고 단정한 얼굴은 잠들어 있었다. 눈 위로 하얀 눈꺼풀이 덮여 있었고 꽉 다물리지 않은 입은 어쩐지 만족스럽고 쾌활한 미소를 머금은 듯 보였다. 이 젊은이가 한창 피어나다 갑자기 꺾이고 즐거운 인생의 여정에서 벗어난 것처럼 보였다. 아버지 또한 피로와 미소 짓는 착각이 만들어낸 외로운 슬픔을 이겨내지 못했다.

장례식에는 수많은 철물공과 호기심 가득한 구경꾼이 몰려들었다. 한스 기벤라트는 다시 한번 유명인사가 되었다. 모든 이가 한스에게 관심을 가졌고, 교사와 교장, 마을 목사도 그의 운명을 지켜보았다. 모두가 프록코트에 예식용 비단 모자를 쓰고 장례 행렬을 따라갔다. 그들은 서로 속삭이며 무덤가에 잠시 서 있었다. 라틴어 선생이 특히 눈에 띄게 슬퍼 보였다. 교장이 그에게 낮은 목소리로 말을 걸었다. "선생님, 저 아이는 훌륭한 인물이 될 수 있었는데 말입니다. 뛰어난 학생들이 오히려 불행해지는 건 정말 슬픈 일이 아닙니까?"

구두 장인 플라이크는 아버지, 끊임없이 흐느껴 우는 안나 할머니와 함께 무덤가에 남아 있었다.

"정말 가혹한 일이군요, 기벤라트 씨." 그가 위로하

듯 말했다. "저도 그 아이를 정말 좋아했답니다."

"도무지 이해할 수 없습니다." 기벤라트 씨가 한숨을 내쉬며 말했다. "그렇게 재능 있는 아이였는데. 모든 일도 다 잘 풀리지 않았습니까. 학교도 그렇고 주시험도 그렇고. 그러다가 갑자기 한꺼번에 불행이 닥쳤지 뭡니까!"

구두공은 묘지를 나서는 프록코트 신사들을 가리키며 조심스럽게 입을 열었다. "저 사람들 말입니다, 저 사람들도 한스가 이렇게 되도록 도운 겁니다."

"뭐라고요?" 기벤라트 씨가 깜짝 놀라서 되물었다. 미심쩍은 눈초리로 구두공을 쳐다보았다. "이런 세상에, 그게 대체 무슨 말입니까?"

"그렇게 놀라지 마세요, 이웃 양반. 저 교사들을 말한 겁니다."

"그러니까 그게 대체 무슨 뜻입니까?"

"아닙니다. 더 말해서 뭐 하겠습니까. 당신과 나도, 우리 모두 다 어쩌면 이 아이를 소홀히 했던 겁니다. 그렇게 생각하지 않나요?"

작은 마을 위로 쾌청한 하늘이 펼쳐지고 계곡 사이로 강물이 반짝였다. 전나무로 푸르게 뒤덮인 산은 그리움에 사무친 듯 늘어서 있었다. 구두 장인은 밝

지만 슬픈 미소를 지으며 기벤라트 씨의 팔을 잡았
다. 기벤라트 씨는 고요하고 이상하리만치 고통스러
운 생각으로 가득한 이 순간에서 벗어나 자신에게 익
숙한 현실을 향해 당혹스럽고 주저하는 심정으로 발
걸음을 옮기고 있었다.

헤르만 헤세

Hermann Hesse, 1877~1962

독일의 신학자 가문에서 태어났다. 열세 살 때 신학
교에 들어갔지만 작가가 되고 싶어 했으며 결국 학교
를 중퇴하고 시계 공장 직원이 되었다. 얼마간 방황하
던 그는 튀빙겐의 서점에서 일하며 글을 쓰기 시작했
다. 1895년 첫 시집과 산문집을 출판했고 1904년 장
편 소설 「페터 카멘친트」를 출간하여 작가의 명성을
얻었다. 이때부터 문학에 전념하기 시작한 헤세는 아
홉 살 연상의 피아니스트와 결혼하여 스위스 접경 지
역으로 이주했다. 그는 당시 독일의 극단적 애국주
의에 동조하지 않는다는 이유로 심한 비난에 시달렸
고 가정 불화까지 겹쳐 정신 치료를 받았다. 1919년

에밀 싱클레어라는 필명으로「데미안」을 발표하여 독일에서 큰 반향을 일으켰다. 이즈음부터 그림을 그리며 정신적 안정을 얻었고 자신의 작품에 직접 삽화를 그리기도 했다. 1943년 지식인의 삶을 그린「유리알유희」를 완성하여 1946년 괴테상과 노벨문학상을 받았다. 순수한 인간성과 자아를 찾기 위한 열망, 동양의 정신성 등 철학적 화두를 작품으로 구현해낸 헤세는 여든다섯 살에 뇌출혈로 사망했다.

강민경

독어독문학을 전공하고 졸업 후 독일계 회사에 다니며 글밥아카데미 일어 출판 번역 과정을 수료했다. 독일 어학 연수 후 바른번역 소속 번역가로 활동 중이다. 역서로는 「젊은 베르테르의 슬픔」 「도대체 왜 그렇게 말해요?」 「피터 틸」 등을 번역했다.

수레바퀴 아래서

2020년 8월 31일 1판 1쇄 발행
2024년 7월   1일 1판 2쇄 발행
지 은 이 헤르만 헤세
옮 긴 이 강민경
발 행 인 이상영
편 집 장 서상민
편 집 인 이상영, 황남경
디 자 인 서상민, 이미원
마 케 팅 박진솔
교정·교열 노경수
펴 낸 곳 디자인이음
등 록 일 2009년 2월 4일:제300-2009-10호
주   소 서울시 종로구 효자동 62
전   화 02-723-2556
메   일 designeum@naver.com
blog.naver.com/designeum
instagram.com/design_eum